JN248438

「ボクのことを知っていてくれたんだネ！」

王太子はパァッと顔を輝かせ、私に向かって手を差し出した。が、すぐにまた、ハストさんがパァンと叩き落とす。

……さすがハストさん。素早いし力強い。

スキル『台所召喚』はすごい！ 4
異世界でごはん作ってポイントためます

「みんなとならどこへでも！」
小井《いさらい》椎奈《しいな》
スキル：台所召喚
巻き込まれ召喚されてしまった平凡なOL。
「――シーナ様とともに」
ヴォルヴィ・ハスト
スキル：研磨
椎奈の護衛である特務隊隊長。
通称：イケメンシロクマ。
「僕も食べたいよ！」
レリィグラン・サージ
スキル：炎魔法
椎奈が出会った美少年。
「レリィ……！」
スラスター・サージ
次期宰相。
レリィの兄で超絶ブラコン。

「王太子だからネ！」
エルジャール・
レングレ・ブルア・
リディアータ
きらきら感が
すごい王太子。
「椎奈さんはすごい」
水波雫
みずなみ・しずく
スキル：聖魔法、魔力∞、
幸運、神の愛し子
聖女として召喚された
女子高生。
「あれは
王太子殿下だぞ!!」
アシュクロード・
フェリメハグリシュヌ・
ランギオーリンズ
スキル：共鳴
王宮騎士改め
特務隊副隊長。
「めんどくせぇ」
ゼズグラッド
スキル：竜騎士
ドラゴンを従わせることが
できる竜騎士。

「羽織ってください」
「え？　いや、今から海に入りますし、羽織ると濡れちゃうんですけど……」
？
明らかに水遊び用ではない上着（濡れると重そう）に、さすがに戸惑う。

スキル『台所召喚』はすごい！
異世界でごはん作ってポイントためます

4

しっぽタヌキ
AUTHOR SHIPPOTANUKI
紫藤むらさき
ILLUST MURASAKI SHIDO

口絵・本文イラスト
紫藤むらさき

装丁
ムシカゴグラフィクス

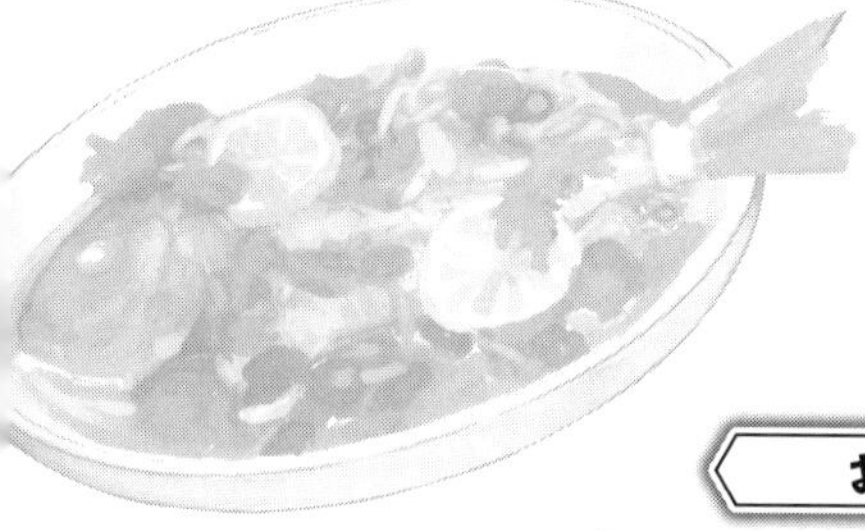

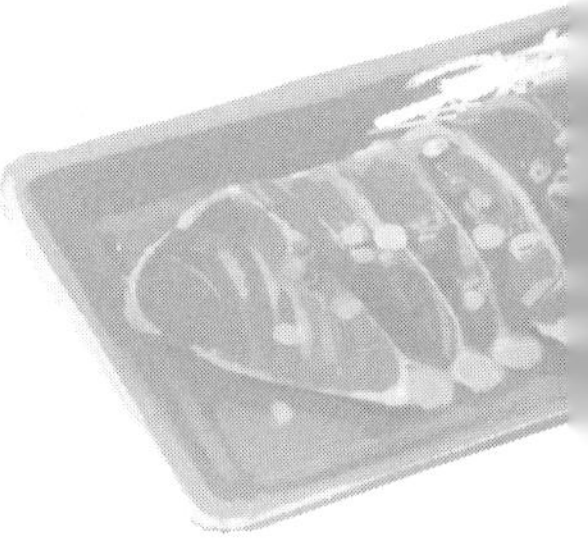

お通し　たっぷりきのこのアヒージョ

みんなで世界を見に行こうと決めてから、二週間が経《た》った。

ハストさんが北の騎士団の副団長をやめるということで、これまでの役目をガレーズさんに引き継いだり、手続きをしたりとなんやかんやと時間が過ぎていったのだ。

一番忙しかったのはスラスターさんで、王宮と北の騎士団を往復しながら、レリィ君を三十秒摂取してはどこかへ行き、またやってきて三十秒だけ摂取して……と見ているこちらが干潮になるような働き方だった。

……レリィ君を摂取すれば、スラスターさんは永久機関なんだろう。

こわい。

そうしてスラスターさんが整えてくれている間に、私は自分の食欲と向き合うことにした。

うん、あれね。私がお肉のことを考えると魔獣が出てきちゃうってやつね。

実験してみるのが一番早い、ということで、私は結界の近くまで行き、そこですごく鶏肉《とりにく》のことを考えた。おいしいからあげ……。おいしい手羽先のからあげが食べたい……と。

結果的には魔獣が出てくる気配はまったくなく、ただ、お腹《なか》が減っただけだった。

アッシュさんのスキル『共鳴』で鳴きマネもしてみたが、森に向かって奇声を上げるという、ただ、だれも近寄らない人がいただけだった。

——つまり平和！

さすが雫《しずく》ちゃん。人呼んで、千年結界の聖女。二つ名がかっこいい。

結界の強度と私の力の関係もわかったので、これでなんの心配もなく旅に出ることができる。

私たちはほのぼのと、にんにく醬油《しょうゆ》の手羽先からあげを食べ、北の騎士団へと別れを告げた。

そして、一度王宮へ。

ハストさんが特務隊長になり、さらにレリィ君、アッシュさんとゼズグラッドさんが特務隊に入るということで、任命式のようなものがあったからだ。

任命式と言っても、王様の前に行って、少しのお言葉をもらうだけらしく、私は参加することなく、雫ちゃんやギャブッシュ、K　Bｉｈｅｉブラザーズのみんなと話したり、ハーブの世話をしたりしていたんだけど——

「シーナ様」

優しい声に促され、ハーブの世話をしていた花壇から立ち上がる。

そこには任命式を終えたらしく、みんながいて——

「うわぁ！　すごくかっこいいですね……！」

その姿は、いつか見た白い騎士服に、純白のマント。

四人とも同じ服装をしているけれど、全員少しずつ違うのが素敵だ。

レリィ君はいつもの魔具の貴金属をつけているから、みんなより気品があるし、なんといっても美少年。着こなしが美少年。

アッシュさんは金茶の髪と目に白が似合っていて、腰に佩《は》いた、家宝の剣その2が輝いて見える。

ゼズグラッドさんは長いマントが邪魔みたいで、風になびかないように左手に巻いていて、なんだかそれが凛々《りり》しい。

「レリィ君はかわいい中にもかっこよさがあるし、アッシュさんはその髪色に最高に似合います。ゼズグラッドさんもいつもよりしっかりして見えますね！」

思わず駆け寄って、手を伸ばして……。

でも、私は相変わらずの町娘の姿だし、ハーブの世話をしていたから、手には土がついている。

だから、出しそうになった手を引っ込めて、その場に立ち止まった。

うん。こんなにかっこいい人たちは遠くから見るに限る。

すると、ハストさんは止まることなく、こちらに歩み寄ってきて――

「シーナ様。特務隊はシーナ様を守ることを任務としています。ですので、どうぞ手を」

ハストさんは土に汚れた私の手を躊躇《ちゅうちょ》なく握り、そっと持ち上げる。

少しだけくいっと引かれると、あっという間にハストさんとの距離は縮まった。

目の前にあるのは、優しい水色の目。そして、白い騎士服を着こなし、純白のマントを羽織った、男らしい体躯《たいく》。その姿はとてもとても――

「……ハストさんは――かわいすぎです」

シロクマ……！　これはもうシロクマ！　イケメンシロクマ……！

「これまでで一番かわいいですね」

がおーってね。あざらしを襲える。これはテンションが上がってしまう。

「……椎奈《しいな》さん、そこは、あの……」

「かわいい、かわいいか！　ははっ‼」

おずおずとなにかを伝えようとした雫ちゃんの声を、アッシュさんの声が遮る。

アッシュさんは高笑いしながら、右側の長いほうの髪をさらりと手でなびかせた。

「こいつがかわいくて、私はかっこいい、か。なるほど、いいことを言う、イサライ・シーナ！」

「はぁ」

「そうだろう、そうだろう。高貴な血筋の私には、純白がよく似合うだろう！」

「ふむ」

「私が特務隊の副隊長になったのだ、お前はなんの心配もなく、私を頼れば――」

ザシュ
「隊長は私だが？」

「ひぃ」

わぁ。吹雪だぁ。そして、木の棒だぁ。

「お前ぇ！　この制服は今日、初めて着たんだぞ！　もう襟をむしるつもりか⁉」

木の棒が風を切り、アッシュさんがすごいスピードで私から離れていく。

ハストさんの手には木の棒。

さっきまで私の手を持っていたはずなのにね……。スキルかな。スキル『棒召喚』かな……。

逃げるアッシュさんと追うハストさん。うん。今日も平和。……平和。……平和とは……？

「あ、それにしても、副隊長ってゼズグラッドさんじゃないんですね」

「俺は副隊長なんて柄じゃねぇだろ」

アッシュさんとハストさんから目を離し、のんびりと歩いてやってきたゼズグラッドさんへ声をかける。

ゼズグラッドさんはそんな私に首を横に振った。

一緒に歩いてきたレリィ君がそんなゼズグラッドさんに苦笑して――

「本当は経歴とか騎士になった年数的にも、ゼズさんが副隊長って話だったんだけど……」

私の腕をぎゅっと抱きしめながら、こっそりと耳打ちしてくれる。

なるほど、と頷《うなず》くと、ゼズグラッドさんが、けっと言いながら答えた。

「めんどくせぇ」

そして、真新しい制服を窮屈そうに手で伸ばす仕草をする。

「俺には人をまとめるような役は向いてない。責任なく、好き勝手に動けるほうがいいんだ」

「自由の翼、ですもんね」

「おう！」

ゼズグラッドさんがニカッと笑う。

「それに、あいつ……アシュクロードはなんだかんだ人を惹《ひ》きつけるし、指示を出すことにも慣れてるみたいだしな」

「たしかに」

それは言える。アッシュさんはＫ　Ｂｉｈｅｉブラザーズから、とても……慕われて？　……愛されて？　いるし、王宮が魔獣に襲われたときもしっかりと指示を出していた。

「アッシュさんはヴォルさんとも意見を言い合って、仲良しだし、ぴったりだってみんなで決めたんだ」

レリィ君がふわっと笑いながら、告げる。

仲良し……。仲良し？

……前から思ってたけど、レリィ君の仲良しの基準ね。なんか私と違うんだよね……。

「私も……特務隊に入って、椎奈さんを守るお手伝いがしたかったんですけど……」

「え」

「でも、聖女様……シズクさんはこの国に属さずに、シーナさんの隣にいることが一番いいんじゃないかって話になったんだよね」

「うん、それはそう……！」

雫ちゃんに守ってもらうなんて、そんな申し訳なさすぎる。

ぜひ、雫ちゃんにはそのままでいて欲しい。

だから、レリィ君の言葉にうんうんと頷くと、雫ちゃんがじっと見上げてきて――

「白い騎士服、私も似合うと思うんです」

「それは……！」

……想像してみよう。

白い騎士服に純白のマントの雫ちゃん。つやつやの黒髪は束ねられ、うるうるの黒い瞳《ひとみ》はきらきら。その姿は――

「かっこいいね」

かっこいいいじゃないか。

「はい！」

私の言葉に雫ちゃんがうれしそうに笑う。

その笑顔が本当に幸せそうで、私も楽しくなってきて、二人で笑い合った。

すると、ゼズグラッドさんが、うぅっと呻《うめ》きながら胸を押さえて――

「ありだな……」

なにがだ。

「ねぇねぇ、シーナさん。さっき、僕のこともかっこいいって言ってくれたよね……？」

「うん、レリィ君はいつもすごくかわいいけど、今日はなんだかかっこよさもすごくあるよ！」

そう。いつもはかわいさ満点のレリィ君だけど、今日は騎士服だからか、ちょっとだけ大人びて見える。

だから、素直に伝えると、レリィ君はうっとりと私を見上げた。

あ、あ、これは――

「僕のはじめてを奪って、大人にしてくれたのは、シーナさん、だから」

語弊。

「……と、りあえず……これで、いつでも、海に行けるってことですよね……」

心のやわらかいところのダメージに負けそうになりながらも、なんとか言葉を絞り出す。

きっといい返事が聞ける、そう思ったんだけど……。

「あー……それなんだけどな、シーナ。ちょっといろいろとあってな……」

ゼズグラッドさんが言い難《にく》そうに言葉を濁す。

すると、レリィ君も申し訳なさそうにきゅっと眉根《まゆね》を寄せた。

「ごめんね、シーナさん。……実は、兄さんが……」

レリィ君がスラスターさんの名前を出す。

この雰囲気だと、どうやらよくないことのようだけど――

「それについては私から話しましょう」

話を切り出そうとしたレリィ君の向こう側から響く声。

それは、今まさに話題に上ったスラスターさんの声だ。

声の出所へ視線を向ければ、いつも通りの恰好《かっこう》と怜悧《れいり》な目をしたスラスターさん。

そして、その横にはきらっきらに輝く金色の髪の男の人。

輝く金色の髪はいわゆる巻き毛で、その少し長めの前髪の下から覗《のぞ》く瞳の色は紫。

少し垂れた目が色っぽいその人は、どこかで見たことがあるような……？

「やぁ！　君がシーナ君だネ！」

甘い声と調子のいい口調。語尾に星がついていそうなその人は私に向かって、明るく手を上げた。

「君のことはいろいろ聞いているヨ！　とにかく、これからよろしくネ！」

あっという間に近づいてきたその人は、私に握手を求めるように、手を出した。

ちょっとグイグイ来すぎる感じに戸惑いながらも、その手を握り返そうとすると――

「シーナ様。触れることは危険かと」

いつの間にか私の隣まで戻ってきていたハストさんが、金色の髪の人の手をパーンと叩《たた》き落とした。

その、あまりの勢いにぽかんとしてしまうと、雫ちゃんがボソリと呟《つぶや》いて……。

「……この人、王太子です」

――王太子⁉

王太子とは王位継承の第一順位の者のこと。

つまり、目の前のこの金髪の巻き毛の男性は、ゆくゆくはこの国のトップに立つ人。次期王様ということだ。

たしかにきらきら感がすごい。

さらに金髪と王太子という言葉で、過去の記憶が呼び起こされて――

「そういえば、すごく前に雫ちゃんと一緒にいたのを見たことがあるような気が……」

私が王宮の隅の隅でひっそり暮らしていたころ。裏庭に行ったときに、雫ちゃんを見かけたことがある。

声をかけることもできず、こっそりと姿を窺《うかが》うことしかできなかったけれど、雫ちゃんの周りには色とりどりの髪のイケメンがいた。

その内の一人がスラスターさんで、さらにゼズグラッドさんもいた。

で、このきらきらの金髪の人が雫ちゃんの隣に立っていた気がする。

そのときに、アッシュさんがぽろぽろと情報を零《こぼ》してくれて、金髪＝王家の血筋＝王太子という公式も覚えたんだっけ……。

「ボクのことを知っていてくれたんだネ！」

王太子はパァッと顔を輝かせ、私に向かって手を差し出した。

が、すぐにまた、ハストさんがパァンと叩き落とす。

……さすがハストさん。素早いし力強い。

「……あの、結局なんの用なんですか？」

雫ちゃんが王太子から私を庇《かば》うように、体を前に出した。

口調は明らかに歓迎していない。でも、王太子は気にすることなく、ハハハッ！　と笑って――

「なんの用ということもないヨ！　ボクたちは一緒にいることになったからネ！」

「……一緒にいる？」

雫ちゃんの不信感いっぱいの視線。王太子は紫の目で、パチンと一つウインクをした。

「そう！　ボクも君たちと旅をするのサ！」

え。

「楽しみだナ！」

え。

「南の海でたくさん遊ぼうじゃないカ！」

旅をする。海で遊ぶ。

この国の次期トップと？

「……ちょっと厳しいですね」

お断りします。

「ハハハッ！　シーナ君は正直だネ！」

私の心からの本音。思わず出てしまった言葉を、王太子は爽《さわ》やかに笑い飛ばした。

……うん。この高笑いの感じ。血を感じるな。さっきまで襟を取られそうになっていたアッシュさんにそっくりだな。

「よし。まずは自己紹介が必要だよネ。ボクの名前はエルジャール・レングレ・ブルア・リディアータ」

呪文《じゅもん》か。いつか聞いたことがある呪文か。

「ボクが君たちと一緒に行くのにはちゃんとした理由があるんダ。ボクは南の海に行く必要があってネ」

「はぁ」

「というわけで、私から説明します」

これまでのやりとりの間中、レリィ君の足元に縋《すが》りついていたスラスターさんがすくっと立ち上がる。

うん。そうだね。侍《はべ》っている場合じゃないね。早く説明が欲しいね。

「実は貴女《あなた》と聖女様と特務隊が向かうことにしていた南の海についてですが、異変が起きているという情報が上がっています」

「異変、ですか?」

「はい」

スラスターさんが私の言葉に頷く。

すると、ハストさんが申し訳ありません、と目を伏せた。

「南の海は近海で獲《と》れる魚が名物で、遠浅の海と港がある観光スポットです。ここならシーナ様の望みも叶《かな》えられ、聖女様……ミズナミ様にもいいのではないか、と」

「ああ。俺はギャブッシュと一緒に行ったことがあるが、問題とは無縁のいい土地だった。だから選んだんだけどな……」

ハストさんの言葉に続けたゼズグラッドさんも申し訳なさそうで、わりぃと呟いた。

「まあ、この二人が行き場所に南を選ぶのも無理はありません。今上がっている情報も、問題があると断言できるようなものではないので」

スラスターさんの言葉になるほど、と頷く。

つまり、南の海へ行こう！　と決めたときは平和で、私と雫ちゃんとみんなで楽しく旅ができる予定だったのだろう。

だけど、スラスターさんが言うには、なにか問題があるようで――

「情報は大したものではありません。最近、海がなにかおかしいという曖昧《あいまい》な感覚のみの苦情、密漁者がいるという、国ではなく地域で対応するレベルの陳情、それぐらいですから」

スラスターさんは淡々と説明を続ける。

が、私を見てふっと笑った。

「だが、そこに魔魚を見たという情報が入りました」

「まぎょ？」

いつもの右口端だけを上げる笑み。

その聞き慣れない単語に、え、と言葉を返してしまった。

まぎょ？　まぎょとは？

「魔獣と同じようなものです。海には魔力が溜《た》まりやすい場所があり、そこを魔海と呼んでいます。魔海に入った生物は魔力を吸収し、生命の輪を離れる。それを魔魚と呼んでいます。魔獣の森と魔獣の関係性とまったく同じですね。――が、魔魚は魔獣と違い、結界がなくとも魔海から出てくることはない」

つまり地上にいれば魔獣、海にいれば魔魚ということかな？

で、魔魚は結界がなくても大丈夫ということだから、とくに心配することはなさそうだけど……。

「じゃあ、魔魚を見たというのも魔海にいたよ、ということですか？」

「いいえ。それが魔海とは違う海域にいた、という情報です」

スラスターさんは笑ったまま私を見ている。

不思議ですよね？　と付け加えて。

そんなスラスターさんの言葉に、雫ちゃんがぎゅっと私の手を握った。

「それって……」

雫ちゃんはすべてを言わない。

でも、きっと頭に浮かんだのは同じ考えだと思う。

そう、それはきっと、ここにいるみんなも。

つまり――

「――私の食欲が暴走してる」

――魚、食べたい。

ごくり、と喉《のど》を鳴らす。

すると、きらきらの金色の髪が震えて――

「……っ！　ハハッ！　ハハハッ‼」

……うーん。笑ってるね。

お腹《なか》を抱えて笑うってこういうことなんだね。王太子なのにこんなに爆笑していいのかな……。

「あー、本当におかしい！　お腹痛くなっちゃうヨ！」

体をくの字にして笑っている王太子を引いた目で見つめる。

するとレリィ君が腕に絡めていた手にきゅっと力を入れた。

「シーナさん、そんなに心配するような話じゃないと思うんだ。僕は兄さんが旅についてこようとしてるだけなんじゃないかなって……」

「たしかに」

ありえる。すごくありえる。

王宮から離れるレリィ君についていきたい。でも、ただついていくことはできない。スラスターさんはこんな人だけど、次期宰相だし。

そんな人が王宮から離れるには、なにか大きな理由がいる。

前回、北の騎士団へは聖女である雫ちゃんの付き添いとして、レリィ君についてきた。

そして今回は——

「南の海の異変、もし魔魚がこれまでの世界の理《ことわり》から外れはじめたのなら、国としては早急に知っておく必要がある」

これまで笑っていた王太子が笑みを引っ込め、姿勢を正して私を見る。

きらきらと輝く金色の巻き毛。長めの前髪から覗く紫色の目はすごく深い色。

ただ笑みを消して、正面に立っただけなのに、今までの軽い雰囲気ではなく、こちらのすべてを見透かされそうで……。

「この国は魔獣と魔魚の脅威から逃れられない。ボク自身が見るべきだろう」

――王太子自らが南の海へ視察に行く。

スラスターさんは、その付き添いとして、私たちについてくるつもりなんだろう。

王太子の毅然《きぜん》とした姿に一瞬息を呑《の》む。

でも、雫ちゃんは呑まれることなく……。

相変わらずの不審の目で王太子に告げた。

「……それなら、ちゃんと護衛をつけて、椎奈さんとは関係なく行けばいいんじゃないでしょうか」

本当だね。

「そうだよね！　僕もそう思う！」

雫ちゃんのまっとうな意見に、レリィ君も賛成！　と声を上げる。

なんなら、ハストさんも深く頷《うなず》いているし、ゼズグラッドさんも王太子を睨《にら》みながら、そうしろ、と言っている。

が、そんな意見に王太子は姿勢を崩すと、いやだネ！　と舌を出した。

「堅苦しいヤツらと行ってもなんにも楽しくないだろう！　ボクは絶対にシーナ君と行くヨ！　出会ってすぐにこんなに笑えたんだから、もっと知れば、もっと楽しいはずダ！　一緒についていけば、シーナ君についてもっと知ることができるし、南の海についても知ることができる。一緒に旅をすれば、すべてうまくいく！」

だから、絶対一緒に行く！　と王太子は高らかに宣言した。

えぇ……いや……えぇ……。

「まあ、このバカは王宮に飽きていたので」

「そうだネ！」

ハハハッ！　と笑う王太子。バカって言われても、すごい笑ってる。

スラスターさんも普通にバカって言った。

そうだよね。スラスターさんはレリィ君についていきたいだけだろうからね。そのために王太子になんか言って、こんな風に仕向けたんだろうしね。

「大丈夫！　ボクだって王太子がついていけば迷惑だってわかってるからネ！　今回は王太子ではなく、ボク自身が行くだけサ！　だから、気軽にエルジャって呼んで欲しい」

まさかのお忍び宣言。

差し出される手。秒で叩《たた》き落とされる手。

「来るな」

「いやだネ！　ボクは絶対に行く！　自分たちばかり楽しいことをして！　ボクはずっと王宮で努力してたんダ！」

「王太子だからだろ」

王太子の言葉にゼズグラッドさんの鋭いツッコミが入る。

だけど、王太子――エルジャさんはめげない。

「ボクだって、シーナ君の作った料理を食べたい！」

そうか……。王太子だし『台所召喚』のことは聞いているんだろう。

それなら——

「……一品作ったら、王宮に留《とど》まりますか？」

作らないとは言わない。

作るから、王宮に留まろう……。

「留まらない！　海までは絶対についていくヨ！」

あまりにはっきりと言うから、ああ、これはもうどうしようもないのでは……と諦《あきら》めが出てくる。

すると、雫ちゃんがそっと耳打ちしてくれて——

「この人と話したことあるんですけど、まったく人の話は聞かないです」

「……そっか」

「王太子だからネ！」

「そっか……」

うん。

「……よし。じゃあ、一緒に行きましょう」

当初の予定とはちょっと変わってしまったけれど——

「みんながいればなんとかなりますよね」

——きっと楽しくなる。

こうして、当初計画された「みんなと行く魚介グルメと楽しい海レジャー☆」は「王太子と行くお忍び視察弾丸ツアー」へと変更された。

王太子は私たちの説得（？）が終わると、即座に王宮へと戻っていった。

一仕事片付けて、今日の夕方にはもう出発する手筈《てはず》を整えると宣言して……。

そうなると、特務隊の任命式を終えたばかりだったみんなも急いで準備をしなければならない。

弾丸……。本当に弾丸……。

せっかくみんなのかっこいい特務隊の制服姿を見たところだったのに、すぐに脱ぐことになった。

なんせお忍び旅行。騎士感はゼロにせよというお達しらしい。

ハストさんとゼズグラッドさん、アッシュさんは騎士服もやめ、冒険者って感じの服に。レリィ君やスラスターさんは、街人風だけど、品のある服だった。私はいつも通りのこんにちは町娘ですを続行し、雫ちゃんは深窓の令嬢だ。

こうして、みんな夕方までには準備を整え、最後に王太子であるエルジャさんを待つだけになった。

ドラゴンで飛ぶのがやはり一番早いということで、移動手段はギャブッシュ。

「ギャブッシュ、よろしくね……」

私は……私はまたドラゴンに……。

「良かったな！　ギャブッシュ！」

「シャー！」

私の死んだ目とは裏腹に、輝く瞳《ひとみ》のギャブッシュ。そして、うれしそうなゼズグラッドさん。

幌馬車《ほろばしゃ》が良かったなぁ……。

でも、喜んでいる一人と一頭を見ていると、まあいいか、という気分に……ならないなぁ……酔うのいやだなぁ……。

「……椎奈さんはやっぱりドラゴンに乗るのは苦手ですか？」

「うん……ゆっくり飛んでくれてると大丈夫っていうのはわかってきたんだけど、たぶん、根本的に向いてないいんだと思う……」

空が。空が私を拒否してる。

「……あのとき、それでも椎奈さんは飛んできてくれたんですよね」

「雫ちゃんが結界を張ったときだよね。あのときは、ギャブッシュとゼズグラッドさんにお願いして、今までで一番速かったよ」

そう。あのときは背中の輿《こし》じゃなくて、ゼズグラッドさんと一緒に首の付け根のところに乗ったのだ。

雫ちゃんに早く会いたくて必死だった。すごく酔ったし、寒かったし、もう二度と同じことはやりたくない。もう二度と……もう二度と乗らないって誓ったのに……。

「誓いってなんだろうね……」

何度もやってくるドラゴン騎乗。こわい。

ぶるりと体を震わせる。すると、そこにようやくエルジャさんがやってきて——

「……なぜそんなことに」

着替えたエルジャさんを見て、私はドラゴン騎乗を思い出したときぐらい、ぶるりと体を震わせた。

「ハハハッ！　お忍び旅行だからネ！　王太子だと思われては困るだろう？」

響く高笑いと軽い口調。

高笑いには慣れているからいい。でも、エルジャさんの服装がさ……。

「……露出度の高さ」

トップスは爽《さわ》やかな色のシャツにゆったりとした布を羽織ったようなデザイン。

それだけだと、涼しそうだし、オシャレなんだけど、シャツのボタンがほとんどしまっておらず、胸元がゆるゆる。

見えちゃうんだな……。全然見るつもりはないのに、引き締まった胸筋と上腹部が、かなり見えちゃっている。

ボトムスは一見普通だが、サイドが編み込みのようになっていて、かなりの素肌感。

王族特有の髪を隠すためか、頭には布を巻いていたけれど、ルーズに巻かれたそこからはきらきらの金色がこぼれていて、とても色っぽい。

少し退廃的で背徳的な空気を醸し出していて、たしかに王太子には見えない。全然見えない。でも……これは……。

「目に毒……」

もともと色気がある人だなぁと思っていたけれど、今は本当にすごい。

女性を相手にいろいろな商売ができる。間違いない。

とりあえず、雫ちゃんが見ないように、エルジャさんとの間に立って、雫ちゃんの視界を塞《ふさ》ぐ。

「吟遊詩人になってみようと思ってネ！　ボクは踊りも楽器も得意だから、これなら街に行っても、馴染《なじ》めると思うんダ！　吟遊詩人は容姿を売りにしているし、髪を脱色している者も多いというしネ！　どうだろうシーナ君？　似合っているカナ？」

エルジャさんはパチンとウインクをしながら、私にぐっと近づいた。

その瞬間、北風が吹き荒《すさ》び——

「ボタンを閉めろ」

ザシュッ
「危ないじゃないか、ヴォルヴィ！　ボクは王太子だヨ！」

「そんな恰好《かっこう》の王太子がいるか」

ザシュッ
うなる木の棒と、それを避《よ》けるエルジャさん。

よく見るやつ。レリィ君的には「仲良しだね」って微笑《ほほえ》むやつ。そうかーここにも血筋がね、関係してるんだねぇ……。

いつもなら諦観《ていかん》して眺めるだけだが、今はそういうわけにはいかない。

「あの、エルジャさん、ちょっとこちらへ」

「なんだいシーナ君！　名前を呼んでくれてうれしいナ！」

追われていたエルジャさんが、軽やかなステップでこちらへ駆けてくる。

ハストさんは相変わらず極寒だが、エルジャさんへの棒をやめ、進路を妨害することはなかった。

「王太子様に失礼だとは思いますが、希望もありましたので、そう呼ばせてください。そして、これを着てください」

私の前までやってきたエルジャさんの肩に、手に持っていた毛皮をバサリと掛ける。

この毛皮はギャブッシュに乗るために、私が手渡されたものだ。

上空はとっても寒いので、防寒大事。

「その恰好では風邪をひいてしまいます。しっかり暖かくしましょう」

そう声をかけながら、毛皮をぐーるぐーるとエルジャさんに巻きつけていく。主に色気を発している部分を中心にぐーるぐるぐーるぐる。

「ごめんレリィ君、もう一枚毛皮を取ってくれる？」

「うん！　はいどうぞ、シーナさん」

「ありがとう」

一枚じゃ足りなそうだったので、もう一枚。

レリィ君に渡してもらったそれをぐるぐると巻けば――

「よし。これで寒くないですね」

――王太子の毛皮巻。

「できあがり！」

これまで色気を振りまいていた胸筋と上腹部はしっかりと隠れ、ふかふか。ボトムスの素肌感は消え去り、もこもこ。頭に巻いた布からこぼれる金髪は隠せなかったが、まあ仕方がない。

「さ、雫ちゃん。これなら見てもいいよ」

雫ちゃんの前から移動し、妨害していた視界を広げる。

雫ちゃんはそんな私にパチパチと目を瞬いて――

「ありがとうございます」

ふんわりと笑った。うん。かわいい。

私が雫ちゃんのかわいさにほんわかしていると、雫ちゃんがちょっと背伸びして私の耳元に手を当てる。なになに？　と耳を貸すと――

「……椎奈さんは大丈夫ですか？」

心配そうにこちらを見上げる雫ちゃん。かわいい。

雫ちゃんがこっそり話してくれたので、私も雫ちゃんの耳元に口を寄せて、声を小さくして返した。

「全然……大丈夫だよ」

ぽそぽそと話せば、雫ちゃんがちょっとくすぐったそうに笑う。

それがかわいくて、私が笑ってしまうと、雫ちゃんはもっと笑って――

「ありだな」

なぜか、胸を押さえたゼズグラッドさんが深く頷《うなず》いていた。

どうした。

「……シーナ君」

ゼズグラッドさんの謎《なぞ》の言動を見ていると、エルジャさんに声をかけられる。

そういえば、私が毛皮を巻きつけている間、エルジャさんは思いのほか大人しかった。

嫌だったかな、と顔を向けると、エルジャさんは優しく笑っていて――

「シーナ君は乳母みたいダ」

うば。

乳母という日本の庶民には聞き慣れない言葉に例えられたあと、私たちはギャブッシュに乗り、南の海に向かって旅立った。

私も毛皮巻になってね……こんにちは町娘の毛皮巻ね……。

南の海まではギャブッシュなら半日で行ける距離らしい。

が、まあ当然私には無理である。絶対に無理である。いかに王太子であるエルジャさんに時間がなく、できるだけ早く現地に到着する必要があると言っても、休憩なしなんて絶対に絶対に無理である。

というわけで、王宮と南の海の中間地点である、峠の開けたところで休憩をすることになった。

酔ったらどうしようかと思ったが、ギャブッシュが私に気を遣い、あまり上下に揺れないよう、遠心力なんかも少なくしてくれたおかげで、思ったよりは気分は悪くない。

なんとか足元がふわふわする……ぐらいの状態で休憩に入ることができた。

「ギャブッシュ……ギャブッシュ、ありがとうね……」

「シャーシャー！」

背中にたくさんの人を乗せ、足には荷物を掴《つか》んで飛んでくれたギャブッシュ。

自分もしんどいだろうに、私に気を遣って飛んでくれるなんて、このドラゴン、男前がすぎる。

感謝を込めて、鼻筋をすりすりと撫《な》でると、ギャブッシュもうれしそうに喉《のど》をングガオングガオと鳴らした。

「シーナ、ギャブッシュが伝えて欲しいって言ってる」

「いいんですか？」

ゼズグラッドさんはスキル『竜騎士』でドラゴンとも意思疎通ができるわけだけど、それは二人の絆《きずな》であり、あまり訳したりはしない。

でも、最近のゼズグラッドさんは、私にはすぐに伝えてくれるようになった。

ギャブッシュと私の誤解を少なくするように、という心遣いなんだと思う。

今回も一応確認を取ってみたが、ゼズグラッドさんは私の疑問に、問題ないと笑顔で頷いた。

「ああ。シーナならいい。聞け」

ゼズグラッドさんがギャブッシュの隣に立ち、口を開く。

ここからはゼズグラッドさんの言葉ではなく、ギャブッシュの言葉。

『体調は大丈夫か？』

ギャブッシュの金色の目が優しく見つめてくる。

私はその目に、うんと頷いた。

「ギャブッシュのおかげで」

『そうか、良かった。……君はやはりオレと一緒に空を飛ぶのは嫌か？』

「いや、というか……」

すごくいや、なんだな……。

正直な心を吐露してもいいが、私と空を飛ぶのを楽しみにしていたギャブッシュにそれを言うのは忍びない。

だから、言葉を濁すと、ギャブッシュは苦笑いのような表情になって――

『オレは君の番《つがい》として失格かもしれない』

「え」

え。いろいろと、え。

『番』という単語に、え。だし、ニュアンスも、え。

『君が嫌なんだってわかっているつもりなんだ。それでも……』

「ギャブッシュ……」

『……オレの背中に君がいる。そう思うと年甲斐《としがい》もなくはしゃいでしまう』

あ、あ、あ……。

『君と見る景色が、一番きれいだから』

「「ギャブッシュー‼」」

感極まる。こんなの感極まってしまうに決まっている。

なので、ゼズグラッドさんと同時に、ぎゅうっとギャブッシュに抱き付いた。

そして――

「雫ちゃんも……っ！　レリィ君も……！」

私の隣にいた雫ちゃん。ついでにレリィ君も！

声をかければ、二人はあははっと笑って、ギャブッシュに抱き付いた。

「なんだいそれは！　すごく楽しそうじゃないカ！」

それを見ていたエルジャさんも抱き付いた。

その瞬間、ギャブッシュがしっぽをブンッ！　と大きく振って――

「ハハハッ！　ボクには当たらないゾ！」

エルジャさんが高笑いを上げながら、そのしっぽを悠々と避ける。

私は抱き上げられ、雫ちゃんとレリィ君は、ころん、と優しく転がされていた。

「それにしても、こんなにドラゴンに懐かれるなんて、すごいネ！」

笑っているエルジャさんにギャブッシュがしっぽ攻撃の第二波をしかける。

どうやら、ギャブッシュはエルジャさんが気に食わないようだ。

「残念だけど、君のしっぽはボクには届かない」

ギャブッシュのしっぽをエルジャさんはスイッと避ける。

体に無駄な力が入っておらず、私から見ると、すごく簡単に避けているように見えて――

……もしかして、エルジャさん、強い？

「シャーシャー」

思わず凝視していると、ギャブッシュが甘えた声で私を呼んだ。

「うんうん。わかってるよ。ギャブッシュのほうが二万倍かっこいいよ」

二億倍かも？

「ボクよりドラゴンのほうが、かっこいいって？　ハハハッ！　本当にシーナ君は面白いネ！」

エルジャさんは「お腹痛《なか》い」と体を曲げながら笑っている。

……エルジャさんって感性が独特。

すごく笑っているので、とりあえずそっとしておいて、私はギャブッシュのすべすべの鱗《うろこ》を撫でた。

「ギャブッシュ。がんばってくれているお礼にごはんを作ろうと思うんだけど、どうかな？」

「シャー！」

私の言葉にギャブッシュがうれしそうに声を上げる。

ゼズグラッドさんもそんなギャブッシュを見て、うれしそうに私を見た。

「シーナ、ギャブッシュがすごく喜んでる」

「はい。そうみたいですね」

ギャブッシュの金色の目がうれしいって細まっているから、私でもちゃんとわかる。

「シーナさん、料理をするの？　僕が手伝えることあるかな？」

「私も手伝います」

ギャブッシュに転がされていたレリィ君と雫ちゃんが立ち上がり、私の隣へとやってくる。

レリィ君はぎゅっと私の腕に手を回して。

雫ちゃんはふんわりと笑って。

「二人ともありがとう。それじゃあレリィ君にはこっちでたき火の準備をしてもらって、雫ちゃんには台所に一緒に行ってもらおうかな？」

「うん！」

「はい！」

「シーナ様、私も手伝います」

「ハストさん、ありがとうございます」

ハストさんはエルジャさんに棒を刺そうとしていたけれど、それを切り上げて私のそばへと来てくれた。

ハストさんとレリィ君がいれば、キャンプ地はすぐに出来上がるので、任せていれば安心だ。

「それじゃあレリィ君はハストさんと一緒にお願いします。周りを見てくるから、雫ちゃんはちょっと待っててね」

声をかけて、レリィ君の腕を外し、雫ちゃんにはその場に留《とど》まってもらう。

そして――

「アッシュさん、アッシュさん、なんだか元気がないですね？」

声をかけ、少し離れた場所にいたアッシュさんのもとへと近づいていった。

いつもなら、ははは！　って笑って、草、草と言っているはずなのに、そういえばドラゴンに乗る前ぐらいから元気がない。

もしかして、酔ったのかな？　とそばに行ってみれば――

「イサライ・シーナ」

「はい」

「私はお前が信じられない」

「……どういうことですか？」

「あれは王太子殿下だぞ‼　なぜ気軽に触れ合いができるんだ！！！」

きぃ！　と怒鳴るアッシュさん。

よかった。元気はある。

「なるほど。つまり王太子様がいるから大人しいってことですね？」

「それが普通なんだ‼　他もすごい方々なんだぞ⁉　北の犬は北の犬だが！！！」

「私が何か」

「ひぃ！　いきなり出てくるな‼」

アッシュさんと話していると、ハストさんが私とアッシュさんの間にスッと現れた。

アッシュさんはその場で飛び上がり、ついでに私もびっくりした。気配が0キロカロリー。

すると、そこにエルジャさんが近づいてきて――

「そういえば、ちゃんとした挨拶《あいさつ》がまだだったネ！　君がアシュクロードだネ？」

「はっはいっ！」

私たち三人のもとへやってきたエルジャさんが、アッシュさんへと声をかける。

エルジャさんの恰好《かっこう》は王太子とは思えないけれど、やはり立ち居振る舞いは堂々としていた。

こうしてアッシュさんがかしこまっていると、ああ、やっぱりエルジャさんはすごい人なんだろうな、とほんのり思った。

……恰好が色気たっぷりだけど。毛皮を取り払い、また胸筋と上腹部が見えてしまっているけれど。

「ハハハッ！　そんなに緊張する必要はない。今のボクはただの吟遊詩人。君が冒険者であるようにネ！」

「はっ」

「それにボクたちは元々は同じ血だろう？　かなり昔に分かれてしまったが、ボクたちは王族として、君たちは剣の守り手として、こうして受け継いだものがあるんだから」

……けんのまもりて。

「……へぇ」

思わず声が出た。

アッシュさんとエルジャさんの話だとわかっているけれど、思わず出ちゃったよね。

だって知っているから。それ、なんだか聞いたことがある。

「家宝の剣、ですよね」

「そうか、シーナ君も知っているんだネ！」

エルジャさんが爽《さわ》やかに笑う。

だから私もまっすぐに前を向いて、ニコッと笑った。

「いい剣ですよね」

「ああ！　ボクたちの先祖がこの土地に建国する際に使った剣だからネ！　魔物のはびこる地だったこの場所を勝ち取った証《あかし》サ！」

「ほぉ」

私は目からハイライトが消えるのを感じて。

でも、まっすぐ前を向いて、もう一度ニコッと笑った。

「いいけんですよね」

本当に。いい剣（包丁）です。

「そんなわけだから、アシュクロードもボクを気にせず、普段通りに振る舞ってくれ」

「はっ……いえ、わかりまし……わかった」

「ハハハッ！　まあ最初は難しいかもしれないが、頼んだヨ！　堅苦しいのは抜きダ！」

賑《にぎ》やかにやってきたエルジャさんは、また賑やかに去っていく。

その背中を見ながら、私はそっと呟《つぶや》いた。

「アッシュさん……」

「なんだ……」

「家宝の剣なんですけど……」

「ああ……」

「……いいけんですね」

「ああ、いいけんだな」

アッシュさんと私で視線を交わし合う。

……心にね、来るものがあるよね。

そうか。アッシュさんの家宝の剣は建国以来の由緒正しい剣か。そうか……そうだったんだね
……。

「シーナ様、包丁のことならば心配することはありません。すべては私がしたことですので」

私が儚《はかな》く笑っていると、隣にいたハストさんが大丈夫だ、と頷《うなず》いてくれた。

それはとても心強い。でも、それだとハストさんのせいになってしまうような……。

「いや、でも……」

「そうだ！　そうじゃないか‼　全部お前のせいじゃないか！！！」

「いや、それはちょっと違うような……」

私の心配をよそに、アッシュさんはそうだそうだ！　とハストさんを責め立てる。

ここで振り返ってみよう。
・家宝の剣を訓練に持ち出し、破損させたのはアッシュさん

・家宝の剣を実際に真っ二つにしたのはハストさん
・家宝の剣を包丁にしてくれとお願いしたのは私
……全員有罪かな？

「私に後悔はありません」

私が目を濁らせていると、ハストさんがきっぱりと言い放った。

水色の目はきらきらと光っていて――

「包丁を受け取ったときのシーナ様の笑顔。それがなにより価値があると、そう思います」

――いや、どういうことなの。

ハストさん、落ち着いて。

どう考えても「家宝の剣＞＞＞（建国に使いました）＞＞＞ＯＬのはにかみ」だよ。

ぽかんと口を開けてしまった私。

だけど、アッシュさんが反論することはなく――

「たしかに」

深く頷いた。

まさかの家宝の剣が実は国宝の剣なのでは？　という新事実。

でも、ハストさんとアッシュさんが、まあしかたないな、という空気を出しているので、私もそう思うことにした。

時間は戻らない。起きてしまったことは覆らない。

——包丁は剣には戻らない。

ね。もどらない。

「おい、イサライ・シーナ！　これから料理をするんじゃなかったのか？」

「あ、はい、そのつもりです」

「見てみろ！　お前の好きな草がいっぱい生えているぞ！」

濁った目の私にアッシュさんが木々の間を指差す。

視線を向ければ、そこには緑の下草。

「……アッシュさん、あれは食べられません」

「そうなのか」

「草ならなんでも食べられるってわけじゃないんです……」

私が好きなのはハーブなんだ……あと、野菜。

「よし、ではついてこい！」

アッシュさんはそう言うと、ずんずん森へと入っていく。

その勢いに釣られて、一緒に行くと、森の中はじめっとしていた。

「これならどうだ！」

アッシュさんがビシッと指差した先。そこにあったのは——

「きのこ、ですね」

「ああ！」

倒木に生えた茶色いきのこ。

アッシュさんはそれを採ると、ほら、と私に渡してくれた。

「家宝の剣については お前が気にしなくていい。王太子殿下はああ言っていたが、忘れ去られていた剣だ。お前が包丁として使っているならそれでいい」

きのこを受け取ると、アッシュさんが大丈夫だ、と頷く。

たぶん、私を元気づけようとしてくれているんだと思う。

「ありがとうございます」と微笑《ほほえ》むと、アッシュさんは、ははは っ！ と高笑いをして──

「お前は本当に、その辺に生えている、食べられそうなものが好きだな！」

「はぁ」

「……でも、そうだな、そういうところが、その、かわい──」

ザシュッ
「シーナ様、それは毒きのこです」

はい。来ました。木の棒。

アッシュさんの左頬《ほお》に向かって繰り出されていた。アッシュさんは素早く飛びのいて避《よ》けたけど、普通なら当たるスピードだった。

「おおぃ！ 危ないじゃないか‼ 私が避けなかったら目に刺さっていたぞ！」

「きのこの選別もできない目であるならば、必要ないか、と」

「必要だろ‼」

アッシュさんはひぃ！　と、きぃ！　を交互に発しながら、ハストさんに追われて離れていく。

……うん。今日も我が特務隊の隊長と副隊長の連携がすごい。

「それにしても、これって毒きのこなんだなぁ」

アッシュさんにもらったきのこをまじまじと見る。

普通にしめじっぽい。茶色のカサに白色の柄。

これを一瞥《いちべつ》して、毒だとわかるハストさんはやっぱりハストさんである。人外感ある。

「毒きのこを持ってなにを？」

一人納得していると、後ろから声がかかった。

振り返ってみると、そこにいたのは――

「まさか料理に入れるつもりですか？」

フッと鼻で笑うスラスターさん。

眼鏡の奥の怜悧《れいり》な目が、面白そうに私を見ていた。

すごく嫌みだけれど、まあそれがスラスターさんなので、それはどうでもいい。それよりも。

「あれ？　スラスターさんもこれが毒ってすぐにわかるんですね。もしかして、有名なきのこですか？」

そう。スラスターさんもすぐに毒きのこだと判別していた。

だとしたら、アッシュさんが知らないだけで、毒で有名なきのこなのかもしれない。

ハストさんが人外ではなく、一般常識的な？

疑問をぶつけると、スラスターさんは、いいえ、と首を横に振った。

「一般的に流通しているきのこではありません。毒といっても少しお腹《なか》が痛くなるくらいでしょう」

「なるほど。スラスターさんは知識が豊富だから、わかったということですか？」

「いいえ。私は毒が鑑別できるからです」

「へぇ！」

スラスターさんの言葉に、感心する。

それはすごく便利だ。

「それがスラスターさんのスキルなんですね」

「ええ。私のスキルは――」

スキルは？

「『嗅覚《きゅうかく》◎』です」

「きゅうかくにじゅうまる」

そんな。そんなどこかの野球選手育成ゲームの特殊能力みたいな。そんな。

「私は嗅覚が鋭く、物理的な毒や病気、腐ったものはもちろん、人間の汚い心や嘘《うそ》、そういうものが匂《にお》いとして感じられるので。私の害になるものからは、非常に醜悪な臭《にお》いがしますね」

「え……それは、その……すごく大変なのでは？」

『嗅覚◎』なんていう、ふわっとしたスキルだけど、効果がすごくない……？

「……私のスキルを聞いて、笑わず、むしろ心配したのは貴女《あなた》が初めてかもしれませんね」

スラスターさんはそう言うと、楽しそうに右口端だけを上げて笑った。

「ほとんどの者は最初は笑います。鼻がいいだけなんて、と言って。だが、私と話すうちに気づくのでしょう。自分の言った嘘、虚栄、欺瞞《ぎまん》、それらがすべて、私には勘付かれるのだ、と」

……スラスターさんのスキルは、人の心が読める。

そういうことなのだろう。

「宰相という立場になるには非常に便利なスキルです。私に与えられるべくして与えられた。私はこのスキルを誇りに思っているし、私ならば使いこなすことができる」

スラスターさんは笑みを消すと、なんの気負いもなく話を続けた。

人の負の部分が匂いに現れるとして……。たしかにスラスターさんには必要なスキルで、使うことができるのだろう。私もスラスターさんならできると思う。でも……。

「ただ……この世界の匂いはいつも醜い。嗅《か》ぎたくなくても嗅がされるのはあまりいい気持ちではないときもある。そんなときに出会ったのがレリィです」

あ、いきなりハァハァし始めた。

「レリィが生まれてから、私はこの世界にも心地よい香りがあることを知りました。純粋で無垢《むく》でかぐわしく、芳醇《ほうじゅん》で爽《さわ》やかで甘い……。レリィが笑うと花畑に風が吹き、蝶《ちょう》が舞う匂いが。レリィがつらそうだと地面に咲いた一輪の震える花と雨粒の匂いがする」

匂いの表現力がつよい。

ちょっと後半は惚気《のろけ》の最上級すぎてよくわからなかったし、ハァハァするスラスターさんは心底気持ち悪い。でも――

「……よかったです」

うん。

「レリィ君を助けることができて」

――スラスターさんの世界を守ることができて。

にんまりと笑って、スラスターさんを見上げる。

するとスラスターさんは、ぎゅっと自分の鼻をつまんだ。

「……貴女からはドブネズミの匂いがする」

来ましたドブネズミ……！　知ってるよ！　美しく生きている証だね！

「シーナさん、大丈夫？」

スラスターさんが鼻をつまみ、私のテンションが上がっていると、レリィ君が駆け寄ってきた。

ごはんを作ると言ったのに、森から出てこない私を迎えに来てくれたようだ。

「大丈夫だよ、レリィ君」

「兄さんが悪いことしてない？」

レリィ君はそのまま走って、ぎゅっと抱き付いてきたので、それを受け止めて、よしよしと頭を撫《な》でる。

もちろん、この瞬間をスラスターさんも見ているわけで……。

「……私の子ウサギが！」

ごめんね。ドブネズミが撫でちゃって。

「あ、シーナさん、それ！」

「これは森に生えてたきのこなんだけど、毒なんだって」

「そうなんだ。僕はこれで料理を作るのかなって思っちゃった」

「あー、そうだね、きのこ料理もいいね……」

天ぷら、バターソテー、スープ……。

あ、おいしそう。

きのこ料理に想いを馳《は》せると、お腹がぐぅと鳴った。

すると、スラスターさんがふっと鼻で笑う。

「きのこには毒を持つものが多く、素人で目利きは難しいのでは？　まさか本当に毒入り料理を作るつもりですか？」

「そうですよね……」

スラスターさんの言うことはもっともである。

素人が山で採取したきのこを食べるのは、危険がいっぱいだ。

なので、諦《あきら》めようと思ったんだけど、隣のレリィ君がふわっと笑っていて――

「兄さん？」

「どうしたレリィ！」

あ、いけない……。

ゴミ……美少年がゴミを見る目に。

「シーナさんに謝罪した後、這《は》いつくばってきのこを探せ」

「私の思索が足りず、貴女を傷つけたことを謝罪します。私が採取すれば毒かそうでないかは確実です。探して参ります」

スラスターさんは私の前に跪《ひざまず》いたあと、地面をくんくんしながら森の奥へ進んで行った……。

『嗅覚◎』がすごく役立っているなぁ……。そう。これは紛れもなく――こうやって森できのこを探すのを仕事にしている動物を知っているなぁ……。

――トリュフ豚の身のこなし！

トリュフ豚ことスラスターさんの背中を見送って、少し。

スラスターさんはたっぷりときのこを採ってきてくれた。

さすがにトリュフはなかったようだけど、いろんな種類のきのこがあったようだ。

私にはわからないものが多いけど、『嗅覚◎』を持つスラスターさんが選別してくれているので食用にしても大丈夫なはず。

まあ、スラスターさんがあえて毒を仕込んでくるという可能性も皆無ではないが、食べる人には王太子であるエルジャさん、最愛の弟レリィ君がいるので、そこは安心してもいいだろう。

というわけで。

「それじゃあ、雫ちゃん、手伝いをお願いします」

「はい！」

きのこを持ち、『台所召喚』をした私。雫ちゃんも一緒にね。

「あ、椎奈さん、この冷蔵庫……」

「うん！　そうなんだ……！　わかっちゃうよね……！」

雫ちゃんが台所に来て、まず最初に見つけてくれたのは冷蔵庫。

そう、今まではツードアの一人暮らし用って感じのやつだったんだけど、今回、なんと700Lのものにしてみたのだ……！

使用したポイントは30万ポイント……。すごく、すごく奮発しました。

「北の騎士団でみんながいっぱい食べてくれて、ポイントがすごく増えたんだ。あ、もちろん雫ちゃんのおかげもあって」

北の騎士団のみんなには『台所召喚』で作ったごはんを食べてもらっても大丈夫だったので、初回ボーナスも含めて、かなりのポイントをためることができた。

『台所召喚』を使わなくても、調理場で作ったものでも経験値が入っていたしね。

雫ちゃんに関しては、設定ポイントが段違いだから……1万ポイント。

そのおかげで、台所に大きな冷蔵庫が君臨！

「みんなで海に行くってことも考えて、旅行中に食糧を保管できるところがあればいいなぁと思って、一番大きな冷蔵庫にしたんだ」

「すごいです。うちにあったやつよりも一回り大きいです」

「だよね。四～五人家族だと、500Lぐらいだから」

「だから椎奈さん、北の騎士団でいっぱいごはんを作ってたんですね」

「うん。オーブンレンジを交換したり、家電ラックやスペースを交換したらあっという間になくなっちゃってて……。冷蔵庫のためにみんなに協力してもらったんだ」

冷蔵庫の性能すごいからね……ワンドアぱたんでちょうどいい温度にしてくれるし、最適な状態で保存してくれるし。

「今はね、北の騎士団でもらったお肉と、王都の市場で仕入れた野菜でぎっしりだよ」

「そうなんですね。それじゃあ今からきのこと一緒に料理するんですか？」

「うーん。それでもいいんだけど、せっかく森のきのこで、市場には出回らない貴重なやつだってスラスターさんが言ってたから、きのこメインがいいかなって。あとあくまで休憩だから、おやつ感覚で食べられるやつ」

「いいですね」

「うん。……あ、でも、ちょっと足りない食材があるから、それを交換しちゃうね」

雫ちゃんに声をかけてから、ポイント交換をするために液晶の前に立つ。

そして、必要なものを選んで――

「よし。交換終了！」

私の言葉とともに、調理台のあたりが白く光り、ポイント交換したものが出現する。

雫ちゃんはそれを見て、ぱちりと目を瞬かせた。

「唐辛子と……パン？」

「うん。鷹《たか》の爪《つめ》と食パンの六枚切りだね。使い方はそのときに説明するとして、まずは作っていこう！」

「はい！」

雫ちゃんと二人で頷《うなず》き合って、さっそく調理開始！

「じゃあ、雫ちゃんにはきのこの汚れを取って欲しいんだけど、お願いしていい？」

「はい」

「きのこは水洗いをすると風味が逃げちゃうんだけど、今回は森のきのこだから、すごく汚れちゃっているところや土が落ちにくかったら、水で洗っちゃおう」

「はい」

「あんまり汚れがついていないやつは、キッチンペーパーで拭《ふ》く感じで……。あとは石づきの部分は包丁で切っちゃうね」

調理台を前に、私と雫ちゃんの二人で並んで、スラスターさんの採ってくれたきのこの下ごしらえをしていく。

汚れがひどいものは、水洗い。少しの土汚れはキッチンペーパーで拭き、きれいなものはサッとほこりを払っていった。

一人だと大変だけど、二人で話しながら作業をしていけば、あっという間に時間が過ぎる。たくさんあったきのこも気づけば、すべてきれいになっていた。

「それじゃあきのこを裂いていこう」

「裂く、ですか？」

「うん。きのこは手で簡単にバラバラにできるから」

雫ちゃんに説明しながら、石づきを切り落とした、しいたけっぽいきのこをカサと柄に分ける。

カサの部分を手で四つに割ればＯＫ。

はい、と雫ちゃんにまだ分けていないきのこを渡せば、雫ちゃんも見よう見まねできのこを裂いていく。

「わぁ……少しの手ごたえのあとに裂けていくから、ちょっと楽しいです」

「うん。わかる」

きのこによってちょっとずつ手ごたえも違うしね。

しいたけっぽいの、まいたけっぽいの、しめじっぽいの、よくわからないの。

どれもいい感じに裂いていけば、きのこの下ごしらえは終わり。

「次はにんにくを剥《む》いて、薄切りにするね。私がにんにくの皮を剥くから、雫ちゃんは薄く切ってもらっていい？」

「はい！」

きのこが終わったので、にんにくを切る作業へ。

にんにくはちょっと多めでしっかり五かけ。

「よし、終わり！　ごめんね。手に匂《にお》いがついちゃったよね……」

「大丈夫です。……椎奈さんとおそろいなので」

「……雫ちゃん」

にんにくを切って、手に匂いがついたことを、こんなにかわいく表現できる子がいるだろうか。いや、いない。普通はいない。信じられない。

でも、ここにいるんです。

「かわいい」

かわいいがすぎる。

くぅと胸を押さえると、雫ちゃんが手を洗いながら微笑《ほほえ》む。

雫ちゃんのあとに私も手を洗って、鋳物の鍋《なべ》を取り出した。

「これはバーベキューで使った鍋ですよね？」

「うん。王宮で料理長が使っていた鍋なんだけど、旅に出るって言ったら、一つ持っていけってくれたんだ」

それは使い込まれた、鋳物の黒く光る鍋。

私はそれにたっぷりのオリーブオイルを入れた。

「椎奈さん……揚げ物を作るんですか？」

「ううん。煮物、かな？」

「煮物……。でも、こんなに油を入れたら……」

「うん。だから、これはオイル煮、だね」

「オイル煮……」

「アヒージョって言えば、わかるかも？」

頭の上に『？』を浮かべる雫ちゃんがわかりやすいように、言葉を変える。

すると、雫ちゃんはピンと来たようで、小さく頷いた。

「あ、聞いたことがあるかもしれません。エビとかで作るヤツですよね？」

「それだと思う」

「だから、パンもポイントで交換したんですね」

「うん。アヒージョってさ、具ももちろんおいしいけど、オイルが最高においしいから……やっぱりパンを漬けて食べたいよね」

「……楽しみです」

「じゃあ、コンロに火をつけて、鍋ににんにくと唐辛子を入れるね」

まだオイルが温まる前に、にんにくの薄切りと鷹の爪を投入する。

にんにくも鷹の爪も焦げやすいので、低い温度から入れておいて、しっかりと香りと風味を出していくためだ。

オイルの温度が上がるとともに、パチパチと弾《はじ》ける音がし始める。

そこへ、たっぷりのきのこ！

「すごい……とってもいい香りです」

「うん。にんにくときのこ、すごいね……」

鍋の中身をぐるりと一混ぜして、立ち上る香りに雫ちゃんと二人でごくりと喉《のど》を鳴らす。

まだまだ嵩《かさ》が多く、すべてがオイルに入っていないけれど、きのこはじきにしんなりし、ちょうどいい量になるはずだ。

「雫ちゃん、ときどき様子を見て、きのこを混ぜてもらっていいかな？」

「はい。わかりました」

「私はパンの準備をするね」

「パンはこのままじゃないんですか？」

「うん。アヒージョのパンは柔らかいとオイルを吸い過ぎちゃうから、パリッとさせたくて……。本当はパンの種類としてはバゲットが合うかな、と思うんだけど……」

アヒージョにはやっぱり硬めのパンが合うとは思う。

でも——

「食パンが恋しくて……」

耳がカリカリ、表面がこんがり、中身がふんわりもちっ。

そんな食パンを食べたい気分……。

私が呟《つぶや》いたその言葉に、雫ちゃんは深く頷く。

「はい……私も、食べたいです」

「だよね」

食パン、食べたい。

「でも、パン一袋で足りますか？」

「え、足りないかな？」

私、雫ちゃん、ハストさん、レリィ君、スラスターさん、アッシュさん、ゼズグラッドさん、ギャブッシュ、エルジャさんの計九人。

一応、時間的にはおやつだし、そんなに量はいらないかな、と思ってるんだけど……。

「私と雫ちゃんは半分こ。レリィ君とスラスターさんで半分こ。ゼズグラッドさんとギャブッシュで半分こ、でいいかなって……」

「……私が、椎奈さんと半分こですか？」

「うん」

「……わかりました」

雫ちゃんは、何回か「椎奈さんと半分こ」と呟いたあと、しっかりと頷いた。

「――足りると思います」

「よかった」

では、雫ちゃんのお墨付きもいただいたので、パンを切る作業へ！

食パンの袋を開け、一枚取り出す。

そして、その食パンへ包丁で切り込みを入れていった。

「切り込みを入れるんですか？」

「うん。こうやっておくとね、普通よりパリッと焼けるし、オイルをつけるときに、ちぎりやすくなるんだ」

四角い食パンにまずは縦、横、半分にした切り込み。

さらにそれぞれを等分するように切り込みを入れれば、縦横、四つのブロック、計十六のブロックができるのだ。

これをオーブンでこんがりにするわけだけど、六枚を一度に焼くのは難しい。

でも、私の台所にはワンドアぱたんオーブンがあるので、二枚入れてぱたん、二枚入れてぱたんと三回ほどすれば、あっという間にパンは完成です！

「わぁ……いい色」

食パンの表面はこんがりきつね色。

切り込みの入った部分はまだ白色をしていて、その対比がより食欲をそそる。

オーブンから取り出せば、小麦のいい香りがほんわりと広がった。

「椎奈さん、きのこもかなり減りました」

「あ、本当だ。しっかりオイルに漬かってるね。焦げてもないし！　ばっちりだね！」

雫ちゃんがしっかりと鍋を見ていてくれたおかげで、きのこもとってもいい感じ。

仕上げに塩を振り、味を調えれば、完成！

「あ、台所がパンかごを出してくれてる……」

そっと調理台に載ったカゴ。

好き……さりげなさ……好き……。

そのカゴに焼き上がった食パンを入れて、雫ちゃんに持ってもらう。

そして、私はミトンをつけた手で鋳物の鍋をしっかりと持った。

「それじゃあ、雫ちゃんは私の腕に手を回して」

「はい！」

私の言葉を合図に、雫ちゃんがきゅっと私の腕に手を回したのがわかる。

台所に広がる、にんにくときのこと小麦の香りをいっぱいに吸い込んで！

――たっぷりきのこのアヒージョ。

「『できあがり』！」

台所から峠へ戻ると、立派なキャンプ地ができていた。

中央のたき火はいい感じに燃え、石で囲ったかまどができている。その周りに置かれた丸太はイスとして使えそうだ。

きっとレリィ君が薪に火をつけて、ギャブッシュとゼズグラッドさんが、かまどを作ってくれたんだろう。そこにハストさんが切り倒した木を並べて、イスとして使えるようにしてくれたんだと思う。

「すごいですね……さっきまで、ただの広場だったのに……」

「うん。あとはテント張れば生きていけそうだよね……」

我が特務隊のキャンプ能力が高い。

「シーナ様、その鍋は火にかけますか？」

雫ちゃんと二人で感心していると、ハストさんが声をかけてくれる。

「調理自体は終わっているので、このままでも大丈夫なんですけど……」

「じゃあ、熾火《おきび》にしちゃうね！」

ハストさんに答えると、レリィ君もやってきて、たき火に手をかざした。青い炎がたき火に向かって放出される。

すると、さっきまで赤い炎を出し燃えていた薪は、灰色の炭へと姿を変えた。

「ありがとう、レリィ君」

「うん！」

いつも通りのすご技。

ほんのりと赤く光る炭に持っていた鍋を載せて、蓋《ふた》を外す。

その途端、いい香りが漂って――

「すっごくいい匂い！」

「これはにんにくの香りですね」

「はい。今回はきのこを油で煮た、アヒージョというものを作ってきました」

鍋を覗《のぞ》きこんだレリィ君とハストさんの目がきらきらと輝く。

それににんまりと笑って返すと、すでに丸太に座っていたみんなも声を上げた。

「すごいネ！　スラスターの探したきのこがこんなにおいしそうなものに変わるなんて！」

「シーナ、これはどうやって食べるんだ？」

「シャー、シャー？」

わくわくという言葉がぴったりなエルジャさんと、早く食べたそうなゼズグラッドさんとギャブッシュ。

私は雫ちゃんに目配せをして、まずはパンを配ってもらった。

「これはパンに載せて食べるんですけど、ギャブッシュとゼズグラッドさん、レリィ君とスラスターさんはパンを半分にしてもらっていいですか？　パンに切れ目が入ってるので、すぐにちぎれると思うので」

「おう！」

「うん！」

「じゃあ、雫ちゃんと私は半分こ、ね」

「はい！」

雫ちゃんがパンに入った切れ目に沿って、ちょうど半分にしてくれる。

レリィ君の足元で「レリィと半分こ、はぁはぁ」という荒い息も聞こえてきた。いや、これは聞かなかったことにしよ。うん。

「シーナ君！　きのこ料理もだけど、このパンもすごいネ！」

「あ、わかりました？」

エルジャさんが雫ちゃんからパンを受け取った瞬間、わぁ！　と声を上げた。

紫色の目がこんがりと焼けた食パンを見て、興味津々と輝いている。

「これは四角いパンをスライスしているのカナ？」

「はい、そうです。これは私のいた世界で、食パンと呼んでいるものです。生地を四角い型に入れて、蓋をして焼いたあと、好みの厚さに切って食べます」

「へぇ！　表面はしっかり焼けているね。……これだけで食べてみていいカナ？」

「はい」

私の答えを待ってから、エルジャさんが食パンを一口サイズにしていく。

切れ目の入った食パンはブロック二つ分で、もちっとちぎれた。

「中は白くて、きめが細かいんだネ。では、いただくヨ」

エルジャさんはそう言うと、パクッとパンを口に入れた。

そして、二、三回ほど咀嚼《そしやく》して――

「なんておいしいんダ‼」

ぱあっ！　と顔を輝かせた。

「表面はサクッとしてるけど、中は柔らかい……！　こんな！　こんなおいしいパンがあるなんて！　ヴォルヴィ！　パンだけで食べてみるといい！」

「シーナ様、かまいませんか？」

「もちろん」

エルジャさんに勧められたハストさんの水色の目もきらきらと輝いている。

私がにんまりと笑って返すと、ハストさんはパンをブロック三つ分でちぎり、口へ入れた。

「小麦の香りがいい……それに、パンというのはこんなにもしっとりと柔らかくできるものなんですね」

「このパンは油分が入った生地なので柔らかくなるんですが、さらに型に入れて蓋をして焼くので、水分が逃げずにしっとりした食感になります。これは台所のポイントで交換したものですね」

「こんなおいしいパンがスキルで手に入ったということだネ？」

「はい」

私の言葉にエルジャさんがなるほど、と頷《うなず》く。

そんなやりとりをしている間に、パンを配り終えた雫ちゃんが私の隣に帰ってくる。

まだ立ったままだった私の服の袖《そで》をレリィ君がきゅっと握った。

「シーナさん、シズクさんも、座って？」

「うん」

一本の丸太に私を中央にして、左右に雫ちゃんとレリィ君が座る。

座る位置は上下関係で決まっている感じではなく、自由にしているようだ。

レリィ君の隣にはスラスターさん（座らず、足元に侍《はべ》っている）がいて、ちょうどお誕生日席のようなところにエルジャさん。私の向かいにはアッシュさんが座り、ちょっと離れたところにゼズグラッドさんとギャブッシュがいる。ハストさんはエルジャさんの向かいに座っていた。

「シーナ！　で、どうやってパンにきのこを載せるんだ？　ギャブッシュがもう待てないって言ってるぞ」

「あ、じゃあ、ギャブッシュのパンをもらっていいですか？」

「おう！」

ゼズグラッドさんが半分にちぎった食パンの片方を私に渡してくれる。

それを受け取ると、雫ちゃんが隣から「椎奈さん」と声をかけた。

「これ、パンのかごに入っていたんですけど……」

そう言って、雫ちゃんが渡してくれたもの。それは——

「サービススプーンだ……！」

大皿から料理を取り分けるために使う、大きめのスプーン……！　ビュッフェなんかで使うヤツだ。

これは台所でポイント交換をしたものではない。きっと台所がパンかごを出したときに、一緒に入れておいてくれたのだろう……。

「神……」

優しさ、優しさがすごい。心遣いが憎い。

好き……私の台所大好き……。

いつだってスパダリな台所にそっと手を合わせる。

そして、サービススプーンを鍋《なべ》の中へ入れた。

熾火で温められたオイルがふつふつと静かに音を鳴らす。

そのオイルごと、きのこをすくって、食パンの上に載せれば、オイルが染み込んでいった。

「わぁ……そうやってオイルを載せると、パンの切れ目に染み込むんだね」

「うん。きのこの風味が出たオイルだから、とってもおいしいんだよ」

すごい！　と声を上げるレリィ君に言葉をかけながら、たっぷりときのこを載せる。

すると、ギャブッシュは待ち切れなかったようで、たき火の向こうからこちらへと移動してきた。

「ギャブッシュ、いっぱい飛んでくれてありがとう。荷物も持っていてすごく重かったよね。そんな中でも私にも気を遣ってくれたから、あまり酔わなかったよ」

「シャー」

「食べてみて」

一番がんばってくれたギャブッシュに。

きのこのたっぷりと載った食パンを差し出せば、ギャブッシュは長い舌を出して、ぺろんと一口で食べた。そして――

「ンガーァアー！」

ギャブッシュは『おーいしーい！』と声を上げて、うれしそうに金色の目を細める。

その姿がかわいくて、よしよしとすべすべの鱗《うろこ》を撫《な》でた。

「シーナさん！　僕も食べていい？」

「もちろん。だいたい一口分のところに、オイルごときのこを載せてみて」

「うん！」

そんなギャブッシュの姿を見て、レリィ君も早く食べたくなったようだ。

丸太に座り直してから、レリィ君に、はいとサービススプーンを渡した。

レリィ君の食パンはスラスターさんと半分こにしている。

レリィ君はその食パンの二ブロック分に、慎重にきのこを載せた。

そうしてオイルの染み込んだパンを口に入れ――

「とってもおいしい……！」

若葉色の目はきらきらして。

本当においしそうなその声音に私もうれしくなる。

そして、レリィ君はしっかり咀嚼したあと、「不思議……」と目を丸くした。

「僕、きのこってそんなに好きじゃなかったんだ。噛《か》むとむぎゅって変な感じがするし、匂《にお》いもそんなに好きじゃなくて……。でも、シーナさんが作ってくれたこれはきのこの味はするのに、嫌な感じがしない」

「きっと、スラスターさんが採ってきてくれたからじゃないかな？」

なんせ、スキル『嗅覚《きゆうかく》◎』。

いい状態のものを選んでくれたんだと思う。

「あと、にんにくでレリィ君の苦手な匂いが軽減されてるのかも。食感がいいのは、雫ちゃんのおかげだね。雫ちゃんが火を入れてくれたんだけど、それがちょうどよかったんだと思う」

「そんな……私は椎奈さんに言われた通りにやってるだけで……」

雫ちゃんが首を横に振る。

レリィ君はそんな雫ちゃんに「わかる！」と頷いた。

「僕もこの前シーナさんと一緒に料理を作ったんだけど、言われた通りにやっただけなのに、とってもおいしいのができたんだ。シーナさんってすごいよね！」

「うん。椎奈さんはすごい」

レリィ君の言葉に雫ちゃんがうれしそうに微笑《ほほえ》む。

ああ……私の左右がかわいい……右腕と左腕、どっちもかわいい……。

「それにエルジャさんやヴォルさんが言ってたように、パンもとってもおいしい！　カリッとしてもちっとしてる！」

「良かった。レリィ君も食パンを好きになってくれて」

「僕、食パン大好き！」

レリィ君の言葉に、私も笑顔になってしまう。

アヒージョにはバゲットが合うとは思うけれど、みんなが食パンを好きになってくれたなら、本当にうれしい。

「シーナ！　俺も早く食べたい」

レリィ君の様子ににこにこしていると、ゼズグラッドさんが焦《じ》れたように声を上げる。

ゼズグラッドさんはたき火まで近づいてくると、ギャブッシュと半分こにした食パンを私に渡した。

「ギャブッシュのやつみたいに、きのこを載せてくれ」

「パン全体に載せろってことですか？　一口ずつじゃないとオイルが染み込みすぎてしまうかもし

れません」

「これぐらいのパンなら二口で食えるから、大丈夫だ」

「なるほど」

ゼズグラッドさんの言葉にそれもそうか、と頷く。

なので、受け取ったパンにたっぷりのきのこを載せ、ゼズグラッドさんに返した。

ゼズグラッドさんは大きな口を開けて、がぶりとパンをかじり――

「うまい！　さすがだなシーナ！」

ゼズグラッドさんが金色の目を細めてニカッと笑う。

勢いよくガツガツと食べてくれるゼズグラッドさんは、言葉通りに二口でぺろりと平らげた。

「言ってた通り、パンがうまいな！　こっちのきのこもピリッとしててうまい！」

「あ、そういえば……」

きのこのアヒージョに唐辛子を入れていたんだった。

そんなに辛くはないはずだし、大人なら大丈夫だとは思う。

でも、レリィ君は大丈夫だったかな？

「レリィ君、ちょっと辛かったかもしれないけど、大丈夫だった？」

特務隊のメンバーの中で最年少のレリィ君。

そんなレリィ君を気遣っての言葉だったんだけど、レリィ君はぎゅっと右腕に抱き付いて――

「シーナさん。僕は前は辛いのが苦手だったんだ。でも、シーナさんと出会ってからの日々で辛いのも平気になったんだ。それは――」

あ、あ、いけない……。

美少年がうっとりとした目に……。

心の……心のやわらかいところが……あ、あ……。

「シーナさんに大人にされちゃった」

語弊。

「そっか……」

成長したんだよね……。

「アッシュさん。アッシュさんはどうですか……食べますか……？」

すりおろされた心のやわらかいところ。

それを守るために、右腕から意識を逸《そ》らし、正面に座るアッシュさんを見つめる。

私の言葉に興味深げに食パンと鍋の中を見ていたアッシュさんが、ちょっと考えるような仕草をした。

そして、持っていたパンをほら！　と私に差し出す。

「そうだな……！　私も早く食べてみたい。お前が載せてくれるのか？」

「はい。アッシュさんがいやじゃなければ」

「いやなわけがない！」

なぜか頬《ほお》を赤くするアッシュさん。

どうやらギャブッシュやゼズグラッドさんにしたように、私がパンにきのこを載せていいらしい。

「一口分でいいですか？」

「あ、ああ‼」

アッシュさんの差し出した食パン。

それを受け取ろうと手を伸ばす。

けれど、パンは私の手に渡る前に、スッと抜き取られて――

「シーナ様の手を煩わせることはありません。私が載せましょう」

「な⁉」

「一口分だな」

ハストさんはそう言うと、私からサービススプーンを受け取り、アッシュさんの食パンに載せた。

私がレリィ君に説明した通り、きのこをオイルごとすくって、食パン二ブロック分にきっちり載せている。

うん。食べやすそうだし、おいしそう。

さすがハストさん。言うことなし！

「できたぞ」

ハストさんができあがったものをアッシュさんに渡す。

アッシュさんは呆然《ぼうぜん》としながらも、きのこの載ったパンを受け取った。

手の空いたハストさんは自分のパンにもきのこを載せていく。

そして、サービススプーンを私へと返した。

「シーナ様、そしてミズナミ様も」

「はい」

水色の目が私を優しく見つめる。

すると、アッシュさんはうぐぐ、と呻《うめ》いて「そうだな」と呟《つぶや》いた。

「私たちのを載せていては、イサライ・シーナは食べることができない。私たちは自分で載せるから、お前も食べろ」

「はい。一緒に食べましょう」

ハストさんの優しさと。

わかりにくいけれどこちらのことを考えてくれるアッシュさんの心遣いがうれしい。

「ボクも自分で載せるヨ！」

王太子様であるエルジャさんもそう言うと、自分でパンの上にきのこを載せる。

レリィ君も新しく一口分のきのこを載せて、私と雫ちゃんも同じく。

そうして、みんなでパンを口に入れれば――

「……うまい」

「おいしい……」

「イサライ・シーナ！　このパンもきのこもすごいな！」

「これもうまいじゃないカ！」

――みんなのおいしいのしるし。

ハストさんも雫ちゃんもアッシュさんもエルジャさんも。

みんなの目がきらきらしている。

「にんにくの香りとピリッとした辛さがとてもおいしい。きのこの香りも活《い》かされていて、これならパンを何枚でも食べられそうです」

ハストさんはおいしさの秘密を探るように、ゆっくりと咀嚼《そしゃく》して味わって。

「ははは！　やはりイサライ・シーナは料理が上手《うま》いな！　パンが一枚しかないのがもったいない！」

アッシュさんは高笑いしながら喜んでくれている。

「スラスターがきのこを採ればもっと作れるなら、パンがもっとあってもいいネ」

「そうだな。俺とギャブッシュで半分にしたが、一枚でも全然余裕だったな」

「僕も兄さんと半分こせず、一人で食べればよかった！」

みんなのパンが足りないコール。

「夕食に響くかと思ってたんですが、みなさんが喜んでくれるなら、もうちょっと食パンがあっても良かったですね」

台所で雫ちゃんが言っていた通りだった。

男性はよく食べるんだなぁと感心していると、雫ちゃんが私を見上げた。

「あの、私は……椎奈さんと半分こできたので、これで良かったです」

はにかむ雫ちゃん。

……かわいい。

ぽわっと胸があたたかくなって、雫ちゃんに「そうだね」と耳打ちする。

なぜかゼズグラッドさんが胸を押さえているけれど、それは見なかったことにして。

レリィ君と半分こしたパンに頬ずりをしながら、「レリィが私のきのこを食べて……」とハァハァとするスラスターさんも見なかったことにして。

「もう一口！」

私は残った食パンにもう一度ときのこを載せた。

切れ目を入れた食パンに染み込むオイルを見れば、それだけでごくりと喉《のど》が鳴った。

「いただきます」

ぱくっと口に入れて、パンを噛みちぎれば、まずはサクッとした食感。

そこにきのこの風味と絶妙な塩気、そしてオイルの染み込んだパンの中はしっとりと柔らかく、小麦の風味もして――

「おいしい！」

幸せ……！　森の幸せがここに……！

「雫ちゃん、おいしいね！」

「はい！」

気づけば、半分こにしたパンはすぐになくなってしまった。

丸ごと一枚だったみんなもすぐに食べ終わる。

すると、私以外のみんなの体がきらきらと輝いて――

「……なるほど、これが『食べるとつよくなる』と『食べると元気になる』だネ」

……改めて王太子様であるエルジャさんにそう言われると、意味不明度が高い。が、そういうことですね。

みんなが食べ終わると、パンかごもサービススプーンも消え、王宮から持ってきた鍋《なべ》だけがたき火の上に残っていた。

「うん。今のボクならこの国だけじゃなく、世界を治められる気がするヨ」

エルジャさんの紫の目が真剣な色をしている。

でも、それはすぐにまたいつも通りの色っぽい目に変わり――

「シーナ君、ボクは感動しているんダ」

「はぁ」

「ああ。君はまず、ボクの身を案じ、衣服を整えてくれたダロ？」

「ふむ」

露出が多くて目に毒なので、毛皮を巻いただけですね。

「そして、こんなにおいしい料理を作ってくれた。――ボクは決めたヨ！」

布からこぼれた金色の巻き毛がきらきらと輝き、紫色の目が色っぽく輝く。

エルジャさんは私の手をぎゅっと握って、パチンとウインクをした。

「シーナ君をボクの乳母にするヨ！」

「うば」

それ一回聞いたやつ。でも、今度はたとえじゃない。乳母「みたい」じゃない。

本格的な乳母。乳母スカウト。

おいしい食パンときのこのアヒージョの味もどこかへ飛んでいった……。

「うーん、ちょっと厳しいですね……」

おことわり　します

一品目　カツオのたたき〜特製薬味ダレ〜

きのこのアヒージョを食べ終わった私たちは、広場を片付け、南へと向かった。

ギャブッシュが私に気を遣ってくれるので、酔うことはない。休憩を挟みながら進めば、到着したころには夜になっていた。

ギャブッシュに乗ったまま、港町へ近づくと、目立ちすぎる。なので、近くの林で降り、歩いて目指すことにした。

港町までの道は砂利道になっていて、少しは整備されているようだ。暗いけれど、なんとか私でも進むことができる。そうして、近づいていくと――

「ハストさん、灯《あか》りが多くないですか？」

「そうですね」

前方に見える街がきらきらと輝いて見える。

家から漏れる灯りにしては数が多いような……。

振り返ってハストさんへと疑問を投げる。

すると、ハストさんは私の言葉にやわらかく目を細めた。

まるで、最初から知っていたみたい。そして、なんだかうれしそう。

「きれい、ですね」

不思議に思っていると、隣で雫ちゃんがほぅ、と息を漏らした。

私も視線を戻し、もう一度街を見る。

うん。雫ちゃんの言うように、とてもきれいだ。

そういう伝統か風土なのか、街の家はどれも白い外壁にオレンジ色の屋根。今はそれが、たくさんの灯りでライトアップされていた。

「きれいだし、なんだか、わくわくしてくるね」

そう。きれいと言っても、幻想的な感じではなくて……。

明るい音楽でも流れていそうな、活気に満ちている感じだ。海が近いから、空気には潮の香りが混ざっていて、風もある。

今すぐに走り出して、街の中心まで行きたいような、そんな気持ちになる光景だった。

「シーナさん、実はね……」

はやる心に体をうずうずとさせていると、右腕に手を絡ませていたレリィ君がふふっと笑う。

若葉色の目は悪戯《いたずら》っぽく細められて――

「今夜は、お祭りなんだ！」

「お祭り？」

「うん！　年に一度の港まつりの夜なんだって！」

なんと！　港まつり！

「そうなんだ……！」

「ハハハッ！　そうだとも！　だからボクがこんなに急がせたのサ！」

私が驚いていると、前を歩いていたエルジャさんが振り向いて、パチンとウインク。

毛皮を取り払い、露出過多になった姿でそれをされると目に毒だ。

でも、今の私はエルジャさんよりも、街が気になって仕方がない！

すると、ハストさんがそんな私の心に合わせるように、言葉を続けた。

「シーナ様、祭りでは地元で獲《と》れた魚の料理を屋台で出したり、浜焼きを行っているようです」

「魚料理の屋台……！　浜焼き……！」

なんて魅力的な響き……！

ハストさんも祭りのことは知っていて、だからさっき私が灯りに気づいたときに、うれしそうにしたのだろう。

……きっと、私が喜ぶと思ったから。

それを考えると、胸がじんわりあたたかくなって――

「雫ちゃん、私はちょっと走っていくね……！」

こんなのんびり歩いている場合ではない。たくさんの灯りは、祭りの証《あかし》なのだ。

あの街に……！　おいしいものが待っている……！

「椎奈さん、私も走ります！」

「僕も！」

そんな私の言葉に、雫ちゃんもレリィ君も楽しそうに一緒に走ると答えてくれた。

「じゃあ、走ろう！」

左手の雫ちゃん、右腕のレリィ君に目配せをして、よし、と頷《うなず》き合う。

夜道で走ると危ないかもしれないが、砂利道だし、街まであと少しだし、大丈夫だろう。

「おい、こけるなよ！」

走るために、雫ちゃんとレリィ君の手を離すと、最後尾を歩いていたゼズグラッドさんから注意が飛ぶ。それに親指をあげて返し、さっそく走る体勢へ！

「ボクも走るヨ！　ハハハッ！」

そうしていると、エルジャさんが高笑いをして、私よりも早く走り出す。

さらに、ハストさんが私のそばまで来ると、お任せを、と頷いた。

「先に行って、危険がないか見ておきます」

「ありがとうございます」

私の意を酌んでくれるハストさんにお礼を言って……。

すると、前を歩いていたアッシュさんが、ははっと笑った。

「そうか！　イサライ・シーナは祭りも好きなのか！」

「はい」

「なるほどな……そうだな……うむ。では、私と一緒に……」

頬《ほお》を染めたアッシュさんが私に向かって手を差し出す。

意図がわからず首を傾《かし》げると、ハストさんがスッと木の棒を構えて――

「走れ」

シュッと……。その手に向かって、鋭い突きを繰り出したよね……。

「ひぃ‼　やめろぉ！」

「我々は先に行き、安全を確かめるぞ」

「やめろ……！　手に穴が開く‼」

「職務を果たさない手であるならば、穴が開いてもいい」

「いいわけあるか‼　わかっている！　職務は果たす！」

木の棒を操るハストさんと、追われながらもしっかり避《よ》けて走っていくアッシュさん。

二人とも、さすがに足が速い。エルジャさんもあっという間に遠くに行ってしまった。

みんなの背中を見ていると、私の心もどんどん加速していって――

「行くよ！」

グッと地面を蹴《け》れば、体が弾んで前に進んで行く。

どれぐらい走るのかな？　あと500mぐらい？　もっと？

正確にはわからないけれど、そんなに遠くはないはずだ。

「椎奈さん……っ」

「僕も！」

私が走り出せば、雫ちゃんとレリィ君も一緒に走り出す。

「おい！　まじでこけんなよ！」

そして、後ろからゼズグラッドさんも走ってきているのがわかった。

「レリィ……！　私の子ウサギのはしゃぐ姿……！」

さらに感極まったスラスターさんが、ハァハァ言いながらレリィ君の斜め後ろを走っている。こわい。が、スラスターさんはレリィ君が体を動かす姿をあまり見たことがないので、少しでもそばで見たいのだろう。

気づけば、全員で街に向かって走っていた。

変な光景だ。祭りに行くために、みんなで走るなんて大人げない。走ったら疲れるし、息も切れる。でも――

みんなといると楽しくて……。勝手に笑みがあふれてきて……。

「到着……っ！」

そうして、たどり着いた街の入り口にはアーチが設置されていて、そこには文字が書かれた布が張られていた。

先に着いていたハストさんたちがそこで待っていてくれた。

「椎奈さん、海が見えます……」

「本当だね」

アーチの向こうはまっすぐに進める大通りになっていた。

石畳で舗装された大通りの両サイドには屋台が並んでいて、いろいろなものが売られている。

どうやら海に向かって、なだらかに下っているようで、突き当たりに海が見えた。

明るく照らされた白壁とオレンジの屋根。屋台の天幕やかけられた鮮やかな布と比べれば、夜の海は黒くしか見えない。

でも、その対比がとてもきれいで――

「ここの海はエメラルドグリーンなんですよね？」

そう。旅立つ前に聞いていた。

ここは南の海。色は雫ちゃんの大好きなエメラルドグリーン。

「はい。また明日、陽が昇れば、色もわかるかと思います」

私の問いにハストさんが答えてくれる。

それに頷いて返して、隣にいる雫ちゃんに笑いかけた。

「楽しみだね」

「……はいっ」

雫ちゃんがうれしそうに笑う。

「僕、海を初めて見た……」

「うん」

レリィ君はただじっと遠くにある暗い色の海を見ている。

体の弱かったレリィ君は、あまり外出できなかったはずだ。

私はその青色の髪をよしよしと撫《な》でた。

「また明日、みんなで一緒に見に来ようね」

「うん!」

レリィ君もうれしそうに笑う。

王太子様であるエルジャさんが一緒に行くことになったり、魔魚のことがあったりとただの旅ではないけれど。

雫ちゃんとレリィ君のこんな笑顔を見られるなら、ここに来て、本当によかった!

「まず、今日は祭りを楽しもう!」

そう! 海は明日!

今日はこのたくさんの屋台を楽しまないと。

そこで私が最初に目をつけたのは……!

「ハストさん! あれが食べてみたいです……!」

白身魚の姿蒸し!

さっそくめぼしい屋台の一つを指差し、そちらへ歩いていく。

売っていたのは、てのひらより少し大きい魚をレモンと一緒に蒸したもの。

屋台の隣にはテーブルやイスが並べられていて、そこに座って食べていいようだ。

ただ空いているテーブルは一つ、イスは四つしかない。

どうしようかな? と考えていると、エルジャさんが声を上げた。

「ボクは街を見て回りたいから、別行動にしようカ!」

「なるほど」

エルジャさんには街の視察という役目もあるから、食べ歩きをしたい私と一緒にいるよりも、他にやりたいことがあるのだろう。

吟遊詩人の恰好《かっこう》は夜の街によく馴染《なじ》んでいて、裏通りなんかに行ってもまったく問題なさそうだし。

なので、それに頷くと、レリィ君と雫ちゃんはすかさず私の両脇《りょうわき》を固めた。

「僕はシーナさんといるよ」

「私もそうします」

「ああ。レリィとミズナミ様はシーナ様と一緒に」

二人の言葉にハストさんが頷く。

たしかに二人は私と一緒に、平和に食べ歩きをするのがいいだろう。

「じゃあ、ボクのほうはスラスターとアシュクロードに来てもらおう！」

「祭りを楽しむレリィを見られないなんてありえません」

エルジャさんの言葉に、スラスターさんが即座に拒否を示す。

これは絶対に梃子《てこ》でも動かぬという姿勢だな。

どう考えても、スラスターさんが情報収集に行ったほうがいいと思うけど……。

そして、スラスターさんだけではなく、アッシュさんも拒否はしていないものの、微妙な顔をしていた。

「王太子殿下を護衛するのは大切な役目だ。しかし……」

ちらっとアッシュさんが私を見る。

もしかしたら、アッシュさんも姿蒸しを食べたかったのかもしれない。

「お互いにやりたいことを終えたら、合流するのはどうですか？　またそのときに目的に分かれて、祭りを楽しんでもいいと思いますし……」

任務ばかりではなく、自由時間があってもいい。

アッシュさんだけじゃなく、ハストさんも私に付きっ切りになってはかわいそうだ。

そんな私の言葉にアッシュさんはわかりやすく顔を輝かせた。

「そうだな！　イサライ・シーナ、またあとで、だな！」

「はぁ」

「ハハハッ！　いいネ！　じゃあシーナ君、『あとで！』」

「ははっ！」

よくわからないけれど、血を感じさせる高笑いの二人組が人混みへ消えていく。

大丈夫かな……。

「めんどくせぇけど、俺もあっちに行く。あいつらだけじゃ不安だ」

そんな高笑い二人をゼズグラッドさんが追った。

「祭り、楽しめよ」

ニカッと笑って、手を振ってくれる。私はそれに手を振り返した。

うん。ゼズグラッドさんは態度は悪いけれど、常識人。二人と一緒に行ってくれて、一気に安心感が増した。さすが……ふふんラッシュ……。

「おい、その目！」

私の頭によぎったことを察知したゼズグラッドさんはそれだけ言うと、雑踏に消えていった。

結果、残ったのは、私、雫ちゃん、レリィ君、スラスターさん、ハストさんの五人だ。

イスは四つしかないけれど、どうせスラスターさんは座らないと思うのでちょうどいいな。

「雫ちゃん、レリィ君は座って待ってて」

「あ、でも……」

「シーナさん、僕も行くよ！」

「でも、席がなくなっても困るし、ね？」

「……はい」

「うん……、わかった！」

ついてきてくれようとする二人にイスに座ってもらって、私とハストさんで姿蒸しを買う列に並ぶ。

スラスターさんは当たり前のようにレリィ君の足元に侍《はべ》っているので、そのままにして。

今の問題は、一つ買うか二つ買うか、である。

屋台は他にもたくさんあるので、ここでお腹《なか》いっぱいになるわけにはいかない。

「ハストさん、ハストさん」

「どうしました？」

隣にいるハストさんに声をかける。

大通りは人がたくさんいるので騒がしい。

なので、喧噪《けんそう》の中でも声が通るように、体を近づけて声をかければ、ハストさんも少し屈《かが》んで私のほうに体を傾けてくれた。

「お魚、一皿がいいですかね？　二皿ですかね？　それとも一人一匹がいいですかね？」

「シーナ様はどうされたいのですか？」

「うーん。私はお腹いっぱいになりそうなので、一匹全部は無理かな、と……。いやじゃなければ、一皿か二皿にしてみんなで食べたいなぁ、と思っています。雫ちゃんもレリィ君もそんなにたくさんは食べられないと思うので、一皿が無難かなと思うんですが、あまりに少ないとお店の人にも失礼だし、せめて二皿……でも、そんなに食べられるのかな？　と。あと、こちらでは一人一皿頼むのが普通とかだったら、申し訳ないので……」

お腹の具合もそうだし、なんせ、異世界。文化がわからないのもある。

屋台って日本みたいにちょっとずつたくさん買っていいのか、とか、席を一つ取るから、一人一皿は頼むべきなのか、とかなにもわからない。

だから、ハストさんに聞いてみると、ハストさんは私を安心させるように頷《うなず》いてくれた。

「屋台での飲食は一人一皿注文というような決まりはありません。あまりに長居するようならドリンクの注文や料理の注文はするべきですが、すぐに食べて離れるのならば、二皿注文すれば十分かと思います」

「なるほど、じゃあ二皿ですね」

「もし、シーナ様やレリィ、ミズナミ様が食べられなくても、私がすべて食べますので心配はないかと」

「……ありがとうございます！」

それはすごく安心だ。

料理を残すのは心苦しいし、でも、食べすぎるのもしんどくなる。

食べたいものと食べられる量との兼ね合いは大切。

もちろん、注文したからには私もがんばるつもりだが、ハストさんが心配ない、と言ってくれると、安心感が違う。

これは、心置きなく祭りが楽しめてしまう……！

うれしくなって、にんまりと笑うと、ハストさんが優しく微笑《ほほえ》んでくれた。

喧噪の中、灯《あか》りに照らされたその水色の目がとってもきれいで——

「なんだい、なんだい！　お熱いね！」

思わず魅入ってしまうと、正面からガハハッ！　と笑って声をかけられた。

ハッと気づくと、どうやら私たちの注文する番になっていたらしい。

「っすみません、姿蒸しを二皿ください」

「あいよ！　今日は年に一度の港まつりだからね！　気にせずくっつきな！」

「はい」

焦って注文をすると、ハストさんがお金を払う。

そして、店主の言葉に頷くと、ふっと笑って、私の腰を抱いた。

人がいっぱいいるから、邪魔にならないようにそうしたんだって思うけど、でも優しい感触はいやじゃなくて……。

だから、平静を装っても、顔が赤くなってしまうのは……しかたない、と思う。

「おー兄ちゃんもやるねー。あ、ところで、あのすっごくかわいい女の子も連れかい？」

「それがなにか？」

ハストさんが店主の言葉に冷静に返す。

店主が言っているのは、席に着いている雫ちゃんのことだ。

町娘風のワンピースを着ているけれど、あふれ出すお忍びのご令嬢感がすごい雫ちゃんである。

たくさんの人がいるこの街にいても、目立つのは間違いない。

「いやぁ、べっぴんさんだな、と思ってよ！　幽霊かと目を疑ったよ！」

「幽霊？」

雫ちゃんが？

不思議なことを言う店主に、火照っていた頬も直り、首を傾《かし》げる。

すると、店主は知らねぇのか？　と笑った。

「ああ、ここらでは今、幽霊が出るってんで噂《うわさ》になってんだよ。海にな、出るんだよ。美人な幽霊が」

その言葉に思わずハストさんと目を合わせる。

幽霊？　魔魚じゃなくて？

たしか、魔魚が魔海から出てくるという目撃情報があって、それの調査のためにエルジャさんは来たはずなんだけど……。

「海にな、えらいべっぴんな顔が浮いてな、『会いたい、会いたい』って泣くんだとよ。で、それを見たやつの舟が沈むんだよ」

「へぇ……」

幽霊だな。

たしかにそれは絶対に幽霊だ。

日本にもいるタイプの幽霊っぽい……。

「ほら、できたよ！　噂のこともあるし、あの女の子は目立つから気を付けてやんなよ！」

店主は言いたいことだけ言うと、私たちに姿蒸しの皿を押し付けて、次の接客に移っていった。

私とハストさんもそこにいては邪魔になるので、受け取った皿とフォークを持ち、雫ちゃんたちのもとへ帰る。

店主の言う通り、周りに気を付けてみれば、たしかにみんなが雫ちゃんを見ている気がする。

というか、雫ちゃんだけじゃなくて、レリィ君も美少年だし、スラスターさんも行動はおかしいがイケメン。隣にいるハストさんもイケメンシロクマだしで、すごく目立っていると実感できた。

私が一番目立たないのは間違いない。

幽霊が美人だからと言って、雫ちゃんが嫌な目に遭うとは思わないけれど、気を付けておくに越したことはないだろう。

「よし」

お祭りで気が緩んでしまうけど、ちゃんと気を付けないとね。

でも、今はまず、目の前の姿蒸し！

二皿をテーブルに並べて、みんなで食べる。

フォークで魚を丸ごと食べるのは大変かと思ったけれど、身離れがよくて、簡単にすくうことができた。

その身はふわふわ。絶妙な塩加減とレモンの香りで、パクパクと食べ進めてしまう。

みんなも同じだったようで、二皿はあっという間にからっぽになった。

「お腹はまだ大丈夫？」

「はい！」

「うん！」

雫ちゃんとレリィ君に声をかければ、二人はまだ大丈夫！　と笑顔を見せてくれた。

お皿を屋台に返し、次の屋台へ！

「今度はあれを食べましょう！」

貝の浜焼き！

次の屋台は大きめの二枚貝をそのまま焼いているものだった。ハマグリに似てるかな。

ぷりぷりの身はジューシーで、噛《か》んだ瞬間にあふれる旨味《うまみ》が最高……！

アツアツの貝を頬張ったあとは、ここの名物だというタコスみたいなものも食べた。

どの屋台もとってもおいしい！

「シーナ君！　楽しんでいるカナ？」

そうして食べ歩きを楽しんでいると、人混みの向こうからエルジャさんたちがやってきた。

場所は中央広場。ステージがあり、一番盛り上がっている。

今はちょうどイベントとイベントの間で、ステージではなにもやっていない。

エルジャさんたちがここに来たということは、情報収集も終わったのだろう。

「どの屋台もおいしくて、みんなでたくさん食べました」

「椎奈さんと一緒で、本当に楽しかったです」

「僕も！　屋台ってこんなに楽しいんだね！」

ね、と笑いかければ、雫ちゃんがふわっと笑う。

そして、レリィ君も元気よく答えてくれた。

私だけじゃなくて、二人もたくさん楽しんでくれたようで、なによりだ。

「そちらはどうでしたか？」

「うん、まあ、まだ一日目だからネ！　焦ることはないサ！　……が、やはりせっかくだから、もっと目立たないとな、と思ってネ！」

「目立つ、ですか？」

「そうサ！　情報は集めなくても、ボクぐらいになると、勝手に集まってくるからネ！」

「はぁ……」

まあ……王太子様なら、そういうものなのかな……。

エルジャさんの言葉に、とりあえず頷く。

そして、改めてみんなの姿を確認して——
・とてもかわいい美少女と美少年　（雫ちゃんとレリィ君）
・怜悧《れいり》な印象なのに、行動があやしい男性　（スラスターさん）
・露出が激しいきらきらした男性　（エルジャさん）
・金茶アシメの髪で高笑いする男性　（アッシュさん）
・背が高く、赤い髪で目つきの悪い男性　（ゼズグラッドさん）
・イケメンシロクマ
……目立たないほうが無理では？

「今でも十分目立ってますけどね……」

「シーナ君。ボクはね、もっと女の子と話したい！　せっかく南まで来たんだから、ハメを外したいのサ！」

「……正直ですね」

情報収集はどうした。

「というわけで、ボクはこれに出ようと思うんダ！」

そう言って、エルジャさんが差し出したのは一枚のポスター。

書かれている文字は――

「『海の男コンテスト』……」

「そう！　なんでも、この祭りで一番の色男を選ぶみたいでネ。なにか賞品があるわけではないらしいけど、力を自慢したり、芸を披露したり、なんでもいいと聞いたヨ！　ここは船乗りが多い街で、勝負事が好きなんだろう。祭りでも競い合うことで盛り上がるんだろうネ！　そして、男女を引き合わせるきっかけにもなるってことサ！」

「ふむ」

「で、面白いのは『四人一組』というところなんダ！」

「へぇ」

「だから、ボクとヴォルヴィ、ゼズグラッド、アシュクロードの四人で出てくるヨ！」

「はあぁ!?」

決定事項として宣言するエルジャさんに、最初に拒否の声を上げたのはゼズグラッドさん。

ありえねぇ！　と眉間《みけん》に深いしわを刻んでいる。うん。エルジャさんに凄《すご》んでいる。

「ぜってぇいやだ！　なんで俺がそんなもんに出なきゃいけないんだ！」

「ははは！　心配しなくてもすでにゼズグラッドの名で参加名簿に書いておいたヨ！」

「バカじゃねぇか！　いつのまに……！」

「ボクぐらいになると、ゼズグラッドの監視からはいつでも抜け出せるからネ！」

「くそっ！　俺は出ねぇからな！」

「ははは！　もう参加していると言っているダロ？　四人組がいきなり一人減っていたら、コンテストを開催する運営が困ると思わないカ？」

「ぐっ……」

ああ……ゼズグラッドさんが、まんまとエルジャさんの術中に……。

責任感が強いところを利用され、あっという間に参加しないといけないという空気にされているね……。

運営なんか知るか！　と言わないところが、ゼズグラッドさんらしい。……ふふんラッシュ……。

「おい、シーナ、その目！」

あたたかい眼差《まなざ》しで見つめるとすぐに気づかれた。さすが。

「じゃあ移動しようカ！　ステージはすぐそこだヨ！」

「一人で出ろ」

ゼズグラッドさんを手中に収めたエルジャさんが歩き出そうとすると、ハストさんが冷たく言い放つ。

それにエルジャさんは困ったものだ、と右手を頭に置いて、わざとらしく首を振った。

「ヴォルヴィはいつだってボクのお願いを聞いてくれないネ」

「聞く理由がない」

「ボクはヴォルヴィのお願いを聞いてきたつもりダヨ」

エルジャさんが紫色の目でハストさんを見つめる。

でも、ハストさんはそれにもきっぱり首を横に振った。

「シーナ様にこの旅を楽しんでもらいたい。目立ちたいというのを止めはしないが、私自身は目立ちたくない」

「えー……もしかして、ヴォルヴィ、自分が目立ってないと思ってたのカ……」

ハストさんのまっすぐな言葉に、エルジャさんはぱちぱちと目を瞬いた。

うん……まあね……。ハストさんってそこにいるだけで目立ってるし……。

「しかたない。あまりシーナ君を巻き込みたくなかったんだけどネ」

そう言うと、エルジャさんは私へと向き直った。

「シーナ君はヴォルヴィが目立っていないと思うカナ？」

「そうですね……目立っているか、目立っていないかと言えば……」

ハストさんを見る。

服装は普通の旅人と変わらない。

でも、背が高いし、体つきも大きいから、存在感は消せていない。銀色の髪と水色の目はとても似合っていて、あまり表情は変わらないけれど、優しさがにじみ出ていた。

なによりも――

「こんなに素敵な人が目立たないなんて、無理だと思います」

――かっこよくて、かわいくて。

だれだって、ハストさんを見てしまうと思うから。

「ははは っ！　そういうことだよ！　ほら、ヴォルヴィ、行くヨ！」

「……っ」

「いいネ！　あの皆殺しのヴォルヴィが動揺して、すぐに動けないなんてネ‼　ヴォルヴィが正気を取り戻さないうちにステージに上げてしまおう！　アシュクロード！　歌が得意と聞いたヨ！　ボクが踊るから歌って欲しい」

「あ、アッシュさんの歌が聞けるんですか？」

「イサライ・シーナ……私の歌が楽しみか？」

「はい」

「そうか！　そうだな！　ハハッ！　よし、聞かせてやる！」

頬を赤くしたハストさんと、上機嫌で高笑いするアッシュさんがステージへと向かって行く。

ゼズグラッドさんがそのあとをすごくいやそうについていった。

そうして始まった『海の男コンテスト』は――

「見て！　あの人たちすっごくかっこいい！」

「この街で見たことないから、旅人かしら！」

「四人とも全員素敵……！」

キャーキャーと黄色い歓声があちこちから上がっている。

ほかの組とは明らかにその声の量も大きさも違う。

話を聞きつけたのか、最初よりも中央広場にいる女性の数が増えた気もするし……。

とにかく、四人が人目を集めていることは間違いない。

「アッシュさん、本当に歌が上手だなぁ」

熱気がすごくなりすぎて、広場の端へと移動してしまったけれど、そこにいてもアッシュさんの歌は届いた。旋律がきれいなことはもちろん、なんせ声がいい。高笑いで鍛えた高音もさすがである。

「エルジャさんもさすが」

ステージの中央ではエルジャさんが踊っているのだけれど、すごく目を惹《ひ》く。

王太子様だから、優雅にワルツとか踊るのかと思っていたが、剣舞っていうのかな。アッシュさんから家宝の剣その2を借りたようで、それを使って舞っている。

勇ましいんだけど、優雅で……色気がすごい。

露出の高い服ときらきらの貴金属が相まって、本物の踊り子の人にしか見えない。絶対に王太子様ではない。色気の化身だ……。

「ハストさんは立っているだけだけど、絵になる」

ステージを上げに上げているアッシュさんとエルジャさんに比べて、ハストさんは立っているだけ。

気のせいでなければ私を見ている気がする。

なので、ちょっと手を上げてみると――

『キャー！』

ハストさんが笑い返してくれた。

そして、私の周りにいた女性たちに被弾した。

さすが、イケメンシロクマ。

「俺はもう無理だ……！」

すると、あまりにキャーキャー言われすぎて、ゼズグラッドさんがキレた。

責任感でなんとかその場にいたけれど、もう限界が来たのだろう。

そして、その声に呼応するように、バサバサと羽音が響いてきて――

「あ、ギャブッシュ」

ギャブッシュだ。ギャブッシュがステージに飛んできてる……。

「なんだあれ」

「おい」

「うわぁああ！」

突然の巨大生物の襲来に騒然とする広場。

私たちは広場の端にいたから被害はないが、ステージ前にいた人たちが急いで逃げていくのがわかる。

そして、降りてきたギャブッシュに、ゼズグラッドさんが飛び乗った。

「見て！　ドラゴンに乗ったわ！」

「うそ！　まさか竜騎士の方なの⁉」

「素敵ぃぃい‼」

が、ドラゴンに乗ったことで、黄色い歓声がより大きなものになった。

それにも構わず、ゼズグラッドさんはギャブッシュとともに飛び去って……。

「これが、『海の男コンテスト』か……」

ステージではアッシュさんが歌い、エルジャさんが踊りながら色気を振りまいている。

ハストさんはただ立っているだけだが、たくさんの女性が被弾しているし、ゼズグラッドさんはギャブッシュに乗って逃げ出して……。

うん。カオス。

「コンテストの順位は広場をどれだけ沸かせたかで決まるようです。ここまでやれば優勝は決まったようなもの。これ以上、広場に人が増えると危険なので、私たちは離れましょう」

「そうですね」

「こちらへ」

正直、広場の熱気がありすぎて、危ないなぁとは思っていた。

私だけならいいけど、雫ちゃんやレリィ君を危険な目に遭わせるわけにはいかないし。

なので、スラスターさんの言葉に素直に従い、広場から延びていた横道の一つに入る。

そこは先ほどまで、食べ歩きをしていた道とは違い、屋台や灯《あか》りがない、馬車も通れないような狭い道だった。

　すると――

「なあ、ねぇちゃんたち、ちょっと見て行かないか？」

　見るからに悪そうな人たちに、声をかけられた。

　男たちは二人。どうやら奥にも人がいるようだが……。

　怪しい声かけに、隣にいた雫ちゃんの手をぎゅっと握った。

　これでいつでも『台所召喚』をして、退避することができる。

　レリィ君も私の行動を察して、私の腕から離れると、スラスターさんの陰へと入った。

　うん。スラスターさんなら、必ずレリィ君だけは助けるだろうからね。

「お兄さんたち、なにか用？」

　スラスターさんの陰に隠れながら、レリィ君が怪しい男たちに言葉を返す。

　男たちはレリィ君の言葉に顔を見合わせて、へへっと笑ったあと、私たちを手招きした。

「ねぇちゃんたちは観光客だろう？　そっちのお嬢ちゃんは身分が高そうだ。食べ歩きなんかよりも、もっといいお土産を買って行かないか？」

「お土産……ですか」

　男たちの言葉に私は警戒心を強めた。

　お土産なら表通りで売ればいいからだ。裏通りで声をかけてくるなんて、怪しいとしか感じられない。

ただ、事を荒立てるのもどうかと思い、曖昧《あいまい》に言葉を返す。

すると、スラスターさんが、一連の流れに動じることなく、眼鏡をくいっと直した。

「そうですね。では、見せてもらいましょう」

「え」

いやいや。この流れでついていくっていう選択肢はないのでは？

びっくりしてスラスターさんを見れば、その右口端は面白そうに笑っていて――

「せっかくあのバカが貴女《あなた》からヴォルヴィたちを引き離してくれたんです。この機会を逃したくありません」

「はぁ……」

スラスターさんの言葉に改めて、ここにいるメンバーを確認する。

私、雫ちゃん、レリィ君にスラスターさん。女性二人に男の子が一人と男性が一人だ。

唯一の男性であるスラスターさんは、武闘派とは程遠い見た目だし、私以外の三人は品があるから、お金を持っていそうである。

コンテストに参加したメンバーがいれば、この怪しい人たちも声をかけてこなかっただろう。目立つし、強そうだし、めんどくさい予感しかしないだろうし……。

「じゃあ、ついてきてくれ」

声かけがうまくいったと感じたようで、男二人はニヤッと笑った。

そして、路地の奥に向かって進み始めた。

けれど、私はすぐには動き出せず……。

一応、私たちには魔魚や密漁者について、情報収集の任務があるような気がする。あまりに急に決まり過ぎて、他人事感が強いけれど。

なので、その任務については知りたい本人であるエルジャさんや次期宰相であるスラスターさんが行えばいいんじゃないか、とも思う。

私を餌《えさ》にして情報収集をするのは、まったく気にしない。

けれど、雫ちゃんを巻き込むのはなぁ……。

なので、男たちについていくのを躊躇《ちゅうちょ》していると、スラスターさんが問題ありません、と私を促した。

「ヴォルヴィも私たちがこの路地に入るのは見ていました。もし、なにかあって貴女が声を上げれば、すぐに飛んでくるでしょう。貴女がスキルを使うまでもなく、ヴォルヴィが相手を倒して終わりです」

「たしかに」

ハストさんなら三十秒もかからずに到着してくれる気がする。

これまでの経験が私にそう告げている。

「あくまで私たちは金を持った観光客。あちらは、いい商売ができれば満足でしょう。万が一がないとは言い切れませんが、その可能性は限りなく低い。……この男たちは臭《にお》いは醜悪ですが、小物です。そして、情報の匂《にお》いがする」

最初は一般論。そして、付け足されたのはスラスターさんならではの言葉だった。

スラスターさんにはスキル『嗅覚《きゅうかく》◎』があるわけだが、今、それを駆使しているらしい。そして、最後にふっと鼻で笑った。

「そもそも私がレリィを危険に晒《さら》すわけがない」

「あ、それは信じられます」

どんなに説明されるより、じゃあ大丈夫だな、と確信できた。

「……これまでのことも真実ですが？」

「それはわかっているんですが、スラスターさんの言葉で一番信じられるのはレリィ君に関してのことなので」

レリィ君がいて、なおスラスターさんが男たちについていこうとしたのならば、大切なことなのだ。

なので、わかった、と頷《うなず》いて、雫ちゃんの手を握ったまま、前に進む。

スラスターさんは私と雫ちゃん、レリィ君が歩き出したのを確認すると、先導して男たちについていった。そうして、たどり着いたのは――

「……お店、ですね」

――地下にある小さなお店だった。

「ここは奥まってて、なかなか客が来ねぇから俺たちが客引きしてるんだよ。あとは店のやつが対応する。じゃあな」

案内してくれた男二人は私たち四人が店に入るのを確認すると、すぐに帰って行った。

男の言葉通り、案内がなければ、こんな店にはたどり着けなかっただろう。

場所は路地裏の奥。何度か通路を曲がった先にあった家。そこの地下だったのだから。

「……なんで、お店をこんなところに」

雫ちゃんがあたりを窺《うかが》いながら、呟《つぶや》く。

その通りだ。客が入ってこない場所にお店を作っても、繁盛するのは難しい。

わざわざここに店を設けているのには意味があるはずだ。

それはロケーションを重視した高級店だったり、家賃を安くするためにしかたなくだったり。

でも、きっとこの店は、そうじゃなくて……。

表立って商売ができるもの以外を取り扱っている。

……たぶん。そういう類《たぐい》の店だろう。

「小さいお店。アクセサリーを売ってるみたいだね」

レリィ君が店内を見回しながら呟く。

その言葉通り、お店の大きさは三畳ぐらい。私たち四人が立っているだけですでに圧迫感がある。

灰色の壁にはなにもかけられていないが、正面に置かれた大きめの机には黒い布が敷かれ、そこにアクセサリーが並んでいた。

「お土産を買いに来たんだろう。ここにしかないものだよ」

机の向こうに座っていた老人が、しゃがれた声で商品を薦めてくる。

この人が店主なのだろう。

「手に取っても構いませんか？」

「ああ。よく見ておくれ」

スラスターさんは店主に確認をすると、イヤリングを一つ取った。

金色の留め具には10㎜ぐらいの白いものが輝いている。

「素材はそれなり。とくに警戒するものではありませんが……この石はなんでしょうね」

スラスターさんがイヤリングについたものを見て、眉《まゆ》を顰《ひそ》める。

それを見た私と雫ちゃんは、顔を見合わせた。

「椎奈さん、あれって……真珠ですよね？」

「うん。そうだと思う」

スラスターさんは石と言ったけれど、あの独特の輝きは真珠だと思う。

ここは海に近いし、もしかしたらアコヤ貝みたいなのがいて、それに含まれていた、とか？

「あの、私たちも見ていいですか？」

「もちろん。気に入ってくれるとうれしいよ」

店主に一声かけてから、ネックレスを手に取った。

金色のチェーンと、中央には大きな20㎜ぐらいの真珠。金細工の中で一際、輝きを放っていた。

……10㎜でも十分大きいのに、こんな大きい真珠がアコヤ貝から採れたらすごいことだ。

私は目利きはできないので、偽物か本物かはわからない。

ただ、その真珠は不思議な輝きを放っていた。

そして──

『会いたい……。会いたい……』

──頭の中に響く声。

「……っ」

「椎奈さん、どうかしましたか？」

「あ、ううん、なんでもない」

それ以上持っていられなくて、私はネックレスを机の上に戻した。

……幻聴？

響いた声を消すように、首を振る。まさか、真珠から声がするとは思わなかった。

隣を見れば、雫ちゃんが心配そうに私を見上げている。なので、安心させるために笑顔を返した。

とりあえず、幻聴のことはあとで話すことにして、今はお店のほうに集中しよう。

すると、店主が雫ちゃんへと声をかけた。

「そっちのお嬢ちゃんは肌がすごく白いから、このアクセサリーがとても似合う」

「いえ、私はいいです」

ブレスレットを渡そうとした店主に雫ちゃんは首を振って、受け取らなかった。

私と雫ちゃんの態度に脈がないことを感じたのか、店主がレリィ君へと目を向ける。

そして、おや？　と眉を上げた。

「お坊ちゃんはとてもたくさんの魔石をつけているね」

「僕の魔石、わかるの？」

「もちろんだとも。ほら、この石も魔力を持っているんだから」

そう言って、店主が指差したのは、真珠だ。

「この石は近頃、海で採れるようになった。魔力があるのは魔獣が持っている魔石だけだろう？でも、どうだい、この石にも魔力があるんだ。儂《わし》は魔石の鑑別ができるのさ。お坊ちゃんが魔石がいるなら、この石でどうだい？　通常の魔石より安いし、赤い石じゃなく白くて丸いなんて珍しいだろう？」

店主の言葉に、スラスターさんとレリィ君が顔を見合わせた。

そして、スラスターさんがイヤリングをレリィ君へと渡す。

レリィ君はイヤリングを手に持つと、ぎゅっと目を閉じた。

「本当だ……この石、魔力がある。それもかなり純度の高い、濃い魔力だ……」

「ほぅ！　お坊ちゃんはそんなこともわかるのか！　ならば、この石の貴重さがわかるはずだ。もちろんただのアクセサリーよりは値が張る。だが、今なら赤い魔石より安く売っているんだよ。それに、これが有名になれば赤い魔石より高く買われるようになるのは間違いない。お坊ちゃんは運がいい。こんなに安い値段で買うことができるんだから」

レリィ君の驚いた顔を見て、今が商機だと感じたのだろう。店主が勢いよく話し込む。

それにスラスターさんが鷹揚《おうよう》に頷いた。

「たしかに私たちはとても運がいい。この石が有名になる前に知ることができた。ただ弟には出所のはっきりした、安全なものを持たせたいのです。この石はどうやって入手されているのですか？」

「すまないが、それは企業秘密だよ」

「そうですか、残念です。それならば弟には買えません。しかし、私が個人的に欲しいので、こちらのイヤリングを一組譲っていただいてもいいですか？」

「ああ！」

スラスターさんの言葉に店主の顔が輝く。

商談がうまくいったことがうれしいのだろう。スラスターさんは商品の値段を聞くと、懐から金貨を取り出して、机の上に置いた。

「代金より多いですが、受け取ってください。見ての通り、私は弟のために魔石を欲しています。安全性を確認できれば、あなたとのやりとりを続けたい」

「あ、ああ。そうだな、こちらもぜひ続けたいとも！」

「私が欲しいのは魔石です。アクセサリーに加工する前のものを手に入れたい。ぜひこの石の入手先を紹介していただけませんか？」

「……そういうことは一人では決められない」

「わかっています。もし可能でなければそれで構いません。その金貨はあなたに払ったものです。またなにかあればその都度、お渡しできます」

「……金貨を……その都度……」

「またいいお話が聞けることを祈っています。では」

スラスターさんはそれだけ言うと、すぐにお店を出ていく。私たちもそのあとに続いた。

正直、スラスターさんと言えば、レリィ君の足元でハァハァしている人のイメージだが、やはり交渉事はうまい。

とくに、粘り強く交渉せず、イヤリングを一組買っただけなのがスラスターさんらしいと思う。

なんというか、選択権を相手に渡しているようで、そうではない。結局はスラスターさんの思惑通りに進めていくんだろうという、そんな手腕を感じた。

それにプラスして、スキルの力で嘘《うそ》がわかったり、情報があるかどうかがわかるなら、ほぼ無敵ではないかと思う。

「とてもいいお土産を購入できましたね」

地下のお店から路地裏に戻り、中央広場をめざす。

祭りの灯《あか》りは遠く、私たちがいる場所はまだ暗がりだ。

スラスターさんは購入した真珠のイヤリングを、星明かりに透かして笑った。

「海が荒らされているのはこれのせいかもしれませんね」

私たちが真珠を見ていたころ、中央広場のステージは大変なことになっていたらしい。

ハストさんたちは一番祭りを盛り上げたということで、海の男グランプリとして表彰されたようだ。

祭りはまだ続くようだったけれど、行く先々で人だかりができてしまうため、私たちは早々に宿屋へと入っていた。

聞いていた通り、この街は観光スポットでもあるようで、リゾート地といった感じだ。

たくさんの舟がある港から離れると、そこには白い砂浜。

そして、同じような造りの一戸建てが何軒も建っており、それが今回の宿泊場所だった。

私たちはそのうちの三棟を借りている。

眠る前に話をしようということで、エルジャさん、ハストさん、ゼズグラッドさんが泊まる棟のリビングに集まることになった。

「今日はとっても楽しかったネ！」

エルジャさんがハハハッ！　と笑う。

その声が広いリビングに響いた。

普通より高い天井になっていて、開放感がある。

三人掛けのソファと対面に一人掛けのソファが二つ。両サイドにはスツールが置かれ、ローテーブルを囲むようになっていた。

私と雫ちゃん、レリィ君で三人掛けのソファに座らせてもらって、対面の一人掛けのソファにはエルジャさんとスラスターさんがそれぞれ座っている。

うん……スラスターさんがレリィ君の足元に侍《はべ》らずに座っているだけで、不思議な感覚になるよね……。慣れってこわい。

ほか、アッシュさんはスツールに座り、ハストさんは三人掛けのソファの横に立っていた。

ゼズグラッドさんはいまだ逃走中である。

ハンターから逃げているんだろう。

「僕、お祭りは初めてだったけど、すごく楽しかった」

「私も楽しかったです」

「そうだね。お祭りの日に来ることができてよかったね」

エルジャさんの言葉にレリィ君と雫ちゃんが頷《うなず》く。

私も同じ気持ちだ。

おいしいごはんをたくさん食べられたし、本当にいい一日だった！

「ボクはやっぱり最後にグランプリを獲《と》れたのが楽しかったナ！　女の子がみんなボクを見て、たくさん周りに集まってくれた。旅はこうでないとネ！」

エルジャさんの頬《ほお》にはたくさんのキスマーク。

……うん。おたのしみでしたね。

「そのせいで、その後はなにもできなくなったな」

「……そうだっ！　『あとで』もなくなってしまった」

望み通りに女の子と遊べたエルジャさんと違い、珍しくハストさんとアッシュさんの意見が一致している。

二人はチラリと私を見て、はぁとため息をこぼした。

「ハハハッ！　それを言うならボクだってシーナ君とは遊んでいないサ！　いいじゃないカ！　旅の日程はまだまだあるんだからネ！」

そんな二人をエルジャさんが笑い飛ばす。

すると、スラスターさんが、ローテーブルの上になにかを置いた。

「あなたたちがバカをやっている間に、私たちはこれを入手しました」

スラスターさんが置いたもの。

それは怪しい店で買った、真珠のイヤリングだ。

「これは？」

瞬間、エルジャさんは表情を変え、真珠へと注目した。

さっきまでの顔が嘘《うそ》のように、紫の目は真剣な色をしていた。

「すごいネ、こんな石、見たことがないヨ」

「ああ……これは、石なのか？」

「購入した店主は石と言っていましたが」

エルジャさんの言葉にハストさんも同調する。

口振りから、この世界では真珠が一般的ではないのが感じられた。

「路地に入ったところで声をかけられ、地下にある店に連れて行かれました。そこで売っていたのがこれです」

「待て。では、私たちが舞台にいる間に、シーナ様も怪しい店に入ったということか？」

「ええ。私たち四人が別々になるよりは一緒にいたほうが安全と判断しました」

「すみません。もしなにかあったら雫ちゃんと一緒に台所に逃げればいいかと考えて……。スラスターさんの鼻で情報があるとわかったので」

ね。トリュフ豚だからね。

スラスターさんを冷たい目で見下ろすハストさんに、私からも事情を説明する。

だって、寒いから……。この部屋の気温が下がったからね……。

すると、ハストさんは首を横に振った。

「シーナ様の判断について異を唱えたいわけではないのです。ただ……私がそばにいたかった、と」

「無理ですよ。あちらは金を持っていそうな男女の観光客を狙《ねら》っていたようですから。ヴォルヴィたちがいては声をかけられることはなかったでしょう」

ハストさんの言葉をスラスターさんは即座に切り捨てた。

そうなんだよね……たぶん、ハストさんがいるときじゃダメだったんだと思う。

「レリィ君も一緒だったので、安全だと思いました。最終的にはスラスターさんからのレリィ君への愛を信じただけなので……」

信じられるのは、ハァハァしているほうのスラスターさん。

「……たしかに、スラスターはレリィへの愛という一点のみは信頼できます」

うん。一点のみ。

「ハストさんが私たちを心配して言ってくれているのはわかります。ありがとうございます」

そう。ハストさんは私たちが怪しい店に入ったことを怒っているわけではなくて、本当に心配してくれているのだ。

なので、ハストさんを見上げて、笑顔を向けた。

それに――

「もしなにかあっても、ハストさんならすぐに来てくれるって思いました」

この胸に、ずっとある。

ハストさんがいれば、絶対に大丈夫だって。

「……本当に、シーナ様には敵《かな》いません」

ハストさんの水色の目がやわらかく細まる。

スラスターさんは、部屋の気温が元に戻ったのを確認したのか、話を続けた。

「では本題を進めましょう。店主の話を聞く限りでは、この石は最近、このあたりで採れるようになり、秘密裏に売買されているということでした。新たな鉱物や特産品ができた場合は国に報告することになっていますが、この石についての報告はありません」

「そうだネ。ボクの知らない話ダ」

スラスターさんの言葉にエルジャさんが頷く。

次期宰相と王太子様が知らないんだから、本当にまだ商売を始めたばかりか、隠れてやっているのだろう。

ただの石ならば、多少の問題はあっても重要視するほどではないと思う。

でも、この真珠はただのアクセサリーとして売られていたわけではなくて――

「あのね、その石には魔力があるみたいだよ」

「レリィが見たのカ？」

「うん。僕のつけている魔石と同じ。純度の高い、濃い魔力を感じる」

「魔力が……」

「まさか！」

エルジャさんの問いにレリィ君が答える。

さらに、ハストさんとアッシュさんも言葉を零《こぼ》す。

魔力があるというのはとても重要なようで、エルジャさんの目はより真剣味を増した。

レリィ君の言葉はみんなにとって、驚くものだったようだ。

「あの、それに魔力があるのは、そんなにすごいことなんですか？」

雫ちゃんがおずおずと話に交ざる。

私たちには異世界の常識がわからないから、みんなの驚きがよくわからないしね。

「レリィ君がつけている赤い石は魔獣から採れるんだよね？」

「うん。ヴォルさんが採って、加工してくれたんだ」

私の言葉にレリィ君が頷いて返す。

すると、スラスターさんが説明を加えてくれた。

「魔石は魔獣からしか採れない。そして、レリィがつけている赤い石しか存在しません。管理は国が行い、利用しています」

「今はシズク君が使った結界の装置や大がかりなもの以外で使われることは、ほとんどないけどネ！」

「魔獣を倒しても、採ることができる魔石はほんの少し。命をかける必要はないと私は思います」

北の騎士団で魔獣と相対していたハストさんだからこその言葉の重み。

ハストさん自体はとても強いから、魔獣を倒すことができる。

けれど、もし、北の騎士団のみんなだけで魔獣を倒して魔石を採れと命令が下れば、すごく苦労するだろう。

「僕は魔石がないと生きていけなかったから……」

レリィ君がそう言って、そっと胸元の赤い石に触れた。

こうやって個人で使用しているのは珍しいのだろう。

「レリィ君と一緒に旅ができてよかった」

ふわふわの青い髪をそっと撫《な》でる。

こうして過ごせるときは、当たり前なんかじゃない。

レリィ君が、たくさんのつらいこと、苦しいことを乗り越えたから。

だから、今がある。

「シーナさんの優しさが、僕を助けてくれたんだ」

そう言って笑うレリィ君は——

「僕の全部をシーナさんは作り変えてくれた」

——うっとりと笑っている。

……いけない！　これはいけない！　私のやわらかいところ！　逃げて！

でも、私の退避命令も虚《むな》しく、レリィ君のうっとりはより強くなって……。

「シーナさんの大きくて熱いモノを僕の中に挿《い》れてくれたから」

語弊。

目からハイライトが消える。

心のやわらかいところがすごく削られたよね……。

そんな私をスラスターさんが嫉妬《しっと》の目で見てきた。

けれど、今は情報交換のほうが大切だと判断したようで、すぐにハァハァしていないほうのスラスターさんに戻り、話を続けた。

「もし、この白い石が市場に流れた場合、その魔力を活用しようとする者も増えるでしょう。この街が産地なのであれば、生活も変わるはずです」

「やれやれ。困ったものだネ」

エルジャさんが芝居がかった様子で両手を上げる。

すると、雫ちゃんが「不思議なんですけど……」と疑問を挟んだ。

「あの、ここには魔海があって魔魚がいるって聞いたんですが、これはその、魔魚？　から採れたとは考えられないんですか？　魔魚から採れるのも赤い石なんですか？」

「そうだよね。これが魔魚から採れてもおかしくないよね」

雫ちゃんの質問は私も考えていた。

だって、魔獣から魔石が採れるなら、魔魚から魔石が採れてもおかしくない。

けれど、スラスターさんは「いいえ」と首を横に振った。

「魔獣と魔魚は似ていますが、決定的に違うのはそこです。魔獣は魔石という魔力を溜《た》める器官があるが、魔魚にはそれがない」

「魔魚は魔力を溜めることができない、ということですか？」

スラスターさんの話に雫ちゃんがさらに質問を投げる。

すると、スラスターさんは今度は「はい」と首を縦に振った。

「魔魚は魔力を溜められないから、魔海から外には出られないのです。ここの海はとてもきれいな色をしていますが、舟に乗り、南へ移動すると、海の色が黒く変わっています。そこを魔海と呼んでいます。要は魔力の吹き溜《だ》まり。魔石を持つ魔獣と違い、魔魚は常に魔力を外から吸収しないと活動ができないため、魔海から外に出ることはできません」

「それで、魔魚には結界がいらないということだったんですね……」

雫ちゃんとスラスターさんの話になるほど、と頷《うなず》く。これで合点がいった。

魔獣は魔石があるから、魔力の吹き溜まりである森から出ても活動ができる。だから、結界で閉じ込める必要があった。

けれど、魔魚は魔石を持っていないから、魔力の吹き溜まりである魔海から出て活動することはできない。だから、結界で閉じ込める必要がないのだ。

それが、出発前に聞いていた、魔魚は魔海から出ないのが世界の理《ことわり》だ、ということ。

「これが関係しているんですかね？」

ロ一テーブルに置かれた真珠のイヤリングを見る。

最近になって初めて発見された、魔力を持つもの。

魔魚とは関係がないのかもしれないけれど……。

「これは私たちの世界にもあったんです」

みんなは見たことがないと言っている。

けれど、私と雫ちゃんからすれば、知っていて当然なのだ。

「ね、雫ちゃん」

「はい。私たちの世界には魔力はないので、ただのアクセサリーとして使っていました」

「真珠と呼んでいます」

『シンジュ……』

名前を伝えると、みんな初めて聞いた言葉のように繰り返す。

そして、みんなの視線を集めている真珠のイヤリングをエルジャさんが手に取った。

「そうなのカ。これを見たことがあるんだネ」

「はい。私たちの知っている真珠とは違うかもしれません。ただ、もし同じであるならば、これは鉱山などで採れるものじゃありません。これは……貝から採れるものです」

「貝から?」

みんなの視線が真珠のイヤリングから私へと移る。

私はそれに「はい」と頷いた。

「貝の体内で作られる宝石なんです。貝の体内に異物が入って、そこで貝殻の成分を作るようになります。なので、石というか、貝殻を何層にも重ねたものというか、そういうものでした」

私が話を終えると、みんなの視線はもう一度真珠へと集まる。

そして、ハストさんが慎重に声を発した。

「魔獣の持つ赤い魔石と同じく、体内で生成される石、ということですね」

そう。赤い魔石は体内で作られる石。

そして、真珠も体内で作られる。

赤い魔石と白い真珠。どちらも魔力を持っている。

この真珠を魔魚とは関係ない、と切り捨ててしまうには、あまりに接点が多い。

つまり、この真珠は——

「魔海にいる貝が魔魚となり、そこで魔石を生成している可能性がある、ということですね」

スラスターさんが右口端を上げて笑う。

「この魔石をシンジュと呼ぶことにして、シンジュが魔魚から採れると仮定すると、これを売買している者たちが魔海へと行き、そこで魔魚を狩っていると推測されますね」

「そうだネ。それが報告に上がってきている密漁者というわけカナ」

スラスターさんの推察にエルジャさんが持っている情報を照らし合わせていく。

真珠を採る者たちが、密漁者として報告されるのは、ありえる話だ。

すると、今まで話を聞いていたレリィ君が顔を曇らせて、声を上げた。

「そんなことをして大丈夫なの？　魔海には魔魚がたくさんいてとても危険なんだよね？　密漁者の舟が襲われるのは勝手だけど……」

「どうだろうナ。魔海は一か所ではなくて、何か所かに分かれて点在しているからネ。色が変わっていて避けるのも容易だから、とくに問題なく共存できていたんダ……今まではネ」

レリィ君の言葉にエルジャさんは「頭が痛いヨ」と言って、手をこめかみへと当てた。

それにハストさんも言葉を乗せる。

「魔魚が魔海から出ないといっても、それはこちらからなにもしていなければ、だ。そして、今まででは大丈夫だったという経験則しかない。もし、本当に体内で魔石を作り、魔力を溜めることができるならば、魔海を荒らせば、魔海の外にも出るだろう」

危険を示唆するその声は、これまで魔獣と相対してきたハストさんだからこそ。

エルジャさんはそれに「だよネ」と返して、天を仰いだ。

私が食べたいと思ったから……というようなものではない。魔魚が魔石を持てば、海全体に魔魚が広がり、海が危険なものになってしまう。

「海がおかしいという苦情、密漁者がいるという陳情、魔魚を見たという目撃情報。そして、魔力を持った白い石――シンジュ。スラスターがなにかあるに違いないと言うから来てみたけれど、こんな風に繋《つな》がって欲しくはなかったヨ」

「バカを連れてくるのにも理由はありますので。ただ思ったより、事態は大きくなりそうですが」

やれやれと言うエルジャさんと、冷静な顔で淡々と告げるスラスターさん。

今後の対応を考えているだろう二人。

そんな中、ハストさんは私を見つめて――

「シーナ様はどうされたいですか？」

私の意思を確認してくれた。

「当初考えていたよりも危険が大きいかもしれません」

ハストさんの言葉にアッシュさんとレリィ君も頷く。

「そうだな……。イサライ・シーナと聖女様の楽しい旅になれば、と思っていたが、危険ならば王宮へ帰還したほうがいいのでは？」

「うん。僕は魔魚って見たことがないけど、魔獣みたいなのがたくさんいるなら危ないよね。陸にいれば安全なのかもしれないけど、一気に襲ってきたら？　魔魚も危険だけど、ここにいる人たちもみんなパニックになるだろうし……」

楽しい旅行になれば、と選んだ場所が危険と隣り合わせだった。

アッシュさんの言う通り、帰ったほうがいいのだろう。レリィ君の言うように、街全体がパニックになれば、よそ者の私たちでは対応できない。でも……。

「ここの暮らしはどうなりますか？」

食べ歩きをして、接してみてわかったのだけど、この街の人は快活で陽気な雰囲気の人が多かった。

今日が祭りだからというのも、もちろんあると思う。

でも、それだけじゃなくて、風土っていうのかな。そういうのをすごく感じた。

暖かい気候ときれいな海。そこで獲《と》れるたくさんの魚とそれを活《い》かした観光。そういったものに支えられているからこそ、ここの人たちは明るく暮らしていけるんだと思う。海に支えられて生きているのだ。

陸で生活するんだから、海に魔魚がいても問題ない、ということにはならないだろう。

「もし、本当に魔魚が魔海から出て、その辺にたくさんいたら、漁師さんは海に出られないですよね。海遊びもできなくなったら、観光も成り立たない。もしかしたら真珠を魔石として売れば、それで生きていけるのかもしれないですが……」

ハストさんが言っていた。魔石のために命をかけるべきではない、と。

北の騎士団で避けていたことを、この港町で行うことになってしまう。

「……きっとこの港の人の暮らしは変わりますよね」

雫ちゃんが呟《つぶや》く。

私はそれに、「うん」と頷いた。

「変化がダメってわけじゃないですけど……」

できればこの街に住む人たちが、海とともに生きていく道があるのなら——

「私にできることがあるかもしれません。できれば、もう少しここに残りたいです」

スキル『台所召喚』と包丁（聖剣）。

私の力で、だれかを助けられるかもしれないから。

「……そうだネ。ボクもきれいな海とおいしい魚と素敵な女の子がいる街を守りたいと思うヨ」

「はい。せっかくこんなにおいしい魚が獲れるのに、食べられないなんてもったいないです」

「ハハハッ！　シーナ君は本当に料理が好きなんだネ！」

エルジャさんが笑う。

私を見る紫の目は優しい色をしていた。

「ということだから、スラスター！　さあ、いい策を出すんダ！　シーナ君たちに危険が少なく、そしてこの街も今まで通りに暮らせて、魔魚のことも解決できる素晴らしいやつを頼むヨ」

エルジャさんの無茶ぶり。

それにスラスターさんは、くいっと眼鏡を直して答えた。

「そもそも深刻に考えすぎるのはよくありません。体内で魔石を作ることができる魔魚がいるとして、すべての魔魚がそうなったと考えるのは早計でしょう。それならばもっと早くに魔魚は魔海から出ているはず。しかし、魔魚の目撃例はいまだほんの数例」

たしかに。魔魚が魔石を獲得したのなら、とっくに魔魚がうようよしているはずだ。

「北の森でも、魔獣は元の生物の体を基に変化します。ということは、シンジュが貝から生成されるのならば、貝の形態の魔魚のみが魔石を持っているのかもしれません。シンジュの入手先については情報の確保ができると考えているので、情報を得てから、どう行動するか決めてもいいのでは？」

「なんダ！　それは策じゃなくて、ただの様子見じゃないカ！」

「今はそれが必要だということです」

エルジャさんは解決策を求めていたようだが、スラスターさんはひとまずは情報収集を続けるべきだと判断したのだろう。

必要な情報はたくさんあるが、まずは真珠の入手先。

怪しい店の店主は金貨ですごく揺らいでいたようだったし、スラスターさんが通えば、すぐに情報を持ってきてくれそうな気がする。

「それに帰還については、こちらにはゼズとギャブッシュがいます。本当に危険だと感じたときはすぐに帰還すればいいでしょう」

スラスターさんの言葉に頷く。

私の心は決まった。

すると、隣の雫ちゃんが私の手をぎゅっと握って——

「大丈夫です。もしものときは私が聖魔法を使います。椎奈さんを絶対に守ります」

「ありがとう。雫ちゃんの力はすごいから、安心する」

なんせ千年結界の聖女だからね！

「僕もシーナさんを守るよ！」

「うん。レリィ君の炎もすごく強いから安心だね」

「私もだ‼　魔魚にも鳴きマネは効くだろうし、いくらでも惹《ひ》きつけてやるからな！」

「はい。鳴きマネもすごく上手だから、安心できます」

二人の言葉にもありがとう、とお礼を言う。

そして――

「ハストさんも」

「私はシーナ様が選んだ道を切り拓《ひら》きます」

本当に心強い。

今は平和で、問題なんて起こりそうにない港町。もし、なにかあっても、みんながいれば大丈夫だって信じられる。

「貴女《あなた》は深く考えず、海を楽しんでいればいい。……問題はあちらから勝手にやってくるものです」

スラスターさんが笑う。

すると、バタンッ！　と扉が開く音が大きく響いた。

音につられて、そちらを見れば、そこにいたのはハンターたちから逃げているはずのゼズグラッドさん。

駆け込んできたようだ。

「おい‼」

発された言葉は危機感を含んでいて――

「――波止場に魔魚が出たぞ！」

ゼズグラッドさんの言葉を聞いて、みんなですぐに宿を出た。

すれ違う人たちは、口々に魔魚について話しながら、波止場から遠ざかるために、逃げているようだ。

私たちは人波に逆らいながら、波止場へと急ぐ。

波止場は、私たちの宿があった砂浜とは違い、海に向かって陸地がせりだしており、舟がそのまま着岸できるようになっている。

大きな舟は停まっていないが、小舟がたくさん並んでいた。そこにいたのは――

「クジラみたいですね……」

「うん。でも、クジラより不気味……」

海にいたものを確認して、雫ちゃんと話す。

サイズはクジラやシャチを彷彿《ほうふつ》とさせるぐらい、大きい。

でも、哺乳類《ほにゅうるい》のようなかわいいフォルムはしていなくて、THE・魚！　という形をしていた。

ミニバンぐらいのサイズの魚。それが夜の海で、背びれと目を出し、こちらを見ているという、街の人が逃げ出したくなる気持ちも納得の光景だ。

「いきなり波止場に現れたけれど、ああやってこちらを見ているだけだ。今は街のやつが警備の兵を呼びに行ったから直に到着するぞ」

ゼズグラッドさんは魔魚を見つけた場面に遭遇したようで、街の人の様子を伝えてくれる。

「この街のやつらは魔魚の恐ろしさをわかっているから、野次馬もいねぇ。すぐに逃げ出した」

波止場には私たち以外、だれもいない。

物珍しいから、見ておこうと考えるような事態ではないのだろう。

「確認されたのは一匹か？」

「ギャブッシュと周囲を飛んでみたが、上空からはその一匹しか見つけられなかった。潜ってたらわからねぇ」

「わかった」

ハストさんの言葉にゼズグラッドさんが答える。

海にいるのはたった一匹。

でも、その大きさで舟にぶつかれば、波止場に停めてある小舟ならば、すぐに沈んでしまうだろう。

ちらちらと見える歯もギザギザとしていて、とても鋭い。

今は私たちが陸地であちらは海と、隔てられているからいいが、こんなものに海で出会いたくはないだろう。

そして、海は広大で、あちらは泳いでどこにでも行ける。

警備兵を呼んだとして、どうやって倒すのか……。

「あれが魔魚……」

「そうです。本来なら魔海から出ることができないはずのものです」

ぼそりと呟くと、スラスターさんが暗い海を見下ろしながら答えた。

陸から海の中を覗《のぞ》くことはできない。それが私の心を不安にさせて——

「やります」

ハストさんはそう言うと、先を鋭く尖《とが》らせた木の棒を構えた。

……うん。たぶん、それで串刺《くしざ》しだね。わかる。モリみたいに使うんだよね。わかる。絶対に刺さる。あちらがどんなに泳いで逃げても、ハストさんなら仕留める。わかる。ヤるんだね。わかる。

わかりみしかない。

不安が消え、一瞬で先が読める。

私はハストさんの邪魔にならないように、後ろへと下がった。

するとと、魔魚はその場でふるふると震えだして——

『ギョォー！』

……え。

「シーナ様……っ！」

「シーナさん！」

「シーナ！」

「イサライ・シーナ！」

「っ……椎奈さん！」

「シーナ君！」

みんなが一斉に私を呼ぶ。

魔魚が、ぎょろりとした目で私を見て、跳んだからだ。

私に向かって、まっすぐに……っ！

「お、おいしくなぁれ！」

こんなとき、持ってて良かった、三徳包丁（聖剣）。

私はちょっと焦りながらも、念のために台所から持ち出したそれを魔魚に向かってかざした。

すると、跳び上がった魔魚の体がきらきらと光って、小さくなっていく。

そうして現れたのは——

「もどりがつお」

戻り鰹《がつお》。秋の旬《しゅん》だよね。春の初鰹《はつがつお》より脂がのっておいしい。

体長は80㎝ぐらい。なかなか大物。紡錘形で背中の黒色がお腹《なか》にいくに従って、白くなっている。

側腹部にある横縞《よこじま》がきれいだね。

実際の戻り鰹は黒潮に沿って北上して、秋に南下する。その南下した場所で獲るから戻り鰹と呼ぶので、異世界で獲れたこのカツオを戻り鰹と表現していいかは微妙だ。

でも、きっと戻り鰹。脂がのってそうだし。戻り鰹！

「ハストさん！　締めてもらってもいいですか？」

波止場に打ち上がり、ピチピチと跳ねるカツオ。このままでは身が傷んでしまう……！

「はい」

私のお願いにハストさんは素早く動き、カツオを捕まえると、木の棒でカツオの眉間《みけん》をぐっさりと刺した。

刺された瞬間にビクビクッと動いたあと、動かなくなるカツオ。

「血抜きもしますか？」

「お願いします」

おいしくいただきます。

「本当は私ができればいいんですけど、こんなに大きいカツオは自信がなくて……」

「暴れる魚は危険です。下処理はお任せください。それに――」

ハストさんがふっと笑う。

「――シーナ様に頼っていただけるとうれしい」

心配ない、と言ってくれるハストさんに、本当に安心する。

魔魚を見て、不安だった心が今はウキウキとしていた。

「雫ちゃん、カツオだよ。きっとおいしいよ」

ごはんを思い浮かべると、思わず笑ってしまう。

だから、雫ちゃんも喜んでいるだろう、と思うと雫ちゃんは不安そうに私を見ていた。

「あの……椎奈さん……」

言い辛そうな口調。それに、私はハッとあることに気づいた。

「いや、いや！　違うよ雫ちゃん。私は魚料理なんて全然考えてないよ！」

そう。私はお肉のことを考えると魔獣を呼び寄せてしまうわけだから、魔魚も呼び寄せる可能性がある。

魔獣のほうは雫ちゃんがすごく強い結界を張ってくれたから、問題はなくなった。

あと、呼び寄せるといっても「お肉食べたい」は大丈夫で、「○○を食べたいから、○○来ないかなー」みたいなのが危険だというのも、なんとなくわかる。鳥型魔獣と猪型魔獣は、そういう感じで考えてしまったし。

なので、無実です。私はカツオ料理を考えてはいない。無実……！

でも、雫ちゃんの顔はまだ曇ったままで……。

「そうですよね……でも、あの魚……椎奈さんだけをまっすぐ見て、喜んでいるように見えたので……」

たしかに。

「……鳴いたあと、私に向かって、跳んできたよね」

それは間違いない。

反論できずにいると、スラスターさんが右口端を上げて笑った。

「やはり貴女《あなた》は面白い」

笑うスラスターさんと、私をじっと見つめるみんな。

すると、カツオから内臓を取り出していたハストさんが低い声で告げた。

「……シンジュだ」

ハストさんが手を開く。

そこには白く輝く真珠があった。

魔魚から変化したカツオ。そのお腹から真珠が出てきた。

この事実からわかるのは、『真珠は魔魚から採れる魔石ではないか?』という推測が当たっていた可能性が高いということだ。

しかも、貝型の魔魚ではなく、魚型の魔魚だったわけで……。

日本のように、二枚貝から真珠が採れるので、二枚貝の魔魚から真珠が採れる……というわけではなさそう。

つまり、すべての魔魚が魔石を持っている可能性がまた出てきた。

そうなると、この海は魔魚だらけになってもおかしくない。事態は深刻。

さらに、魔魚はおかしな挙動だった。なぜか波止場に現れ、なにもせず観察するだけ。その魔魚が私を見て喜んでいるようにも見えた。

なにか不思議なことが起きている。それがまた私に関係しているかもしれない。

なので、私は——

「おいしいごはんをつくろう!」

ね。まずは目の前にあるカツオを食べよう。おいしいから。

「あっちは大丈夫でしょうか……?」

隣にいる雫ちゃんが心配そうに首を傾《かし》げる。

あっち、とは波止場のことだろう。

私たちは警備兵が波止場に到着するのと入れ違いに、宿に戻ってきたのだ。

「うん。ゼズグラッドさんがうまくやってくれてると思うよ」

そう。魔魚についての説明役としてゼズグラッドさんを残した。

ゼズグラッドさんがギャブッシュを呼び寄せたために、街の人に竜騎士とバレたので、頼りにされているようなのだ。

本来なら王太子であるエルジャさんのほうが圧倒的に立場が上なのだが、今はどう見ても、位が高くは見えないしね……。

他は騎士であることをだれも話していないため、必然的に『竜騎士』というのが、あちらからは一番高位の者に見えているんだろう。

ゼズグラッドさんはいやそうにしていたが、これも『海の男コンテスト』から逃げ出した代償……。

女性にモテて、街の人に頼りにされる。いいことだ。

ゼズグラッドさんは責任感の強い人なので、役割もちゃんとこなすしね。いいことだ。

……いや、面倒事を押し付けたわけじゃないんだよ、ふふんラッシュ。

「シーナ様、下処理は終わっています」

「ありがとうございます！」

そう言って、ハストさんが差し出してくれたのは、柵《さく》に分けられたカツオの身。

宿についていたキッチンで、あっという間にさばいてくれたのだ。

「机に置きます」

ハストさんはそう言うと、皿に載ったカツオの柵を机の上に置いた。

私たちがいるのは、宿のテラス。星明かりと祭りの灯《あか》り、部屋の窓からの光で、夜だけどそれなりに光量はある。

その光に照らされて、赤いカツオの身がきらっと光った。

「シーナさん！　次は僕の出番なんだよね？」

「うん。レリィ君の火加減においしさがかかってるよ」

「でも、本当に高火力で焼いていいの？　それだと表面は焼けるけど、中まで火が通らないと思うんだけど……」

私の返事にレリィ君の顔が曇る。

たしかに、カツオの柵は分厚いから、弱火で焼かないと、中に火が通る前に表面だけが焼けてしまう。

でも、それでいいのだ！

「今回は中は生のままで食べたいから、それでお願いしたいな」

「そうなんだ！　わかった」

「とくに、皮をこんがりと焼いて欲しい。パリッて感じに」

「うん！」

説明を続ければ、レリィ君もすぐに理解して、笑顔で頷《うなず》いてくれた。

「シーナ様、塩です。適量振りかければよろしいですか？」

「はい。お願いします」

ハストさんがカツオに塩をまんべんなくかけ、表面に馴染《なじ》ませる。

それが終わると、レリィ君がカツオの柵に手をかざした。

てのひらから出た青い炎が、カツオの表面をなめていく。

すると、赤かった身がみるみる白く変わり、皮目もこんがりと焼けた。

「どう、シーナさん？」

「ばっちり！」

完璧《かんぺき》。香ばしい匂《にお》いも漂い、今すぐに食べてしまいたい。でも、あとひと手間！

「みなさん、少し待っていただいていいですか？　台所に行って、仕上げてきます」

「わかりました」

「待ってるね！」

カツオの柵の載ったお皿を持ち上げる。

手伝ってくれていたハストさんとレリィ君がすぐに頷いてくれた。

「椎奈さん、私も行きます！」

「うん！　ありがとう！」

雫ちゃんが、私の腕に手を寄せる。これで準備はＯＫ。ではさっそく――

「『台所召喚』！」

――やってきました、私の台所（スパダリ）。

「じゃあ雫ちゃん、ちょっと待っててね」

「はい！」

雫ちゃんに声をかけたあと、手に持っていたカツオを冷蔵庫へと入れる。

さっき、レリィ君に焼かれたばかりのカツオは熱を持っている。それを締めるために冷やしたいのだ。

レリィ君がせっかくいい感じに火を入れてくれたので、余熱で火が通ることは避けたい。

この冷蔵庫ならば、冷やすだけではなく、身を最高の状態にしてくれるという付加価値もあるので、氷水で冷やすよりよっぽどいいと思う。大型にしたために台所で存在を主張するこの冷蔵庫。信頼しかない。

そして、カツオを冷蔵庫へ入れた次は、ポイント交換へ。

「ネギとしょうが……。にんにくはまだあったかな。あとはこれ……と。よし」

液晶を操作して決定。

すると、あたりが白く光り、調理台に交換したものが現れた。

「あ、ポン酢ですね」

現れた一つ。ガラス瓶に入った調味料を手に取って、雫ちゃんが微笑《ほほえ》む。

「うん。今回は特製タレを作ろうと思って」

「ポン酢をかけるだけじゃないんですか？」

「まあ、簡単なものなんだけどね。雫ちゃんにも手伝ってもらっていいかな？」

「はい！」

「じゃあ、まずはネギを小口切りにしてくれる？」

「こぐちぎり……」

「あ、普通の輪切りで、薬味に使うネギの切り方って言ったほうがわかるかな。ちょっとぐらい繋《つな》がってたり、薄かったたり、太かったりしても大丈夫だよ」

ポイント交換したネギを水で洗って、まな板と包丁を準備しながら、雫ちゃんに説明する。

雫ちゃんは小口切りにはピンと来なかったようだけど、薬味のネギと言われたらすぐにわかったようだ。

私から受け取った包丁を持ち、真剣な顔で青ネギと向き合っている。

「猫の手……猫の手……」

かわいい。青ネギを切るだけでかわいい。

「ゆっくりでいいからね」

なので、青ネギは雫ちゃんに任せて、私はしょうがとにんにくをおろすことにする。

すると、調理台が白く光って――

「あ……これ、タレを入れるためのものですね」

「こっちは青ネギを入れるためみたいだね……」

現れたのは、注ぎ口のついた大きめのとんすい。

これに直接、しょうがとにんにくをすりおろして、そこにポン酢を入れて混ぜることができそう。

しかも、注ぎ口もあるから、大皿に載せたカツオに回しかけることも可能な形状をしていた。

もう一つの器は雫ちゃんが切ってくれている青ネギを入れるのにぴったりだ。

「……好き」

なでなで。台所大好き。なでなで。

雫ちゃんがいるけど、気にせず撫《な》でちゃう……愛が止まらない……。

「椎奈さん……本当にこのスキルを気に入ってるんですね」

「うん。このスキルで良かったっていつも思うんだ……」

スーパーダーリンすぎてね……。

私の惚気話《のろけ》に、雫ちゃんがふふっと笑う。

台所はスパダリだし、雫ちゃんはかわいいし、この空間は癒《い》やし力が強い。

「よし、それじゃあ続きするね」

「はい、私も切ります」

いつまでも撫でていたいが、みんながテラスで待っているので、作業を再開する。

台所が出してくれたとんすいにしょうがとにんにくをたっぷりと。そしてそこにポン酢と醤油《しょうゆ》、めんつゆを入れた。

「調味料、何種類か混ぜるんですね」

「うん。ポン酢だけでもおいしいんだけど、ちょっと薄いから醤油を足して、あと、甘さと出汁《だし》をめんつゆで足すって感じかな」

割合的にはポン酢が一番多くて、醤油とめんつゆは好みで。

そうしてできたのは、薬味がしっかり入った、特製タレ。

混ぜたあとは、冷蔵庫に入れて、ワンドアぱたんをして馴染ませる。

「雫ちゃん、どう?」

「終わりました。……ちょっと大きさがバラバラになってしまいました」

私が特製タレを作り終わったころに、ちょうど雫ちゃんも青ネギを切り終わった。

雫ちゃんが切ってくれた、たっぷりの青ネギ。一生懸命切ってくれたんだろう。

「上手にできてるよ」

「……良かったです」

親指を立てて答えると、雫ちゃんが安心したように、はにかむ。

「それじゃあ、雫ちゃんは青ネギを持ってもらっていいかな?」

「はい!」

しっかりと返事をした雫ちゃんが青ネギの入った器を持って、私の腕にぎゅっと掴《つか》まる。

私は表面を焼かれ、冷蔵庫で休ませたカツオの柵と特製タレを持って。

――カツオのたたき、特製薬味ダレ。

「『できあがり』!」

下ごしらえを進めたものを、台所から宿屋へと持ち帰った。

雫ちゃんの切ってくれたネギと、特製タレはとりあえず机に置き、カツオの柵をハストさんに渡す。

「ハストさん、あの、切ってもらいたいものがあるんですが、お願いしてもいいですか?」

「もちろん」

「このカツオをちょっと斜めに、これぐらいの厚さで切ってもらいたくて……」

ハストさんに示した厚さは1・5㎝ぐらい。

普通の刺身よりはちょっと厚いけれど、カツオのたたきはしっかりと身の味を楽しみたいので!

ハストさんは私の言葉に頷くと、すぐに切り分けてくれた。

「さすがハストさん!」

カツオは表面を炙《あぶ》ってあるので、中の身と違って、うまく切らないとボロッと崩れやすい。

けれど、ハストさんの【研磨】により磨かれた包丁と迷いのない切り方により、炙った身の部分もまだ生の部分も、切り口がとてもきれいだ。さらに厚みも均等。

「好き……」

見て、この切り身……。

切られたカツオに感動して、思わず言葉が漏れてしまった。

すると、隣にいたハストさんはびっくりするほど、豪快にむせた。

「っ……ゴホッ!!」

「え、あ、え？　大丈夫ですか？」

「っいえ……大丈夫です、申し訳ありません」

いきなりむせたハストさんだけど、すぐに冷静さを取り戻す。

大丈夫そうだな、と思っていると、隣にいた雫ちゃんが「あの……」と私に声をかけた。

「椎奈さん……今の『好き』って……」

どうやら、ハストさんと私のやりとりが聞こえていたようだ。

私は雫ちゃんの言葉に「そうなんだ！」と勢いよく食いついた。

「うん！　雫ちゃん、見て、このカツオ！」

「カツオ……」

「この炙った身と赤い身の境目！　赤い身がしっとり光っててすごくきれい」

「身の境目……」

「ハストさんのすご腕のおかげで、こんなにおいしそうになって……。そう思ったら『好き』って言葉が出てたよね……」

出ちゃうよね。素直な気持ち。

「そうなんですね……」

雫ちゃんはなんとも言えない顔で私を見たあと、ちらりとハストさんを見る。

ハストさんは「わかっています」と頷いた。

「シーナ様の『好き』については理解しているつもりです」

いつも通りに落ち着いているハストさん。

その水色の目が優しく私を見つめた。

「けれど、シーナ様の言葉に胸が弾んでしまうのは抑えられません」

やわらかな視線と言葉。それに私の胸も弾んで――

「なるほど。ハストさんもカツオが好きなんですね」

おいしいもんねぇ。

おいしいものを想像すると、ウキウキする。

だから、にんまり笑ってハストさんと雫ちゃんを見ると、二人とも優しく笑ってくれた。

「シーナ様の作る料理はいつも楽しみです」

「椎奈さんがうれしそうだと私もうれしいです」

「うん、じゃあ仕上げをしよう！　この宿ってお皿もあるんですよね？」

「はい。どのようなものがいいですか？」

「カツオの切り身を全部並べられるぐらいの大皿と、あとは取り分け用のお皿があれば……」

この宿は一棟貸しのようになっていて、キッチンやちょっとした調理用具、お皿なんかも用意されていた。

なので、そのお皿を準備してもらい、そこにカツオを盛っていく。

大皿にきれいに並べたカツオ、そこにたっぷりの青ネギを。特製の薬味ダレは食べる直前にかけることにした。

「すみません、お待たせしました」

テラスで待っていてくれたみんなのもとに向かい、声をかける。

ハストさんが大皿、私は薬味ダレを運んだ。

大きなガーデンテーブルに大皿を載せれば、「わぁ！」と声が上がる。

「すごくきれいな色！」

「魔魚がこんな風になるなんてネ！」

レリィ君に次いでエルジャさん。

「やっぱりお前は草が好きだな！」

そして、ははっ！　と高笑いを上げるアッシュさん。

ガーデンテーブルに置かれた大皿。そこに載ったカツオの赤い身が光っている。

アッシュさんの大好きな草（青ネギ）の緑色が映えていて、とてもおいしそうだ。

あとは、各自がイスに座り、取り皿を配れば、準備完了！

「最後に、特製薬味ダレをたっぷりかけて……」

台所が出してくれたとんすいに作ったタレを、カツオと青ネギにかけていく。

にんにくとしょうががたっぷり入ったタレがきらっと輝いた。

「お刺身だ……」

雫ちゃんがポツリと呟《つぶや》く。

感慨深そうなその言葉に、私もうんうんと頷《うなず》いた。

「こっちの魚料理は全部、火が入ってるもんね」

「はい……。懐かしいです」

私と雫ちゃんには親しみ深い。

けれど、それはここでは違うということで……。

「あの、今回は魚に火を入れない調理方法です。私たちにはそれがおいしく見えますが、もし食べられなかったら、遠慮せず残してください」

表面を炙ってはいるから、レアステーキと同じ感じで食べられればいいなと思った。

けれど、魚の生食に慣れていなければ、カツオのたたきにあまりいい感想は持てなくてもおかしくない。

こちらに合わせて、火を入れた調理をすればよかったが、旬《しゅん》のカツオはたたきで食べたかったのだ。

なので、無理はしないでくださいと伝えたが、みんなは気にせずに、自分の取り皿にたたきを運んで——

「僕はシーナさんの料理が大好きだから、食べるよ」

レリィ君がふふっと笑う。

「私は海の近くにあまり行かなかったから縁がなかったが、このあたりでは生でも食べると聞いたことがある。……それに！　お前が作った料理なら私は食べるからな！」

アッシュさんはなぜか胸を張った。

「ボクも新しい食文化に興味があるヨ！　ボクならなにを食べても平気だしネ！」

王太子殿下なのだから、食べ物には気を付けたほうがいいだろうに、エルジャさんは自信満々に頷いた。そして――

「私はシーナ様の作るもの、すべて食べたい」

ハストさんが優しい水色の目で見つめてくれる。

だから、顔が勝手にほころんで……。

「……ありがとうございます」

みんなのことが好きだなぁ……って。

こんな時間がずっと続けばいいな、って。

「ゼズグラッドさんとギャブッシュの分も取っておきます」

きっと、二人も「食べたい」って言ってくれると思うから……。

「では、食べてみてください」

私の言葉を合図に、みんながそれぞれカツオのたたきを口に入れる。

「おいしい……！」

最初に歓声を上げたのはレリィ君だった。

「生のお魚だけど、香ばしいね！」

「レリィ君に表面を炙ってもらったからだね。火加減ばっちりだったよ」

「シーナさんの役に立ててよかった。このタレもちょっと酸っぱくて、おいしいね！」

若葉色の目がきらきらと光る。

口に合ったみたいでなによりだ。

「そうだネ！　すごくおいしいじゃないカ！　この身は少しクセがあるが、タレのおかげでそれもおいしく感じるヨ！　魔魚がこんなにおいしくなるなんてネ！」

エルジャさんがハハハッ！　と笑い声を上げる。

カツオのたたきについてもだが、魔魚がおいしい魚になったというところも面白ポイントのようだ。紫色の目が楽しそうに輝いている。

「生の魚だが、こんなにおいしいのか……」

そして、アッシュさんは珍しくムムムッと唸《うな》っていた。

「生の魚ですが、大丈夫ですか？」

「まったく問題ない！　……むしろ、私はこれまで魚はパサパサしていてあまり好きではなかった。火を入れてない魚はこんなにもうまいのか……」

「食感が全然違いますよね。生のほうが甘みがあるというか……」

「ははっ！　そうだな！　この食感と甘みがいいな！」

「アッシュさんの大好きな草もありますしね」

雫ちゃんが切ってくれた青ネギがカツオに合うのだ。

アッシュさんが生の魚を好きになってくれたのは意外だったが、魚は火を入れるとパサッとしやすいので、それが苦手だったのかもしれない。

うんうん、と頷く。すると、隣に座っていた雫ちゃんがほぅとため息を漏らした。

「おいしい……」

頬《ほお》が染まり、目が潤んでいる。

どうやら、ため息というよりは、思わず漏れてしまった吐息だったようだ。

そして、最後は――

「うまい」

――おいしいのしるし。

「厚く切った身が魚の味をより感じさせてくれます。表面を炙ることで皮は食べやすく、身はしっとりと仕上がっていて、魚の持つ脂とちょうどいい。このさっぱりとしたタレと薬味が合いますね」

ハストさんがいつも通り、しっかりと味わいながら感想をくれる。

それがうれしくて……。

私もカツオのたたきをぱくりと口に入れた。

広がるにんにくとしょうがの香り。少しクセのある身はハストさんの言うようにしっとりとしていた。厚く切った身を噛《か》むと、カツオの旨味《うまみ》が広がっていく。飲み込めば、口の中には青ネギとポン酢の爽《さわ》やかさが残った。これはもう――！

「おいしい……」

雫ちゃんと一緒。ほう、と思わず息を吐いてしまう。

日本のおいしさがここに……！

「ごちそうさまでした」

そういうわけで、あっという間に食べ切ってしまった。

おいしい……。生のお魚……大好き……。

きらきらと輝くみんなの体と、消えていくお皿と残るお皿。

宿屋で使ったお皿はみんなで片付けて、今度は室内のソファへと移動した。

これで、魔魚が出現する前の状態に戻る。

ごはん中はレリィ君の足元に侍《はべ》っていたスラスターさんも、エルジャさんの隣へとちゃんと座っている。

「では、休息をとったところで」

碧《みどり》色の怜悧《れいり》な目をして、淡々と告げた。

「貝型ではない魔魚にシンジュがあった意味を考えましょう」

魔魚が出る前の話では、様子見と決まっていたが、新たな情報が手に入った。

私が包丁でカツオへと変化させた魚型の魔魚から真珠が出てきたのだ。

魔力を持った石。これまでは魔獣からしか採れなかったものが、魔魚の中にもある。

「やはり、魔魚が魔石を作れるようになったということですか……？　さっきの魔魚は魚でしたよね」

スラスターさんの言葉に最初に反応したのは雫ちゃん。

そう。貝型の魔魚からしか採れないのかと考えたが、さっきの魔魚はどう考えても魚だった。

貝型だけじゃなく、魚型も真珠を作れるということなんだろうか……。

「確定ではありませんが。魔魚の体内からシンジュが採れたのは間違いありません。シンジュについてもう少し詳しく教えてください。そちらの世界ではシンジュは貝が作っている。そうでしたね？」

「はい。えっと……たしか、二枚貝で主に作られます。アコヤ貝って名前だったかな」

スラスターさんに今度は私から話をする。

最初にしていた話より詳しく。……といっても、覚えている範囲だから、そんなに情報はないのだけれど。

真珠を作る貝は、アコヤ貝のほかにも何種類かあったと思う。たぶん。

「真珠のサイズが大きくなればなるほど高価でした」

「なるほど。どの貝からでも採れるというものではない、と」

「はい。そもそも自然にたくさんできるものでもなくて……。私たちの世界では人工的に真珠を作るために、貝を育てている感じでした」

真珠には天然物と養殖物がある。

養殖ができるから、私みたいな庶民でも手が出せるお値段だった。

「他にシンジュについて覚えていることは？」

「あとは……そうですね。『月のしずく』とか『人魚の涙』とか呼ばれていました」

「月の……しずく……。そんな別名があったんですね」

真珠の別名に雫ちゃんが反応した。

「あ、雫ちゃんに関係があるわけではないと思うよ。それぐらいきれいっていうだけだから」

「……そう、ですよね」

すぐにフォローしたのだけれど、雫ちゃんは少し考えているようだった。

みんなもなんとなく雫ちゃんへと視線を走らせていると、スラスターさんが話を続けた。

「シズク様の名前との関連性はわかりませんが、頭には入れておきます。とにかくそちらの世界ではシンジュが自然に貝の体内で生成されるのは稀《まれ》であり、魚に入っていることなどない。そういうことですね？」

「はい。……あの、万に一つなんですが……」

話をまとめてくれたスラスターさんの言葉に頷く。

そして、ありえないとは思うけれど、ほかに考えられることも付け加えた。

「もしかしたら、二枚貝の体内に真珠があって……。肉食の魚がそれを食べて。偶然に魚の体内に真珠が入ることもなくはないかも……しれません……」

「ヴォルヴィ、真珠は魚のどこにあった？」

「シーナ様に血抜きを頼まれ、内臓を取り出した。……その内臓の中にあった。消化管ではあった」

「なるほど。では、その考えもありえるということですね」

私とハストさんの言葉にスラスターさんが口元に手を当てて、考え込む。

私は「あの」とハストさんに話しかけた。

「魔獣の場合は魔石のある場所が決まっているんですか？」

「いえ、魔石のある場所は魔獣によってさまざまです。ですので、今回の魔魚が自身で魔石を作ったのか、外から摂取したのかを部位で特定することはできないか、と」

「そうなんですね……」

体内で魔石を作る場所が決まっているのなら、今回の魔魚の魔石が採れた部位で、可能性を絞れるかと思ったんだけど、それは難しそうだ。

「考えられる可能性が二つ。一つは魚型の魔魚が魔石、シンジュを作れるようになった可能性。もう一つはシンジュを体外から取り入れた可能性。現在の情報でわかることは、シンジュがたしかに魔魚の体内にあり、それを利用して魔海から出たこと。これは間違いありません。そして、それが今回だけに止《とど》まるのか、同じことが発生するのかで変わってくるでしょう」

「……ですね」

今、わかっていることをまとめる。
・魔力を持つ魔石、真珠がこの海にあること。
・真珠を採り、売ろうとしている密漁者がいること。
・魔魚が魔海から出ているという目撃情報があること。
・魚型の魔魚が魔海から港までたどり着いたところに私たちが遭遇したこと。
・魔魚の体内から真珠が採れたこと。
あとは……。

「あの、これは、よくわからないんですけど……」

まだ、みんなに言えていないこと。

真珠を売っていたあの店で体験した不思議なこと。

「真珠を手にしたとき、声が聞こえたんです」

「声？」

「はい。その……『会いたい、会いたい』って」

今回の魔魚騒動とは関係ないかもしれないが、ちゃんと話しておいたほうがいい気がする。

真珠を持つと声が聞こえるなんて、怖いし……。

「ハハッ！　まるで、この港で噂《うわさ》されている幽霊みたいだネ！」

私の言葉に今まで黙って話を聞いていたエルジャさんが、面白そうに笑った。

いや、笑いごとではない。

「エルジャさんたちも幽霊の話を聞いたんですね……」

「ああ、港の女性が教えてくれたヨ！」

エルジャさんが私を見て、パチリとウインクをする。

いや、ウインクをするような話題ではない。

「幽霊？　なんだそれは」

「椎奈さん、それはどういうことですか？」

「僕も知らない」

どうやらアッシュさんは話を知らなかったようで、首を傾《かし》げている。

雫ちゃんとレリィ君も、不思議そうに私を見ていた。

「あのね……せっかくの楽しい旅だし、あんまり言いたくないんだけど、幽霊が出るらしいんだ」

「ボクが聞いた話だと、海に出るみたいだネ。美人な女の幽霊。『会いたい、会いたい』って泣いていて、その幽霊を見た者が乗る舟は沈んでしまうという話だったヨ」

「私が聞いた話とほぼ同じです」

日本にいるタイプの幽霊だよね……。

「それで、シンジュを持つと声が聞こえるというのは？」

私が背筋をゾクゾクとさせていると、スラスターさんが怜悧な碧色の目で私を見る。

「そのままの意味なんですが、あの店で真珠に触ったとき、声が聞こえたんです。頭に響いてきたというか……」

「あの場にいましたが、なにも聞こえませんでした。店でシンジュを触ったのは私とレリィもです。私はなにも感じていません。レリィは？」

「僕は魔力があるかどうかはわかったけど、声なんて聞こえなかったよ」

「そうですよね……」

やっぱり私にしか聞こえていなかったんだなぁ。これで本当に幽霊と関係があるとしたら怖すぎるよね……。

視線を遠くへと飛ばし、黄昏《たそが》れていると、隣の雫ちゃんが「大丈夫ですか？」と心配そうに声をかけてきた。

「あのとき、椎奈さんの様子が変だったのはそのせいだったんですね」

「うん。すぐに手を離したし、みんなの様子は変じゃなかったから、気のせいかな？　と思って」

気のせいだといいなぁ、と思って……。

「ボクはシーナ君が聞いたシンジュの声と幽霊はなにか関係があると思うナ！」

「え、いやですけど」

「ハハッ！　シーナ君は絶対に面白いことに関わってるし、シーナ君と一緒にいると、思ってもみなかったすごいことになるのサ！」

「え、いやですけど」

「王太子であるボクのお墨付きダヨ！」

「え、いやですけど」

いらない、お墨付き。

「根拠があって、事件と関係があると言っているわけではないのでしょう？」

「ああ！　ボクの勘ダヨ！」

明るいエルジャさんの言葉に拒否を返していると、スラスターさんがやれやれと息を吐いた。

その言葉にもエルジャさんは快活に返す。

勘でお墨付きを与えていいのだろうか……。

「バカは放っておいて、とりあえず、今ある情報はこれぐらいですね」

「そうだネ！　じゃあ明日からの行動を決めようじゃないカ！　せっかくの夜なんだ、ボクは早く遊びたいヨ」

　エルジャさんはまだ遊び足りないようで、夜の港に繰り出すようだ。元気だな……。

「じゃあ、スラスター、明日は？」

　エルジャさんの視線を受けたスラスターさんが全員を見回した。

「魔魚が出る前に話した通り、もう少し情報を集めましょう。なにかあれば情報はできるだけ共有するように。明日からも引き続き二手に分かれて、調査をしましょう」

「今日みたいにカナ？」

「はい。一方は密漁者に接触し、シンジュの生成される原因を探ります。もう一方は港で幽霊や魔魚についての情報を集める。港のほうは怪しい者ではないというアピールとして、観光でもしながら、遊んでいればいいでしょう」

　スラスターさんの案になるほど、と頷《うなず》く。

　夜店を楽しんだときのように、普通の旅行者らしくしていればいいということだろう。

　たぶん、私は観光かな。

「じゃあボクはシンジュのほうにしようカナ！　潜入調査のほうが面白そうだからネ！　スラスターもこちらだろう？」

「ええ。私もシンジュの調査をします」

「そっちの二人はシーナ君から離れないだろうし、ゼズグラッドは目立ってしまったから、潜入調査は無理ダネ。じゃあ、アシュクロードはこちらに来てもらおうカナ」

「あ、……はい、わかりました」

アッシュさんはとくに反論はせず、エルジャさんの言葉に頷いた。

……なんか、すごく私をちらちら見ているけれど。

「シーナ君、レリィグラン、ヴォルヴィが観光か。あとはシズク君だが……」

エルジャさんが雫ちゃんを見る。

雫ちゃんはまっすぐにその目を見つめ返していて――

「私は真珠のほうに行こうと思います」

「え……」

思わず声を漏らしてしまった。

だって、雫ちゃんは一緒に観光するとばかり……！

「はい。でも、女性が一人いたほうが、密漁者も疑わないんじゃないかなって思ったんです」

「危ないよ？」

「それなら私が行くよ！」

雫ちゃんは観光をしよう！

勢い込んでそう言ったけど、雫ちゃんは首を左右に振った。

「いいえ。真珠から声が聞こえたなら、椎奈さんはあまり近づかないほうがいい気がして……」

心配そうな顔をする雫ちゃん。そして、さらに言葉を付け足した。

「……きっと、椎奈さんのほうが危ないと思います」

「え」

私に危ない要素あった？

「え？　観光するだけだよ？」

雫ちゃんの言っている意味がわからなくて首を傾げる。

すると、エルジャさんがハハッ！　と笑った。

「シーナ君にお墨付きを与えてるのは、ボクだけじゃないみたいダネ！」

え……そういうこと？

「あの魔魚、椎奈さんに向かって跳んできました。早く解決して、この海を元に戻しましょう。椎奈さんを守るにはそれが一番だと思います」

真剣な顔をしながら熱い瞳《ひとみ》で語る雫ちゃん。

「僕とヴォルさんで守るから！」

その思いに応《こた》えるように、しっかりと頷くレリィ君。

「はい。シーナ様は必ず守ります」

そして、頼りがいのあるハストさんの言葉。私はそれに——

「みんな……」

——当惑していた。

……観光するだけなの、私。

「貴女《あなた》は適当に過ごしていればいいでしょう。また問題が寄ってくるはずです」

「……はい」

言い返したい。

言い返したいが、みんなのテンションが私が問題を引き寄せる体《てい》で一致しているため、言葉を挟みづらい。

さらに、さっき魔魚が出たばかりだから、ぐうの音も出ない。

魔魚が私に向かって跳んできたのは間違いないし……。

「しんらいかん」

みんなの私への信頼感が厚い。

私の巻き込まれ体質への謎《なぞ》の信頼感。

信頼感◎！

二品目　伊勢海老の姿造り

真珠についての潜入調査と、観光をしながら情報を集めるチームの二つに分かれることになった。

私と雫ちゃんはそれぞれ別行動だ。

せっかく南の海に来て、雫ちゃんと楽しいことをたくさんしようと思ったのに……。

話が終わって、私と雫ちゃんは自分たちの棟に帰り、一泊。

ベッドはふかふかで、旅の疲れもあったからか、私はすぐにぐっすり眠ってしまった。

そして翌朝——

「見て、雫ちゃん！　海だ！」

「はい！」

——私たちは海に来ていた。

「早起きしてよかったね！」

「はい！」

「エメラルドグリーンだね！」

「はい！」

「雫ちゃんの好きな色だね！」

「……っはい！」

別行動を始める前に、一緒に遊べばいいんじゃない？　と早起きをしたのだ。

やっぱり、海遊びをしたい！

陽の光のもと、エメラルドグリーンの海を楽しみたい！

雫ちゃんと一緒に！

「昨日は気づかなかったけど、砂浜の砂が白いね！」

「はい。夜と今は全然違いますね」

「宿が近くだから、海遊びにはぴったりだね。さすが観光地！」

宿の棟のテラスから下りると、そこはすぐに砂浜と海だ。

細かくて白い砂は、踏みしめるとザクザクと音が鳴った。

「あの……椎奈さん、水着、すごく似合ってます」

「そうかな？　ありがとう。雫ちゃんもすごく似合ってるよ！」

波打ち際まで行こうと進んでいると、隣から雫ちゃんが声をかけてくれる。

はにかんだ笑顔がとってもかわいい。

そんな雫ちゃんは令嬢風のワンピースではなく、白いフリルビキニ。私は町娘風の服装ではなく、赤色のクロスビキニ。

そう！　私たちはしっかり水着に着替えていた。

「ここでも水着の文化があるなんてびっくりした」

「王宮で侍女の方などに話を聞いてみたんです。そうしたら、南では海遊びのときは水着を着るって教えてもらったので……」

「雫ちゃんが聞いてくれて助かったよ。王宮ではみんなロングスカートだし、もっと普通の服みたいな感じで、海で遊ぼうとしてた」

「あ、でも、デザインは私がお願いしたんです」

「え、これ雫ちゃんがデザインしたの？」

なにも考えずに着替えていたが、実はオリジナル……？

びっくりして雫ちゃんを見つめると、雫ちゃんは少しだけ表情を曇らせた。

「水着といっても、こう薄い布を着てる感じのデザインで、逆に危なそうだったんですよね……」

「危ない？」

「えっと……その……。侍女の方に聞いたところ、こういうビキニタイプも変じゃないし、むしろかわいいと褒めてもらえたので、こっちにしてもらいました。デザインといっても、覚えていた形を伝えただけなので、残りは王宮の方が手配してくれました」

「そっか、王宮の人に感謝だね。雫ちゃんの水着、とってもかわいい！」

王宮の人、本当にありがとう。

雫ちゃんのかわいさが２０００％出ています……。

オフショルダーの袖《そで》に、胸の部分のフリルが非常に似合っている。

下はふんわりとしたショートパンツになっているので、雫ちゃんの華奢《きゃしゃ》な感じをより引きたてていた。

――最高。

かわいい子のかわいい水着。

――最高。

「ね、ハストさん！　雫ちゃんすごくかわいいですよね！」

というわけで、反対隣にいたハストさんへと声をかける。

そう。ハストさん。実はずっといる。

私たちが海遊びについて伝えたところ、安全確保のためについてきてくれたのだ。

でも、水着に着替えた私たちを見てから、一言も話さない。

ずっと無言で周りを警戒しながら、殺気を飛ばし続けているのだ。

「……そうですね。ミズナミ様の雰囲気に合っています」

ハストさんはそれだけ言うと、またツイッと視線を外し、周りへの警戒へと戻った。

……朝早すぎて、砂浜にはだれもいないんだけどな？

不思議に思って、ハストさんを見上げる。

するとハストさんはおもむろに上着を脱ぎ始め――

「シーナ様、これを」

「え？」

「羽織ってください」

「え？　いや、今から海に入りますし、羽織ると濡《ぬ》れちゃうんですけど……」

明らかに水遊び用ではない上着（濡れると重そう）に、さすがに戸惑う。

ハストさんが殺気を飛ばしているけど、まだ気温が下がったというほどではないし……。

そのやりとりを見ていた雫ちゃんが、私の隣から、ハストさんの横へと移動した。

「あの……ちょっとこっちへ……」

さらに、ハストさんに声をかけ、私から少しだけ遠ざかる。

「椎奈さんの水着、褒めなくていいんですか？」

「……そうですね。しかし……」

「私が水着を作ったのは、こちらの水着では布が重たすぎて、椎奈さんでは水遊びを楽しむ前に溺《おぼ》れるんじゃないかと思ったからです。椎奈さんなら、海に入ってさらわれてもおかしくありません」

「……たしかに」

そっか、私が溺れる心配をしてくれてたんだね、雫ちゃん……。

ハストさんも納得したね……。

しんらいかん……。

「このデザインも、こちらですごくおかしいということはないって聞きました」

「はい、とくに問題はないか、と。……私の個人的な感情です」

ハストさんがそう言うと、雫ちゃんはなんとも言えない顔をして、それ以上はなにも言わずに、私の隣へと戻ってきた。

「椎奈さん、私、ちょっと先に行きますね」

「え」

そう言って、波打ち際まで走っていく。

慌てて追いかけようとすると、手をそっと取られ――

「シーナ様」

「ハストさん？」

走ろうとした体勢で引き止められ、ゆっくりと振り返る。

すると、そこには目元を染めたハストさんがいて――

「どうしました？」

珍しいその表情に、なぜか私の心臓がドキリと音を鳴らした。

「シーナ様。……今朝の私の不自然な態度を謝ります。申し訳ありません」

「え、いやいや、それは、全然、問題ないです」

心臓の鼓動が速い。

そんな中、なにを謝られたかわからなくて、声が詰まってしまった。

それが恥ずかしくなって、もっと鼓動が速くなる。

「シーナ様、すごく似合っています」

「え、あ、」

水色の目が私を見て、優しく細まる。

まっすぐな言葉に、胸がきゅうっと痛くなった。

「シーナ様の白い肌に赤い色がすごく似合っています。首元で結ばれた布と、上腹部でクロスされて背中側で結ばれた布が、とても素敵です」

「あ……あ……、ありがとう、ございます」

雫ちゃんが考えてくれたデザインはホルターネックだったので、首の後ろでリボンのように結んでいる。

さらに、バスト部分の布をクロスさせて背中側で結んでいるので、腰の部分や背中がオシャレなのだ。

私が気に入っている部分をハストさんが全部褒めてくれたので、うれしい。

うれしいから、ちゃんと言葉を返したいのに、胸が痛くてうまく声が出てこない。

「あ、えっと……この、水着は下もいいですよ、ね」

「はい。布が巻いてあるんですか？」

「横の部分が開いているので、動きやすいです」

なんで、こんなに声が上擦っちゃうんだろう。

なんで、こんなに顔が熱いんだろう。

自分でもよくわからなくて、ハストさんに取られていないほうの手を、胸の前でぎゅっと握った。

「シーナ様……」

耳元で声が響く。

低くて、落ち着いた……甘い声。

「とてもかわいい」

あ。凍る。

「あ！　あ！　わ、私、ちょっとあっちに行きます！」

凍りそうになった体を、急いで動かす！

このままここにいては凍ってしまう！　南の海なのに！

「シーナ様、そちらは――っ」

とくになにも考えずに走れば、そこは――

「あ、アッシュさん？」

――どうやら、アッシュさんたちが泊まる宿の棟の前だったらしい。

ちょうど、テラスへ出ていたようで、私を見つけたアッシュさんが高笑いを上げた。

「ははっ！　イサライ・シーナか！　朝から走るなんて、元、気だ……な……？」

が、言葉が不自然に止まる。

私の顔を見ていた目線がだんだんと下へと下りていく。

顔、胸、お腹《なか》、足。そして、もう一度、胸へと返ってきて――

「アッシュさん……!?　血……！　血がっ!?」

「え、あ？」

たらり、と鼻血を垂らした。

どうしたの⁉

「あ、アッシュさん、鼻が弱いんですか⁉」

「え、あ？」

「ああ、えっと、水着だから今、ハンカチとか持ってないんですよね。あっと……」

なにか拭《ふ》くものを探すが、残念ながら水着なのでなにも持っていない。

鼻血はけっこうダラダラ出ているのに、アッシュさんはボーッとしている。

さっきまで、心臓がドキドキしていたが、今はまた違う感じでドキドキしているよ！

対応する気配が全然ないので、こっちが慌ててしまう。

「熱中症とかですかねっ？　南に来たし？　陽の光を浴びすぎたとか？　海の照り返しとか？　アッシュさん、なにか鼻を押さえるもの持ってないんですかっ⁉」

原因を推測しながら、アッシュさんのもとへ行こうと、テラスへと登る階段を探す。

すると、なぜか一気に気温が下がり……。

あ、これは――

「なにをしている」

南の海にも現れた。

極寒。極寒シロクマです。寒い。

やっぱり上着がいるかもしれない。

「ひぃっ！」

そして、スイッチが入ったように動き始めるアッシュさん。

すごい。私がなにを聞いても動かなかったのに、ハストさんの棒の一閃《いっせん》で、あっという間にテラスから飛び降り、遠くまで走っている。

「やめろ！　なにもしてないだろ‼」

「記憶を消すべきか、と」

「頭を狙《ねら》うな！　普通に死ぬ‼」

「記憶を消してそうなるのであれば、仕方がありません」

「そんなわけあるか‼」

白い砂浜をアッシュさんが走っていく。

朝日に照らされた波打ち際に木の棒が刺さっていく。

さっきまで暖かな気候だったエメラルドグリーンの海に、なぜか流氷の幻影が映る。

「……これが海遊びか」

いい　うみびより　です
ハストさんとアッシュさんがじゃれているのを見ながら、雫ちゃんと一緒に海で遊ぶ。

朝の海の水は少し冷たかったけれど、水を掛け合ったり、少し泳いだり。

途中でギャブッシュも砂浜に来てくれて、ボール遊びもした。

ボールの大きさはちょうどバレーボールぐらい。材質はよくわからないけれど、軽くて海遊びにはぴったりだ。

ボールをギャブッシュが上手にしっぽで弾《はじ》く。

青い空に白いボールが高く舞い上がって——

「椎奈さんっ！　行きました！」

「うん！　任せて——っ」

白い砂浜を裸足《はだし》で蹴《け》れば、足を取られて、いつもより動きにくい。

グッと足に力を入れれば、砂が動いて足跡がついた。

空を見上げて、白いボールの真下に行く。そして、ボールが落ちてくるタイミングに合わせて、両手を揃《そろ》えて、トスをした。

「雫ちゃんっ！」

「はいっ！」

私が空に上げたボールは雫ちゃんのもとへ。

雫ちゃんはバレーのレシーブをするように、腰を落として体の正面で手を組み、しっかりと構える。

タイミングよく打ち返されたボールはギャブッシュへと向かっていった。

「ギャブッシュー！」

「シャーッ！」

呼べば、ギャブッシュがしっぽを振って、ボールを弾く。

けれど、ボールはちょうどしっぽのゴツゴツした部分に変に当たったようで、大きく飛んでいった。

「わぁ！」

「あっ！」

私と雫ちゃんは思わず声を漏らしてしまう。

大きく飛んでいった白いボールは、私と雫ちゃんの頭上を越えていき、砂浜に一度落ちた。

そして、そのままコロコロと波打ち際まで転がっていった。

「私、取ってくるね！」

雫ちゃんとギャブッシュに声をかけ、波打ち際まで急ぐ。

波に乗って、行ったり来たりするボール。

それを取るために、少しだけ海に入れば、足首の上をさらさらと波が撫《な》でていった。

「雫ちゃん、行くよ！」

さっき雫ちゃんがやっていたみたいに構えて、ボールを思いっきり弾く。

すると、ボールは雫ちゃんのもとへと飛んでいった。

「椎奈さん、ありがとうございます」

「うんっ」

雫ちゃんはボールをしっかりキャッチすると、私に向かって、手を振る。

私はそれに手を振り返して――

「この時間がずっと続けばいい……」

「ゼズグラッドさん……」

砂浜に立ち、私たちを見つめていたゼズグラッドさんが、くぅと胸を押さえる。

ゼズグラッドさんは参加していないのに、この時間が続けばいいとは……？

「海に来て、よかった……」

そして、しみじみと呟《つぶや》く。

……うん、幸せそう。

昨日から女性に追いかけ回されたり、魔魚の対応をしたりとがんばってくれているので、楽しんでくれているのならいいんだけど……。

「雫ちゃん、そろそろ着替える？」

「そうですね、日も昇ってきました」

遊んでいるとあっという間に、いい時間になった。

ハストさんとアッシュさん、ゼズグラッドさんとギャブッシュに一度別れを告げ、宿に戻る。

シャワーを浴びて、着替えたあと、朝食に果物を軽く摂《と》った。

そして、さあ、観光と調査をがんばろう！　となったのだけど……。

宿の外でみんなと合流し、二手に分かれようというところで、それは起こった。

――なんと、港の女性が押し寄せてきたのだ。

「この宿にみなさんがいるんでしょう⁉」

聞こえてくる黄色い歓声。そして、戸惑うみんな。

宿の前に集まった女性は三十人以上はいて、これはもう芸能人並みだ。

どうやら、砂浜で遊ぶギャブッシュが見つかり、海の男グランプリであるみんなの宿がバレてしまったらしい。

「あの女の子はどこかのお嬢様で、実はすごい騎士様たちなんだって話よ！」

昨日の今日で、もう噂《うわさ》になっているようだ。

女性たちの口から、次々と声が飛ぶ。

「あの女の子の白い肌と黒い髪……！　あんなに美人な子、見たことないもの！　そりゃすごく地位の高いお嬢様に違いないわ！」

これは雫ちゃんのこと。

雫ちゃんは美少女だし、やはりお忍びの貴族感は隠しきれていないよね。わかる。

「あの銀髪の方なんて、寡黙でいかにも騎士‼　って感じがするわ！　素敵！」

これはハストさんのこと。

冒険者風の服を着ていても、にじみ出る騎士感。わかる。

「あっちの方も素敵よねぇ。髪が非対称なんて初めて見たけど、すっごくオシャレ……きっと王都の方よ！」

そして、これはアッシュさん。

金髪アシメがオシャレに見える……。そうそれはバーバーシロクマカット……。

憧《あこが》れの混じったようなその声音に、たしかにアッシュさんは洗練されている感じがするのかもしれないな、とちょっと思う。

「あっちの眼鏡の方は知的よね……きゅんとしちゃう……」

うん……。スラスターさんだね……。その人は知的ではあるが、ちょっと変だよ……。

でも、そうか。きゅんとするようなイケメンではあるのかもしれない。

「男の子はにこにこして、とってもかわいいわよね」

みんなの弟、レリィ君。やはりここでもお姉さんたちの心を掴《つか》んでいる。

「あの軽い感じの方なら、今晩お相手してもらえそうだし……！」

あ、それはエルジャさん……この国の偉い方です……。軽くない地位です……。

「「でも、なにより、竜騎士のあの方よね‼　赤い髪と金色の目なんて素敵‼」」

キャー‼

……なるほど。どうやら一番人気はゼズグラッドさん。そんな中で私は――

「あ、ちょっと、どいて」

人の群れから弾き出され、遠くからみんなを見ていた……。

いや、みんなが人に囲まれたとき、外へ外へと追いやられたんだよね……。

雫ちゃんは非常にかわいいし、そこにいるだけで清らかな空気がある。

ハストさんはイケメンで雰囲気からしてつよつよだし、アッシュさんは自分に自信があるからかなんかこれがオシャレだ！　って感じするしね。

スラスターさんは黙っていればいいし、レリィ君はいつもかわいいし、エルジャさんの遊び人風の雰囲気もいいのかもしれない。

ゼズグラッドさんがこんなに人気とは思わなかったけど、竜騎士というのも人気の理由なのだろう。

「それに比べると……」

私があの輪の中心に入れないということは、よくわかる。

なので、離れた場所でうんうん、と頷《うなず》いていると、不意に女性に声をかけられた。

「あの人たちに近づきたいの！　なにか情報はないの？」

「えっと、情報……というと……？」

「好きなものとか、好きなタイプとか！」

「どうでしょうか……好きな食べ物なら少しわかるんですが……」

雫ちゃんはほっとできるような日本食が好き。

アッシュさんは草が好きで、昨日、生の魚が好きってこともわかった。

レリィ君は甘くてさっぱりしたものが好き。スラスターさんはレリィ君。

ゼズグラッドさんは食べ応えのあるものが好きで、量もよく食べる。

ハストさんは……。なんでも興味を持ってくれて、「うまい」って食べてくれる。

なかなか説明が難しいな、と考えていると、女性ははぁとため息をついた。

「役に立ちそうにはないわね」

「そうですね……」

女性たちが欲しい情報ではないよねぇ。

「なにかないの？　あなたは召使いでしょう？」

「めしつかい」

「まあいいわ！　とにかくだれか一人にでも覚えてもらえれば幸運よね！」

そう言うと、女性は人混みへと突入していった。

「めしつかい」

たしかに『台所召喚』で「めし」を使っている。「飯使い」。なるほど。うまい。メシだけにね！

ダジャレを思いついてしまい、虚無の目になる。

すると、人の輪に囲まれに囲まれたゼズグラッドさんが「うわぁあ！」と叫んだのがわかった。

うん……。限界が、来たんだね……。

声を合図にギャブッシュが空から現れる。その姿に、集まっていた女性たちが怯《ひる》んだ。

海の男グランプリ再び。

「シーナ様、こちらへ」

「シーナさん！」

逃げていくギャブッシュとゼズグラッドさんの背中を見送っていると、すぐそばで声がした。

どうやら、ハストさんとレリィ君が騒動に紛れて、人の輪から抜け出したようだ。

ハストさんは私の腰を支え、レリィ君には手を取られ、宿の前から離れていく。

「あっちは大丈夫ですかね？」

雫ちゃんが人混みで困ってないかな？

気になって、後ろを振り返る。

すると、ハストさんとレリィ君は私を安心させるように、優しく声をかけてくれた。

「ミズナミ様のほうも移動を開始しました」

「うん！　目立つのはゼズさんとエルジャさんが引き受けてくれたよ！」

その言葉通り、雫ちゃんはアッシュさん、スラスターさんと一緒に人混みから外れているようだった。

ちょうど雫ちゃんも私を見てくれたので、手を上げて合図をする。

雫ちゃんも手を上げて、合図を返してくれた。

「そうですね。大丈夫そうですね」

これであちらもうまくやってくれるだろう。

一瞬見えたエルジャさんが女性に囲まれ、頬《ほお》にキスをされていたのは見なかったことにする。

……お忍びを楽しんでいるようでなにより。

「では、波止場へと行きましょう」

「市場があるんだって！」

最初に向かったのは、波止場のそばにある市場。

今朝水揚げされたであろう魚が、たくさん並んでいた。

「おお……漁港の朝市って感じ……」

昨日、訪れた波止場とは違い、とても賑《にぎ》わっていた。

舟から次々と箱に入った魚が運び出され、並べられていく。

波止場奥の屋根のついた大きな広場が市場の中心なのかな？

魚を挟んで、売る人と買う人がやりとりをしている。

「シーナさん、わくわくしてる？」

「うん。活気があってこっちまで楽しくなっちゃう」

「僕も！　こんな光景初めて見た！　シーナさんと一緒に来られてよかった」

レリィ君の若葉色の目がきらきらと輝いている。

スラスターさんが見たら、ハァハァが止まらなくなっちゃうだろうなぁ。

二手に分かれることになったとき、昨日と違い、レリィ君と一緒にいると言わなかったスラスターさん。

魔力を持つ真珠は、それだけ重要な事柄なんだろうとわかる。

魔石についての歴史や常識がわからない私には、いまいちピンと来ないけれど。

活気のあるこの街、明るく積極的なこの街の人たちが、このまま暮らしていければいいなぁ……。

「シーナ様、どうしました？」

「いえ、なんというか……こういうのを続けていけたらいいなぁと思ってました」

「そうですね。私もそう思います」

とりとめのない言葉。

ハストさんはそれを自然に受け止めてくれる。

それにまた胸がきゅうっとした。

……この感覚が最近、多い気がする。

「海だからかなぁ……」

わからないけど、潮風にそういう作用がありそう。

「シーナ様、もっと近くに行きますか？」

「あ、私たちが行っても大丈夫ですか？」

「はい。気になるものがあれば、購入することもできます」

「ぜひ行きたいです」

「僕も！」

三人で市場へと入っていく。並べられた魚を見ながら歩くだけだが、すごく楽しい！

「この魚、大きいですね！」

一際、大きい魚を見て、声を上げる。

すると、魚を売っていた年配の女性が対応してくれた。

「ああ、旅行者ね？」

「はい、観光です」

「このあたりは、エビがよく獲《と》れるのさ。それを食べた魚は大きく、身がエビの色になるからね。

最高にうまいよ！」

「わあ……、それは食べてみたい……」

サケみたいな感じかなぁ。

「市場の隣の露店で、塩焼きがあるから、食べておいで」

「そうなんですね！　行ってみます！」

「うまいから。そうしたら、私のところに買いに戻ってくるんだよ。今日はこの魚がよく獲れたからね！　待ってるよ！」

「はい！」

明るい女性との会話で、私も笑顔になってしまう。

気になった魚を食べられる場所を教えてくれ、しかも待ってると言われたら、これはもう買うしかない。

魚を食べて、必ずあとで買いに戻ろう。

女性の特徴と市場での位置を覚える。青い服に黄色のスカート。場所は緑の柱の横。

よし、と一人で覚えていると、通りかかったおじさんが女性に声をかけた。

「おおっ！　今日は大漁だな！」

「そうさ！　夜に魔魚が出たって聞いたときには、舟を出すのを迷ったんだが、出して良かったよ！」

「俺のとこも、まあまあだ。さすがに魔海のそばまでは行けねぇから、貝は獲れなかったが」

「しかたないね。どうせ、貝は密漁者にやられてるだろうよ」

明るく話していた二人がやれやれと肩を竦《すく》める。

私たち三人は、その会話を聞いて、目配せをした。

「密漁者とは？」

ハストさんがおじさんのほうに声をかける。

おじさんは「あー」と頭を掻《か》いた。

「客に聞かせるようなことじゃなかったな」

ばつが悪そうな態度とともに、体が少し引かれた。

このままでは、二人の会話は終わってしまいそうで、慌てて話題を探す。

えっと、観光客が今の話題を続けてもおかしくないようにするには……。

「あ、あの、私たち――貝、そう。貝を見に来たんです。昨日、屋台で食べておいしかったので」

昨日、お祭りの屋台で食べた、貝の浜焼きを思い出す。

そういえば、今日はあの貝を見ていない。

「ああ、そうだったのかい。それじゃあ今日は貝を手に入れるのは難しいだろうねぇ」

「そうだなぁ。魔魚が出たからなぁ」

どうやら、私の言葉は二人にとって、納得できるものだったようだ。

女性は「残念だね」と私を気遣い、体を引いていたおじさんも、また話題に乗ってきた。

「あの貝は魔海のそばの砂地で獲れるんだが、密漁者が荒らしててな」

「密漁者が荒らしたあとは魔魚が来るんだよ。昨日もたぶん、そうだったと思うよ」

「そうなると俺たちも魔海のそばに舟を出すのがなぁ。沈んじまった舟もあるしな」

「そうだったねぇ。周りの舟が助けたから、死人は出てないけど、今は近づけないね」

「そこから幽霊の噂《うわさ》も絶えねぇし」

「最近は落ち着かない。なんとかならないのかねぇ」

「漁協から上へ報告は上げてるし、なんとかしてくれって言ってるけど、どうなってんだか……」

二人は途中から私たちに話すというより、お互いに愚痴を言い合うように話を進めていった。

……うん。その報告はちゃんと一番上まで届いている。

この国はそういう情報のやりとりはできているんだろう。

ちゃんと情報は上がり、精査され、こうして対策を打とうともしている。

……その対策が、まさか王太子様が直接来ることだなんて、びっくりだけどね。

「あいつらは魔海に行って、砂底をさらっているらしい。なんでそんなことしてんのかはわかんねぇが、そのせいで魔魚が出てきてんだろう」

「こっちで捕まえるといっても、なにか犯罪をしているわけじゃないからねぇ……」

二人の愚痴を聞きながら、またハストさん、レリィ君と目配せをする。

雫ちゃんとスラスターさんが密漁者と接触しているはずだから、今、二人から得た情報を合わせれば、密漁者がなにをしているか、真珠の発生源はどこなのか、かなり真実に近づける気がする。

口には出さないものの、ハストさんとレリィ君も目が真剣なので、同じように考えてくれているのだろう。

「それじゃあ貝は諦《あきら》めます」

「そうだね。今日はうちの魚にしな！」

「はい！」

「ほら、まずは食べておいで」

女性が快活に笑い、私たちに手を振る。

私もそれに手を振り返し、また市場を歩いていく。

市場を出て、露店へと行こうとしたところで、いきなりハストさんが私を庇《かば》うように背を向けた。

「……悪い予感がします」

「え……」

ハストさんの悪い予感。それはつまり――

「魔魚が出たぞ！　逃げろ！」

「なんでだ⁉　昨日の今日でっ‼」

ハストさんの言葉からすぐ。

市場に声が届いた。

これまで活気に満ちていた市場が凍る。遅れて、悲鳴と怒号が響いた。

「早く行け！」

「魚なんか置いていけ！」

「食われるぞ‼」

「そっちじゃない！」

「こっちだ！　できるだけ海から離れろ！」

ところどころで混乱が起きているみたいで、人が混み合っている。それをなんとかしようと何人かが指示をしているのがわかった。

魔魚の被害だけじゃなく、事故も心配だ。

さっきまでここにいた人たちが、安全に逃げられればいいのだけど……。

「シーナ様。……来ます」

「あ、海にいるんですかね？」

昨日みたいに、波止場に浮かんでるのかな。

それならば、波止場に人がいなくなってから、また包丁でカツオに変えればいいはず。

けれど、ハストさんは厳しく海を睨《にら》んだままで……。

ガリガリガリガリ
なぜか天井から嫌な音がした。

「ううん……シーナさん、そうじゃない」

レリィ君が私を庇いながら、上を指差す。

すると、突然、日の光が降り注いだ。

「まぶしい……っ」

いきなり入ってきた光に目が眩《くら》む。さっきまであったはずの天井がなくなったのだ。

そして、その代わりというように、ニュッと大きな顔が私に影を落とした。

その顔は――

「ざりがに」

巨大ザリガニが広場の屋根を食べている……。

しかも一匹じゃない。

「きょだいざりがにぐんだん」

なるほど。水陸両用！

現れたザリガニはミニバン～4LDK一戸建てサイズ。

天井の隙間《すきま》から覗《のぞ》いている顔は二匹。

黒くつぶらで濁った目と縦に割れた口。大きなハサミも見えた。

知っているザリガニよりもゴツゴツしているし、ところどころトゲもある。

そうして観察していると、その黒い目が私を捉《とら》えた気がして――

「ピ」

……案外かわいい鳴き声だね。うれしそうに私を見てるね。

濁った目に見つめられ、ゾクッと悪寒が走る。

すると、そのザリガニの眉間《みけん》（？）にグサグサグサッと木の棒が三本、一気に刺さった。

「大丈夫ですか、シーナ様」

ハストさんの落ち着いた低い声。

その音を聞くと同時に、私を見つめて鳴いたザリガニはズルズルと天井の穴から姿を消した。

「あ……ちょっと目が合った気がして……」

心配そうに見つめるハストさんの手には、たくさんの木の杭《くい》。

どうやら、魚の入った木の箱を瞬時に解体し、作ったたと思われる。

さすが、ハストさん。

つよい。

「ピピッ」

ザリガニは私が視線を逸《そ》らしたせいか、私の視線を戻すように鳴いた。

……かわいい鳴き声だね。うれしそうだね。

濁った目とまた目が合ってしまい、ゾクッと悪寒が走る。

すると、ザリガニはゴォッと青い炎に包まれた。

「気安く、シーナさんを呼んじゃダメだよ」

もちろん、炎を出したのはレリィ君。

炎を纏《まと》わせた右手をザリガニに掲げ、にっこりと微笑《ほほえ》んでいた。

かわいい。非常にかわいいが、この流れは……。

「エビごときが」

あ、あ、……美少年がゴミを見る目に……。

その瞬間、ザリガニに向かって、青い炎が襲い掛かる。

ジュッと音がしたあとに残ったのは、こんがりをいき過ぎて、白い灰。

かろうじてザリガニの形を保っていたがそれは、風に舞い、サラサラと流れていった。

えびせんみたいなおいしい匂《にお》いが鼻孔《びこう》をくすぐる。

さすがレリィ君。

つよい。

「あんしんあんぜん」

巨大ザリガニ軍団を前にして、この心の和《な》ぎ。

港の人が逃げていくのが当たり前な中、これぐらいなら二人がなんとかしてくれると、心からそう思える。

「魔魚の気配は二十だ」

「じゃあ、僕とヴォルさんでなんとかなりそうだね」

「ああ」

天井を食べるザリガニは消えたが、まだまだいるようだ。

屋根付きの広場は上が見えないけれど、波止場のほうには赤黒い体にウゴウゴと蠢《うごめ》くたくさんの足が見える。

いるね……。顔は見えないけど。

「これ以上街へ行かせないために、ここで仕留める」

「はい！」

ハストさんの低い声音に、レリィ君が真剣に答える。

私はそんな二人を頼もしく思いながら――

「あ、あの……」

……ちょっとだけでいいので。

「おねがいが……あって……」

二人の負担は少ないと思うので……。

「はい、シーナ様」

「うん！　シーナさん！」

おずおずと声をかけると、二人はわかっていると頷《うなず》いた。

「包丁ですね」

「包丁だよね」

はい。そうです。

「すぐに台所に行って戻ってきます。それで……あの一匹か二匹でいいので、食材にさせてもらえれば、と……」

「問題ありません。ここを基点として戦いますので、シーナ様のタイミングで行動してください」

「僕とヴォルさんに任せて！」

「本当にありがとうございます」

緊迫した状況で、こんなことを言って申し訳ない。

けれど……この、巨大ザリガニを見たときから、私には一つの可能性がよぎっていたのだ。

――これ、すごい高級食材になるのでは？

と……。

「レリィは地上で海から上がってこようとする魔魚を狙《ねら》え。私は屋根に上った魔魚と街に向かった魔魚を仕留める」

「はい！」

「では、シーナ様、何匹か残しておきますので」

「行ってくるね！」

「二人とも気を付けて！　――『台所召喚』！」

二人に声援を送り、私は台所へ。

そして、包丁（聖剣）を握り、市場へと戻る。

たった一瞬だったはずだけど、あたりにはえびせんの匂いが漂い、波止場で蠢いていたはずの足はピクリとも動かなくなっていた。

さすが二人。つよい。

「シーナさん！　こっち！」

レリィ君の声が聞こえ、そちらへと視線を向ける。

すると、ちょうど一匹の巨大ザリガニが波止場の岸壁を登り、陸地へ上がろうとしているところだった。

「レリィ君！　今行く！」

「うん！」

返事をし、波止場に向かって走る。

市場から出れば、そこには巨大ザリガニがゴロゴロと転がっていたが、すべて動いていなかったので、その隙間を縫いながらレリィ君の隣へと向かった。

「おまたせ！」

「シーナさん！　今！」

「うん！」

私が波止場にたどり着くと同時に、巨大ザリガニが陸地へと上がった。

さすがの大きさに、私は二、三歩後ずさってしまう。

不気味だし、濁った目はやはり怖い。

でも、私にはこの包丁（聖剣）があるので……！

「おいしくなぁれ！」

巨大ザリガニに向ければ、体がきらきらと光り――

「……やっぱり！」

はい、ほらね！　きました‼　予想通り！　ほら‼

「――伊勢《いせ》エビ‼」

朱色と茶褐色の体に黒い突起。ザリガニだったときにはあったハサミはなくなり、細く伸びた足が関節で曲がっていた。

扇状に開いた尻尾《しっぽ》、地面についた体はくの字に曲がり、ピチッと弾む。

弾んだ瞬間に立派なヒゲがシュンッと揺れた。

「大きい……こんな大きなサイズの伊勢エビ……高級……！」

わぁああ！　一人、心で快哉《かいさい》を叫ぶ。

見てこのサイズ！　こんなに大きな伊勢エビがここに‼

「やった！　やった‼」

思った通りの展開に、思わずその場でぴょんぴょんと跳ねる。

その動きに合わせて、手に持った包丁がきらっと光った。

「シーナさん！」

「あ！　もう一匹……！」

レリィ君の言葉に前を向けば、そこにはまたザリガニ。

どうやら、違う場所から陸地に上がり、こちらへと近づいていたようだ。

こちらに歩いてくるザリガニに包丁（聖剣）を向ける。

「おいしくなぁれ！」

そしてまた、できあがる伊勢エビ。

波止場の上でピチッと弾んだ。

「シーナさん、これで最後！」

もう一匹こちらに歩いてくるザリガニ。

同じ要領で伊勢エビへと変化させれば、手に入ったのは――

「三匹の伊勢エビ！」

右手に包丁（聖剣）。

そして、地面には三匹の伊勢エビ。

「ありがたい……」

三匹とも立派なサイズ。１kg以上はあるかな、もしかしたら２kgあるかもしれない。

感謝……海の恵み……。

地面にいる伊勢エビに一礼。

おいしく、いただきます。

そうして、巨大ザリガニ軍団はハストさんとレリィ君によって、あっという間に殲滅《せんめつ》された。

街の被害としても、広場の屋根が少し食われただけで済み、人的被害もなし。

魔魚が出たこと、しかもそれが水陸両用だったことは良くないが、とりあえず、大事にならずに良かった。

「シーナさん、いい食材は手に入った？」

「うん。帰ったら、またみんなで食べよう」

「それは楽しみですね」

「雫ちゃんたちもうまくいってるかな……。こんな騒動があったから、難しいかな？」

「どうでしょうか。逆に目眩《めくら》ましになって良かったかもしれません」

「なるほど、そうですね」

ハストさんの言葉にホッと一息吐く。

伊勢エビが三匹と、いろいろな情報。

一応、被害も食い止められたし、こちら観光組の一日の成果としては十分だろう。

……だから、私は気づいていなかった。

――逃げ遅れた人がいて、市場の柱の陰からこちらを見ていたことを。

――その人が私の姿をはっきりと見てしまっていたことを。

＊＊＊

「どうなるかと思ったが、これだけで済んでよかった」

「本当だな、もうダメかと思ったが……」

「あのお二人には本当に感謝だな」

「銀髪の男、強かったな……」

「いや、あの少年の炎もすごかった……」

突然の魔魚の襲来に混乱していた港だが、思ったよりも早く落ち着きを取り戻していた。

市場で実際に魔魚を見た者は、さすがに動揺しているが、それも街全体で考えればそれほど多くはない。

魔魚が波止場から上がってきたときは、もうダメかと思ったが、それを観光客である二人があっという間に倒してくれたからだ。

「お二人には街をあげて感謝せねば」

「そうよね、本当にありがたかったもの」

「祭りを開いたばかりだけど、やっぱり宴会がいいかしら」

「そうだな。豪華な食事となんか見世物だな」

「ああ」

港の者たちは、被害のあった箇所を片付けたあと集まり、話をしていた。

その中で、今回、魔魚と戦った者に感謝の意を伝えることとなった。

あの二人は港の英雄である。

どのようにもてなすか、港町の中心人物が話を進める中で、一人の女性がおずおずと口を開いた。

「ねえ、みんな、聞いて欲しいことがあるの」

「なに？」

「あの人たちの中に、一人だけ普通の女がいるでしょう？　あの人もいたのよ」

「魔魚を見ても逃げ出さないなんて、すごい召使いね」

「あ？　召使い？　そうなのか？　それにしちゃ、あの銀髪の男たちが大事にしてるように見えるが……」

「召使いかどうか、今はどうでもいいの」

女性は口を挟んだ男をピシャリと黙らせる。

そして、おずおずと口を開いた。

「包丁を持って、踊っていたわ……」

「は？」

「え？」

「どういうこと？」

包丁を持って踊るとは？

「よくわからないけど、包丁を持って走って、エビを前にして喜んで踊っていたの……」

え？

「なにをしてたのかわからないの。ただ……包丁を持って踊っていたわ」

……。

「……そうか」

「……そうなのね」

「……そうなんだな」

＊＊＊

ザリガニ型魔魚を倒してから、私たちは宿へと帰っていた。

片付けは港の人がやっている。

私たちも参加しようとしたが、ハストさんとレリィ君の活躍を見た港の人たちは、二人を英雄と褒めたたえた。

そして、片付けなどはせず、休んで欲しいと、波止場に留《とど》まらせてはくれなかったのだ。

「魔魚には真珠があったんですよね……」

「はい。体にありました。シンジュがあったのは消化管の中ではないかと思います」

ハストさんはそんな中でも、ザリガニの中に真珠があるかどうかは、しっかりと確かめてくれていた。

結果、やはり真珠があって……。

「レリィが倒した魔魚は灰になったものが多く、シンジュの確認はできませんでした。が、私が倒した魔魚は、すべて、シンジュを持っていました」

「それなら、やっぱり、魔魚が魔海を越えた理由は真珠だと考えて間違いなさそうですね……」

「少なくとも、今回、港に出没した魔魚はシンジュを持っていたために、魔海から出て行動できたことはほぼ確定ではないかと考えます」

「ですよね……」

本来なら魔海から魔魚は出られない。

魔石を持っていないからだ。

けれど、魔石を持てば、魔海から出ることができる。

そして、その魔石とは真珠だ。

今回、襲撃してきたザリガニのうち、調べられたものすべての体内から真珠が出たということは、魔魚は真珠があれば、魔海から出て活動できるのは間違いないだろう。

「今回のエビの魔魚の数に、港の人はびっくりしてたよ。今までは魚の魔魚が一匹いるかどうかって感じだったみたい」

「そうなんだ」

「うん。昨日の夜、波止場に一匹だけだったから、そんなもんだろうってみんな思ってたみたい。でも、波止場まで来たことはなかったから、そこは気にしてたみたいだけど。まさか、こんなに大量の魔魚、しかも陸地に出てくるなんて……って」

「海にいるのと、今回みたいに陸地にまで来られるのは違うよね……」

絶対に水陸両用のほうがこわい。

「港の人は僕やヴォルさん、ゼズさんにここに残って欲しいみたいなんだ。安心だからって」

「そうだよね。みんな強いから」

「でも、ずっとはいられないし……」

「うん……」

そう。ずっとここにいて魔魚を狩り続けるというのは無理だろう。

だから、できれば真珠が発生する原因を見つけ、魔海から魔魚が出ないようにすることが一番いい。

「ここのエビはね、ちょうどシーナさんが変化させたエビによく似てるんだって。違うところは、ハサミがあるかないかってことみたい」

「あ、私の世界にもハサミを持つエビがいたよ。そっちに近いのかな?」

魔魚を包丁(聖剣)で変化させたから、日本の食材に変わったけれど、実際はオマールエビのほうが近かったのかもしれない。

私が「なるほど」と頷《うなず》いていると、レリィ君は「それでね」と話を続けた。

「海の底にいて、貝とかを食べてるんだって」

「貝……」

「うん。僕、それを聞いて、あ! って思ったんだ」

レリィ君の言葉に私もある考えが浮かぶ。つまり——

「貝が真珠を作って、それをエビが食べて……。そうすると、魔海から外に出られる魔魚になる……?」

「うん。シーナさんは貝がシンジュを作ってるかもしれないって言ったよね。昨日、みんなで話して、それを食べた魔魚が魔海から出てるんじゃないかって」

「……さきほどの、市場での話も関係があるかもしれません。エビを食べる魚がいる、と」

「あ、たしかに聞きましたね」

三人で顔を見合わせる。

まだ真相はわからない。だが、そう考えれば、すべての魔魚が魔海から出られるわけではないということになる。

「貝が真珠を作る。エビが貝を食べる。魚がエビを食べる……」

食物連鎖で真珠が巡っているんだろうか……。

「その場合、密漁者が魔海の砂底を掘っているのは、貝を手に入れるためと考えられます」

「雫ちゃんたちが出所を解明してくれて、それが貝だってわかれば……」

「エルジャさんや兄さんが、この港の密漁者を取り締まって、貝を管理できるようにすればいいんじゃないかな？」

貝さえしっかりと管理できれば、魔魚が真珠を得ることはない。

そうすれば、また元と同じように生活できる可能性が高い。

「良かった……」

これならば、なんとかなりそうだ。

まだ魔魚の出没例は多くない。原因である貝の対応を誤らなければ、きっと大丈夫。

「きっと兄さんたちがうまくやってくれるよ！」

「そうだね、スラスターさんはこういうときはすごいもんね」

「僕もちゃんと兄さんに頼むから！」

「あ、それなら絶対に大丈夫だね」

レリィ君に頼まれたスラスターさんなら、秒で法整備をしてくれそうだ。

今回は王太子であるエルジャさんも港の現状を把握してくれているから、話も早いだろう。

ほっと息を吐く。

レリィ君も「良かった！」と明るい声を出した。

「ただ……一つだけ疑問があります」

盛り上がる私とレリィ君をハストさんがそっと制す。

その目はまだ晴れていない。

「魔の森にいる魔獣は食事を必要としません。すでに生命の輪から外れているからです。必要なものは魔素。それが溜《た》まる魔の森で生活をし、そこで魔石を作る活動をしていました。……魔魚の生態も似たものだと考えると、魔魚が食物を摂取する理由がわかりません」

「あ……たしかに……」

食物を必要としないはずの魔魚がなぜお互いを食したのか。

魔魚になる前に真珠を得ていた？　魔魚になったから、真珠を得るために食した……？　食物連鎖はすでに成り立っていないはず……？

「でも、それはシンジュが魔石だからじゃないかな？　僕は魔法が使えるからすぐにシンジュが魔石だってわかったよ。それと同じように魔魚も魔石がすぐにわかったんじゃないかな」

「それは考えられるが……。とにかく、今はミズナミ様やスラスターの成果を待ちましょう。まだ解決したわけではありません」

「そうですね、わかりました」

ハストさんの言葉に「はい」と頷く。

たぶん大丈夫だから、と気を抜くのではなく、考えるのは大切なことだ。

気を引き締めていると、ハストさんが手に持っている木の箱を覗《のぞ》いた。

「シーナ様、それはこれから調理しますか？」

「はい」

木の箱に入っているのは、さっき手に入れた伊勢《いせ》エビ三匹だ。

ピチピチ跳ねるし動くので、現在は足を紐《ひも》で縛ってある。

「そろそろお昼なんで、一品作りますね！」

「やったぁ！　シーナさんの料理を食べられるのうれしい！」

「伊勢エビ、すごくおいしいから楽しみにしてて！」

「うん！」

私の言葉にレリィ君が若葉色の目を輝かせる。

それはハストさんも一緒。

水色の目がうれしそうだ。

「下処理はこっちでしようと思うので、ハストさんに手伝ってもらいたいんですが、いいですか？」

「もちろん」

私のお願いにハストさんはすぐに応《こた》えてくれる。本当に頼もしい。

「あ、それじゃあ、宿の人に大きな鍋《なべ》を借りてきます！」

「シーナさん、僕が行くよ！」

「シーナ様、私が」

「いえいえ、二人は戦ったあとなんで、少しゆっくりしててください。私がごはんを作るのは、二人の体力回復の意味もあるので」

とても強い二人だから、ザリガニと戦ったあとでも顔色一つ変わっていない。

けれど、ちゃんと休んで欲しいから。

「すぐに戻ります」

二人に断ってから、宿の棟を出る。

近くに宿の受付になっている棟があるので、そこまで歩いていった。

受付にはおじさんがいて、ちょうどいいから、と聞いてみたんだけど……。

「大きな鍋を貸していただけませんか？」

キッチンについていた鍋が小さかったので、大きい物を借りようと思ったのだ。

この頼みごとも選んだ人も普通だと思う。

けれど、宿の人は目をそっと逸《そ》らし、もごもごと口ごもった。

「あー……鍋ね……」

「はい。宿のキッチンに備え付けられているのよりも、大きいものがよくて」

「あー……あるにはあるが……」

目を泳がせ、少し考えるようにあたりを見回している。

……なんでだろう？　対応がどこかよそよそしい。

もちろん人気者のみんなと私では、これまでも少し対応に差があったが、ここまでではなかった。

「えっと、大きな鍋があるなら貸して欲しいのですが、無理なお願いだったのなら、申し訳ありません」

「あ、いや、無理じゃねえんだ……いや、頼みごとはいいんだが……」

なにか失礼があったかと謝ると、おじさんは慌てて、それは否定した。

そして、言い辛そうに口ごもり……。

しばしのあと、心配そうに私を見た。

「しかし、それで踊ると危ないぞ？」

「え？」

踊る？　え？　鍋で踊るとは？

「え、いや、踊りませんが」

踊らないよね。普通は踊らない。

鍋は調理に使うもの。踊ったりしない。

「あー！　あ――！　そうか！　いや！　いやいや！　そうだな！　いや！　そうだよな！」

よくわからなくて首を傾《かし》げると、おじさんはびっくりするぐらい大きな声で笑った。

「よくわかんねぇ話を聞いて、ちょっと心配してたんだ！　いやぁ、そうだよな！　すまねぇ！

俺がきっとおちょくられたんだな！　わりぃな！　ほら、鍋だろ、ついてきな！」

そう言っておじさんは豪快に笑いながら、私に鍋を渡してくれた。

……解《げ》せぬ。

チベットスナギツネの顔になりながら、私は宿の棟に戻った。

気になる対応ではあったけど、今はそれよりも大切なことがあるからだ。

そう！　今はそんなことより、伊勢エビ！　高級食材！

「ハストさん、レリィ君、昨日、カツオのたたきは生だけど大丈夫でしたよね？」

「はい」

「すごくおいしかったよ！」

「じゃあ、この伊勢エビも生で食べましょう！」

せっかくの新鮮な伊勢エビ。

やっぱり、お刺身で食べたいよね！

「では、三匹とも同じように処理をしますか？」

「あ、それなんですけど、生で食べるのは一匹にして、それを三人で食べようかな、と。残りの二匹はまた違う調理をしようと思います」

さっそく手伝ってくれようとしたハストさんに、私の考えを伝える。

今回は別メニューを考えているのだ。

「本当はみんなと食べたいんですが、今日の夕方はハストさんやレリィ君たちは街の広場に呼ばれているんですよね？」

「うん！　僕たちだけじゃないけどね、お礼にって」

「そうなると、みんなでエビを食べられるのは、たぶん明日の昼か夜になっちゃいますよね。私のスキルがあれば新鮮なままで保存できるとは思うのですが、一応、生のものは今から食べて、みんなで食べるためのエビは保存できるように、茹《ゆ》でてしまおうと思います」

「そのための鍋だったのですね」

「はい」

「では、水を溜めて火にかけますか？」

「お願いします」

「火加減は僕に任せて！」

私の説明を聞いて、すぐにハストさんとレリィ君が動いてくれる。

戦いのあとだから休んでもらいたいが、やはり私ではできないことも多いので……。

大鍋《おおなべ》に水を張り、そこに塩を入れる。

この港の近くには大きな川があり、水に困らない。さらに海水を干して作る塩も、名産らしい。

レリィ君がかまどに火を入れてくれ、大鍋を載せれば、あとは沸騰するのを待つだけだ。

「シーナ様、エビはどのようにさばきますか？」

「えっと、一匹は尾の部分を生で食べたいです。二匹はそのまま茹でたあと、縦に切ろうかな、と」

「わかりました。まだ生きていて、殻も固いので私がやります」

「エビもさばけるんですか？」

北の騎士団でエビがいた記憶はないが、ハストさんならなんでも解体できそうではある。

「おお！」と声を上げると、ハストさんは水色の目を優しく細めて――

「はい、さきほど魔魚を解体したときに、港の人に聞きながら、コツを掴《つか》みました」

「あ、なるほど」

そうか、あの巨大ザリガニでね。

大きい体から真珠を取り出すためには、それはしっかりとした解体が必要だもんね。

すでに習得済みなのであれば、お願いしよう。

「では」

ハストさんはそう言うと、伊勢エビを反らせ、頭と尾の隙間《すきま》に包丁の刃を入れる。

すると、伊勢エビはギギギッと鳴いた。

……うん。巨大ザリガニのときと似ている声ではある。

少しの間、暴れていた伊勢エビも徐々に体から力が抜けていく。

ハストさんはそれをしっかり見極めていたようで、入れた包丁を隙間に沿わせて、ぐるっと一周させた。

そして、尾を持ち、ひねりながら引けば、すぐに頭と尾が分かれる。

伊勢エビは多少動いてはいたが、あっという間の出来事だった。

さすが、ハストさん。つよい。

「あとは腹から殻を剥《む》いていってよろしいですか？」

「はい！　あの背側の殻なんですが、そこは切らずに残しておいて欲しいです。取り出した身を切ったあと、戻して器みたいにして使いたくて……」

「わかりました。腹側から切り、身を剥《は》がすようにします」

「お願いします。私は一度、台所に行って、生で食べるときに必要なタレと、身を締めるための氷を持ってきます！」

「じゃあ、僕はお湯が沸いたら、エビを茹でるね！」

「うん。ありがとう。暴れるかもしれないから気を付けてね」

「それならば、こちらの二匹も締めてから、茹でましょう」

そう言うと、ハストさんは次の伊勢エビをとり、同じように頭と尾の隙間に包丁を入れた。

あとは任せても大丈夫そうだ。それでは――

「『台所召喚』！」

――やってきました、私の台所。

といっても、今日はほとんどの調理はあちらでやるので、私が準備するのはお刺身に必要なもののみ。

お皿はあちらにあるので、醤油《しょうゆ》と氷だけでいいかな？

そう思って、調理台を見ると……。

「……好き」

大好き……。

見て……醤油を入れるための小皿三枚とそれを載せるお盆、そして氷を入れられる大きな深皿まで……。

「好き……」

いつも、ありがとう……。

心を込めて、台所を一しきり撫《な》でたあと、ポイント交換用の液晶パネルへと向かう。

「今回は思い切って刺身醤油《さしみじょうゆ》をポイント交換しちゃおう」

選んだのは、ただの醤油ではなく刺身醤油。

やっぱりお刺身にはただの醤油より、こちらがおいしいから……！

また、お刺身を食べたくなるのは間違いないから、あっても困らないはず。

私には常に最高の状態で品質を保持してくれる、ワンドアぱたん冷蔵庫がついているしね！

「刺身醤油を入れて……と」

台所が出してくれた小皿に刺身醤油を注ぎ、残りは冷蔵庫へと入れる。

そして、今日はさらに冷蔵庫に活躍してもらおう！

「自動製氷機……！」

サイズが大きくなったワンドアぱたん冷蔵庫は、自動製氷機つき。

なので、これまた台所が用意してくれた深皿に、氷をザッとすくって入れていく。

「便利……台所の進化ありがたい……」

ポイントをためて交換すれば、どんどん進化する台所。

私のスキルがすごすぎる。

「じゃあ、お盆を持って、と……。――『できあがり』！」

唱えて、台所から必要なものを持って帰る。

「戻りました――と、なにか問題がありましたか？」

どうやらハストさんは、伊勢《いせ》エビを引き続きさばいてくれていたようだが、その手元をレリィ君が覗《のぞ》きこんでいる。

キッチンの調理台の裏がカウンターテーブルになっていて物が置けるので、とりあえずお盆を置いた。

そして、私もハストさんの手元を覗く。

するとそこには――

「真珠、ですか……？」

伊勢エビはすでに殻が外されており、半透明の身があった。

大きな伊勢エビだったので、その身はハストさんの大きな手からはみ出すサイズ感だ。

たぶん、ハストさんは背ワタを取ってくれていたのだろう。

細長い背ワタが取り出され、その中心部分がぷっくりと膨らんでいた。

「今、ちょうど見つけたところでした。洗ってみます」

ハストさんはそう言うと背ワタを水で洗う。

水から取り出したそれは、小指の先ぐらいの大きさで白く輝いていた。

「……やっぱり真珠を持ってますね」

巨大ザリガニにあったんだから、この三匹に入っている可能性も高いとは思ったが……。

「シンジュについてはまた食べたあとに話すことにしましょう」

「はい、そうですね」

「この身はどうしますか？」

「あ、一口サイズにそぎ切りでお願いします」

「わかりました」

「切ったヤツは氷水で締めますね」

ハストさんが切ってくれた伊勢エビを氷水へと落とし、身を締める。

真珠については気になるけれど、半透明に輝く身を見ていると、もう早く食べたい。

おいしさを想像していると、レリィ君に声をかけられた。

「シーナさん！　こっちはどうかな？」

「うん、そうだね。そろそろかな」

たしかに、鍋《なべ》に入れられていた残りの二匹もそろそろいい頃合いだ。

鍋を覗けば茶褐色だった伊勢エビが、沸騰した湯の中で赤くなっていた。

「うん！　良さそう！」

「じゃあ、火を消すね」

「ばっちり！」と親指を上げれば、レリィ君が頷《うなず》き、薪へと手をかざす。

すると、すぐに薪は燃え尽きた。

さすが、レリィ君。

キッチンについていたトングで、伊勢エビを引き上げて、大きな皿の上へと置く。

まだアツアツなので、少し冷ますためだ。

「すごいね……真っ赤になってきれいだね」

「うん……身がぷりぷりでほかぁってしておいしいんだろうなぁ……」

湯気の立つ伊勢エビを見ていると、こちらもまた想像だけでおいしい。

早く食べたい。

「シーナ様、こちらは終わりました」

「あ、ありがとうございます！」

私がほかほかの伊勢エビに魅入っているうちに、ハストさんはすべての工程を終えていた。

一口大にされた身は氷水で締められたあと、ザルに上げられ、水を切られている。

あとは盛りつけだけだ。

「こっちの伊勢エビの処理も終えて、すぐに食べましょう！」

「そうですね。この茹でたエビはどうしますか？」

「縦半分に切ってもらえれば、うれしいです」

「わかりました」

ハストさんはそう言うと、伊勢エビをまな板に置き、包丁を構える。

さばくのはハストさん、みたいになってしまって申し訳ないが、固い殻を持つ伊勢エビも、豆腐と変わらないぐらい、あっさりと縦に半分になった。

こういうのを見ると、私よりもすごいので、ついつい頼ってしまう。

すると――

「やっぱりありますね」

「ほぼ同じ部位ですね」

縦に半分になった伊勢エビの断面。

その背ワタと思われる部分に、真珠があった。

「こちらもありますね」

「ですね……」

続けて切った伊勢エビにもやはり真珠。

これで、私が魔魚から変化させた伊勢エビのすべてに真珠があったことになる。

レリィ君が灰にしてしまった巨大ザリガニに真珠があったかはわからないが、たぶんほぼ100%持っていただろう。

やはり、魔魚が魔海から出るために真珠が重要であることは間違いなさそうだ。

「この伊勢エビはみんなで食べられるように、保管しておきますね」

「すごくおいしそうだけど、みんなで食べたほうがおいしいもんね！」

「うん！　……すごくおいしそうだけど」

茹《ゆ》でられた身からほかほかと湯気が出て、エビのおいしい香りが広がっている。

生のときは半透明だった身が白く変わっており、頭の部分にはおいしそうなミソも見えた。

……正直、今食べたい。ボイル伊勢エビ、絶対においしい。食べたい。でも、みんなで食べるためだから……！　雫ちゃんにも食べてもらいたいから……！

「収めてきます……。『台所召喚』！」

私にはワンドアぱたん冷蔵庫がある。

ずっとおいしく保管してくれるはず……。

だから、我慢！

「じゃあ、こちらは盛りつけますね！」

ボイル伊勢エビの半身（×4）を冷蔵庫に収めた私は、すぐに戻ってきた。

お刺身が待っているからね！

まずは、大きなお皿に大きな伊勢エビの頭をドーンと飾る。

そして、ハストさんが取っておいてくれた伊勢エビの殻を頭から続くように敷き、そこに市場でもらった色鮮やかな海藻を盛った。

さらにその上に、半透明に光る伊勢エビの身をたっぷりと盛れば――

「――伊勢海老《えび》の姿造り」

完成‼

「わあ！　すごいね！　エビをそのままお皿みたいにして飾るんだね！」

「豪華な感じがするから、こうやって盛るといいよね」

「うん！　今からエビを食べるんだ！　って感じがする！」

レリィ君は盛り方にびっくりしたようで、若葉色の目をきらきらとさせている。

私はそれに、にんまりと笑って返した。

「すごいところは盛り方だけじゃないんだよ。味もすっごくおいしいんだ」

「早く食べたい！」

「はい。それは楽しみです」

レリィ君とハストさんが笑顔を見せる。

そして、伊勢海老の姿造りや昼食用に買ってきていたものをダイニングテーブルへと並べていく。

これで昼食は完成だ。

パンとサラダ、サケっぽい魚の塩焼き。中央には伊勢海老の姿造り！

「じゃあシーナさん、僕、これから食べるね！」

「うん。その黒いタレをつけてみてね。醤油って言うんだ」

「ショーユ、ですか。昨日のものとはまた別なのですね？」

「はい。昨日のはポン酢っていうものを主に使ったんですけど、今日は酸味はないです。私のいた場所では生の魚を醤油で食べることがよくあったんです。エビにも合うので、食べてみてください」

二人とも、まずは伊勢海老の姿造りから食べることにしたようだ。

生の魚介類を食べる習慣がなかった二人だけど、その目に戸惑いはなく、若葉色の目も水色の目もきらきらと光っている。

まずはレリィ君が伊勢エビを口に入れて――

「うんっ！　とってもおいしい‼」

ぱぁっと顔を輝かせた。

「すっごく甘いよ！　エビってこんなに甘くて、おいしいんだね！」

「生で食べるエビって甘く感じるよね」

レリィ君の言葉に、うんうんと頷く。

そう、エビって甘いんだよね！

「この、黒いの……ショーユ？　すごくおいしい！　黒いし苦かったりするのかなって思ったけど、ふんわりとした香りと塩の味なのかな？　エビに合うね！」

「よかった。これまでは下味に使ったことはあったけど、こうやって直接は出してなかったから、少し心配してたんだ。あまり食べたことがない味だと思うから」

「食べたことはない味だけど、とってもおいしいよ！」

レリィ君が笑顔で話してくれるから、私も笑顔になってしまう。

お刺身と醤油《しょうゆ》。日本食をおいしいって言ってもらえると、すごくうれしい。

そして、次はハストさんが、伊勢エビを口に入れて――

「うまい」

――いつものおいしいのしるし。

「エビの甘みもとてもおいしいのはもちろんですが、歯ごたえがとてもいい。噛《か》んだあとに蕩《とろ》ける
ように舌の上で旨味《うまみ》が広がります」

目を閉じて、しっかり味わって食べてくれている。

ハストさんはほぅと息を吐くと、今度は醤油の小皿を手に取り、じっとそれを眺めた。

「ショーユもただの塩気ではなく、隠れた旨味があり、エビ本来の旨味を引き出していますね」

「……醤油は私のいた場所のとてもおいしい調味料なので」

「はい。とてもおいしいです」

「ほかにもまだおいしいものがあって……。この伊勢エビの頭なんですけど、これをスープにする
とおいしいです」

「スープに？」

ハストさんが醤油から視線を外し、私が示した、お皿に飾られている伊勢エビの頭を見る。

そう。これはただの飾りじゃない。とってもおいしいダシが出る。

「味噌《みそ》っていう調味料があって。これも食べたことない味だと思うので、苦手かもしれないんです
けど……。よかったら、また、食べて欲しいです」

……おいしいものを一緒に食べたい。

二人がおいしそうに食べてくれるから、また作りたいなって思うんだよね。

「それもぜひ食べてみたいです」

「……はい」

「僕も食べたいよ！」

「うん」

二人が笑顔で答えてくれるから、心がほんわりあたたかくて……。

顔がにやけてしまう。

すると、ハストさんはカトラリーを置き、私をまっすぐに見た。

「これまでシーナ様に作っていただいた料理はたくさんありますが、こうして、私が知らない料理を食べていると、とても特別なものを食べている気持ちになります」

「特別、ですか？」

はて？ と首を傾《かし》げる。

すると、ハストさんの表情がふっとやわらかくなった。

「はい。……シーナ様の特別なもの。……これまでの人生や思い出、価値観、文化。シーナ様にとっての大切なものを分けてもらっている。……うまく説明できませんが、そういう気持ちになります」

優しい水色の目。

いつものハストさんの口調よりもゆっくりなのは、考えながら話しているからだろう。

だからこそ、本心なのが伝わって――

「……いえ……そんなすごいものじゃないんですけど……」

でも……。うん、そうなのかもしれない。だって、私は「おいしい」って食べてくれるみんなを見ると、うれしいなって感じるから。

……私の大切なものを、一緒に大切にしてくれる。

みんながそうやってくれているのが伝わるから。みんなの心を感じているから……。

「……最初に食べてくれたのがハストさんなので」

異世界に来て、どうしようもなかった私。

そんな私の作ったベーコンエッグを、厭《いと》うことなく食べてくれた。

「うまい」って喜んでくれた。

だから、私は――。……。私は……？

「っよし！　私も食べます！」

どうしよう。わからない。いや、わかってしまいそうな気がした。これは……これはよくない。

頬《ほお》がすごく熱い。今の私の顔は、茹でられた伊勢《いせ》エビと変わらないのでは……⁉

「いただきます！」

私は頬を冷ますように、ブンッと顔を振ったあと、伊勢エビのお刺身を口に入れた。

身を噛めば、しっかりとした弾力があって――

「おいしい……！」

お刺身……！　おいしい……！　醤油おいしい……！

「甘い……甘くておいしい……！」

伊勢エビがあまりにおいしくて……。頬は熱かったけれど、おいしさですべてが消える気がする……。おいしい……。

「ずっと食べていたい……」

「うん、僕もこのエビ大好き！」

「私も……」

食べていれば、幸せしかない……。

「シーナ様、少し頬が赤いようなので、疲れたのでは？」

「あ……疲れてはないんです……」

この頬の赤みはね……うん……。

「伊勢エビがおいしくて」

そう！　伊勢エビがおいしいから……！

「夕方からはミズナミ様たちも合流し、広場へ行く予定です。それまではゆっくりして休みましょう」

「シーナさんも戦ったもんね」

「私は包丁をかざしてただけだけどね」

「でも、エビの魔魚に見られたり鳴かれたり、気持ち悪かったと思うから、やっぱり少しお休みしたほうがいいと僕も思う！」

「はい、私たちはこうしてシーナ様の料理を食べたので、このあとは体力などは回復するはずです。しかし、シーナ様はそういうわけにはいかないので」

「……わかりました。そうですね」

「私は少し港で情報収集を続けます。レリィ」

「うん！　僕がシーナさんといるね！」

……頬の赤みについては、疲れということに落ち着いてしまった。

まあ、それなら……いいか……。

そうして、昼食を摂《と》り、ハストさんとレリィ君の体がきらきらと光る。

体力が回復した二人はそれぞれで動きながら、私は夕方まで宿で休むこととなった。

しっかりと休んだあとは、レリィ君とともに港の中央広場へと向かう。

広場に近づくと、レリィ君を見つけた人がすごい勢いで近寄ってきた。

「こちらに席を用意してあります！」

「港の豪華な料理がありますので、ぜひ！」

「出し物としてファイヤーダンスなどもあります！」

「あ、ちょっと……シーナさん……！」

人に囲まれたレリィ君が困ったように私を見る。

たぶん、私から離れたくなかったのだろうが、こうなると仕方がない。

「私は自分の席に行くから、気にしないで！」

移動……というか、無理やり人波にさらわれていくレリィ君に手を振り、「大丈夫！」と声をかける。

これはもう、私のことよりもレリィ君自身のことを気にしたほうがいいだろう。

絶世の美少年で港を救った英雄だから。

「うんうん。レリィ君はすごいからなぁ」

一人でさもありなんと頷《うなず》く。

この港では私の周りにいる人たちは本当にすごいのだ、と感じることが多い。

でも、私はそんなすごい人たちが、私にいつも笑いかけてくれるから忘れていたのだ。

……周りから見れば、私だけ浮いていることを。

なにも知らずにのんきにしている私。

そんな私を数人の女性が取り囲んで――

「――あなたの席はないのよ」

囲まれた私は、すぐに広場から路地裏へと誘導された。

そして、そこで待っていたのは――

「あなたがいると、ほかの方々が落ち着けないのよ」

「そうよ。全員、あなたのことを気にしているみたいだし」

……なるほど。みんなと私が一緒にいることへの批判？　なのかな。

わかる。みんなは大人気で、私は平凡。

どうして一緒にいるんだって思うよね。そうだよね……。

港の女性の気持ちもわかる。みんな素敵な人だからなぁ。

言い返したり、一緒にいる理由を説明したりしてもいいんだけど、それを言ったところでなにも変わらない気がする。

むしろ、火に油を注ぐような結果になるのも……。

なので、無言で様子を窺《うかが》っていると、一人の女性が私の手をぎゅっと握った。

「え」

なんでこんな心配そうな顔を？　なんか思ってたのと違うな？　あれ？

「どうして、そんなに気を遣うんだろうって思ってたんだけど、昨日、みんなで話しててわかったの」

「あなた。……包丁を持って踊ってたそうね」

え？

「ほうちょうをもっておどる」

やだなにそれこわい。

「あなた、疲れてるんじゃない？」

私の手を握った女性が心配そうに私を覗《のぞ》きこむ。

疲れ……？　疲れとは。

「きっと優しい方々だから、あなたを心配してるのよ」

「はぁ」

「今日は中央広場にたくさんの人が集まるし、視線が来ると思うわ」

「へぇ」

「そんな中にいたら、あなたはもっと疲れてしまうでしょう?」

「ふむ」

「ファイヤーダンスもあるの。そこで、包丁を持って踊られたら、きっと大混乱になるわ」

「ほぉ」

それはたしかに大混乱。

もし、ファイヤーダンスの横で包丁を持って踊り出す人がいたら、みんなきっと驚くだろうね。

でも、なぜ私が包丁を持って踊り出すと思われてるの……?

「私、見ちゃったの。魔魚が出現したとき、あなたが包丁を持って、あの場にいたところを……」

「え」

それはつまり、魔魚を変化させてしまったところを見たっていう……!?

「包丁を持って、エビの前で踊ってたわ……」

あ、なるほど。ああ、ああ、なるほど、なるほどね～!

魔魚に包丁をかざし、伊勢エビになったぞ! と、はしゃいでいた私を見たってことね!

ああ、そうか! そういうことね!

はしゃいでいる私が、包丁を持って踊っていたように見えたってことか！

「なにそれこわい」

こわすぎる。

「あ、あのっ！　踊ってたわけではなくて……！」

私の必死の弁明。

手を握った女性は私の話をちゃんと聞き届けると、まっすぐに私を見つめた。

「じゃあ、なにをしていたの？」

「あのですね……っ」

魔魚をおいしい食材に変えていました‼

……。言えないね……。

「……。えっと……なにを……。私は……」

言えるわけがない……。それはそれで、おかしい……。

かといって、うまい言い訳も出てこない……。

魔魚が大量出現した波止場で、包丁を持ってはしゃいでいた私。その姿を擁護するいい案がなにも浮かばないよね。

「私は……なにを……していたんでしょうか……」

記憶喪失のときに使う定番みたいなセリフ。

そんな私の曖昧《あいまい》な返事を聞いた女性たちは顔を見合わせ、頷き合った。

「やっぱり今日は宿に帰りましょう」

「宿に帰ったら、こちらから食事を届けるわ」

「大丈夫。他の方々にはしっかり説明しておくから」

「今日はゆっくり休んでいましょう。ね？」

「帰りに波止場に寄ってから帰るといいんじゃないかしら」

「そうね。海は心が落ち着くわ」

「ちょうど夕日が沈むから」

「あなたは海を見て心を落ち着けたほうがいいわ」

女性たちが、私に次々と言葉をかける。

そして、そのまま波止場へと連れて行かれた。

波止場で「じゃあね」と女性から離された手。

私はその手を胸の前で組み、大きな海を見つめる。

「きれいな……夕日だなぁ……」

オレンジ色の大きな丸が波に呑まれて、ゆらゆらと揺れている。

エメラルドグリーンの海は、オレンジ色の光を反射し、朝とも夜とも違う、別の表情を見せていた。

「わかる……海って落ち着くよね……」

うん……この虚無の心を優しく撫《な》でていくね……。

さっきの女性たちは、本当に心配してくれている人が半分、みんなから引き離したい人が半分といったところだろう。

わかるのは、共通認識として「私は包丁を持って踊る女」と思っているということだ。

「お昼に宿の受付のおじさんが変だったのもそのせいか……」

鍋《なべ》を持って踊るって言ってたな……。

そうだね。包丁を持って踊るんだから、鍋を持って踊る可能性もある。……あるのかな。そう思われたのかぁ……。

「みんながすごい人たちなのはわかっていたけれど……」

そう。それはわかっていた。

釣り合いがとれないのもわかっているし、それはまあいい。でも……。

「包丁を持って踊る女って……」

それはちょっと。

「それはちょっとー‼」

魂の叫び。

それは、ざぱーんざぱーんという波の音に呑《の》まれていった。

母なる海……。大いなる海よ……。

伊勢《いせ》エビを前にし、テンションが上がった記憶はある。

飛び跳ねたり、ちょっと手を動かしたりしてはしゃいだ記憶はある。

しかし、踊ってはいない。踊ってはいないんだ……。

でも、弁明することもできず、こうして海を見ていることしかできない。

「恥ずかしい……」

両手で顔を覆い、その場にしゃがみ込む。

見られていたんだなぁ……。はしゃぐ姿。踊っているように見えたんだなぁ……。はしゃぐ姿。

私の……私のはしゃいだ姿とは……。

「恥ずかしい……っ」

魂の叫びに、波がざぱーんざぱーんと応《こた》えてくれる。

そう。ここにはだれもいないから、波の音しか応えてくれない。

……そのはずなのに？

「あいたい……あいたい……」

小さな声が耳に届いた。

その声は震えていて、グスッと鼻をすするような音も交じっていた。

「え」

「あいたい……あいたい……」

声に気づいたからか、今度はもっとはっきりと聞こえた。しくしくと泣く声。

……あ、これ、聞いたことあるやつ。

背中がゾクゾクしてきた……。知ってる……！　知ってるヤツ！

「あいたい……あいたい……」

そうそう！　噂《うわさ》で聞いたよね！

海に上半身だけ出して、「会いたい、会いたい」ってしくしく泣く幽霊！

「……やっと、あえた……あえた……！」

「……そこ⁉」

なんか言葉が変わった。しかもすごくそばから聞こえた。

私の立っている波止場のすぐ真下。海から声が聞こえてきてる！

「逃げようっ！」

波止場から離れようと、グッと足に力を入れ、素早く立ち上がる。

すると、声がかかって――

「――シーナ様！」

「っハストさん！」

耳に入ったのは、いつも私を守ってくれる頼れる声。

私が中央広場にいないと気づき、すぐにこちらへ向かってくれたのだろう。

急いで振り返れば、坂道から一気に駆け降りてくるハストさん。

全力で走ってきてくれているのが、乱れた銀色の髪を見ればわかる。

その姿を見て、私は安心して、ほっと息を吐いてしまって――

「いやだ……っ！　はなさない……っ‼」

――バシャンッと。

波からなにか大きなものが跳ねる音がした。

その瞬間、首にぬっとなにかが絡みついて――

「シーナ様っ‼」

焦ったハストさんの顔。そして、かけられた声。え？　と思う間もなく、私の体は後ろへグッと引っ張られた。そして――

「んっ……うあ……ッ、つめたっ……え……んんっ」

ザブーンと音がしたと思った瞬間、体から重力が消えた。そして、全身に水をかけられる。

いや、これは水がかかったんじゃなくて……私が水に落ちた……っ⁉

「しょっぱ……」

顔にかかった水を口に含んでしまって、一気に塩味が広がる。

同時に、鼻からも息を吸い込んでしまって、水が入ったのか、ツーンと痛くなった。

着ていた服も水を吸い込み、重くなり、体に絡みつく。

これは溺《おぼ》れる……！

私は着衣水泳できる気がしないよ……！　雫ちゃんが心配してくれた通りだね……！

朝、溺れる心配をしてくれていた雫ちゃんが頭をよぎる。

体が重い。うまく動かない。水を飲んでしまったから、なんだか呼吸もしづらくて……。

でも、なんでだろ、ぎりぎりで頭は沈んでいかない。

「う、で……？」

よくわかんないけど、首のところに腕が回っている。これのおかげで沈まないようだが、代わりに暴れようもない。ってかこれ……。

「ライフ、セーバーの……しゅほう……」

ライフセーバーが溺れた人を救助するときにとる手法……。

「シーナ様っ‼」

ハストさんの声が聞こえる。

口に入る海水の強すぎる塩味、水を吸って張り付く服、びくともしない首に回った手、視界いっぱいに広がるオレンジ色の空。

かろうじて見えた波止場には、ハストさんが走り込んで来て、すごく怖い顔をしていた。

そして、ハストさんは波止場で止まることはなく、まっすぐに海に向かってきて――

「きれい……とびこみ……」

さすがハストさん。飛び込み方もきれい。

そう思ったところで……。

意識が途切れた。

隠し味　真珠の真相

椎奈さんたちと別れたあと、私たちは路地裏の真珠店へと来ていた。

まだ午前の早い時間だったので、開いているのが不思議だったのだが、昨夜のうちにスラスターさんが話を通していたようだ。

対応してくれたのは、昨日の店主の老人だ。

「今日も来ていただいて、ありがたいことで……」

「いえ、早い時間の指定によく対応していただきました。さっそくですが、シンジュを見せていただいても？」

「はい、もちろん、昨日よりいいものを用意しました。ところで今日は弟君は……？」

「弟は観光をしています。今日は彼女の願いを叶《かな》えに来ました」

「そっちの男性は？」

「護衛です」

スラスターさんはそう言って、それぞれ私とアシュクロードさんを手で示す。

店主は、なるほどと頷《うなず》いた。

「で、お嬢さんの願いとはなんだい？」

このセリフは想定済みだ。

スラスターさんと話をして、どのように受け答えをするかは決めてきている。

私がここで行うのは――

「この店で一番いい品をください」

「ほう！　一番の品かい！」

――どれだけ利のある人間か示すこと。

「そうかいそうかい、それならこれだね」

うれしそうな表情をした店主は、カウンターの後ろの棚へと移動した。

そして、鍵《かぎ》を使い、扉を開ける。

展示してあるものよりも、厳重に管理されているようだ。

「きれいだろう？　サイズの大きいものを集めたのさ」

品物を手にした店主がカウンターの前へと戻り、ベルベット生地の上へ置く。

それはとても大きな粒の真珠を中心とした、真珠が連なったネックレスだった。

「すごい……」

日本でも真珠のネックレスはよく見るし、冠婚葬祭などで重宝されている。

でも、目の前にあるそれは日本で見るものより、明らかにサイズが大きい。

真珠は白色というよりは銀色のようにも見えて、中心が濃くなり、より強く輝いていた。

「値段は……金貨二十だよ」

輝きに魅入っていると、店主がスラスターさんに値段を伝える。

お金を払うのがスラスターさんだとわかっているのだろう。

「お嬢ちゃんがこれをつけると、さぞ美しいだろうねぇ！」

店主が揉《も》み手《で》でスラスターさんに笑いかける。

スラスターさんは鼻のあたりを触ると、眼鏡をカチャッと直した。

「ええ。きっととてもよく似合うでしょう。これをつけて王都へ戻れば評判になりそうだ」

「……王都から来たのかい？」

「はい。どうです？　彼女がその石を身に着ける。そして王都の上層部と交流を深める。……いい商売になりませんか？」

「ちょっと、……ちょっと待っておくれ。儂《わし》にはそういう話は……」

「では、話ができる人に取次ぎを。昨日もお願いをしています」

「あ、ああ……だが……」

言いよどむ店主。

スラスターさんはそれを気にすることなく、カウンターの上にドサッと革袋を置いた。

「金貨が二十五枚入っています」

「……二十五枚」

ごくり、と店主が喉《のど》を動かす。

「品物と差し引きした額をどう使おうと私は構いません」

「……っ、わかった、ちょっと待ってくれ」

店主が慌てたように、カウンターから革袋を取り上げる。

そして、中身を確認したあと、店の奥へと入っていった。

品物が出しっぱなしだけどいいんだろうか……。

すると、スラスターさんは真珠のネックレスを手に取り、私に差し出した。

「昨日は触れなかったでしょう？　昨日の言葉が気になります。触れてみてください」

「あ、椎奈さんが言っていたことですね……」

椎奈さんは真珠を触ると「会いたい」と聞こえたと言っていた。

顔色も悪くなっていたし、あまりいいものではないのかもしれない。

なので、そっと触れてみるが――

「……なにも聞こえません」

――声は聞こえない。

「……椎奈さんにしか聞こえないみたいですね」

椎奈さんが嘘《うそ》をついているとは思えない。

それならば、椎奈さんにのみ聞こえるということだ。

真珠と椎奈さんには関係がある……？

そう考えると、胸がざわざわとした。

「今は澄ましていることを徹底してください。不安を表情に出さないでいただきたい」

「……はい」

スラスターさんに言われたことはその通りなので、大人しく頷く。

そう。私には私の役目がある。

しっかりしなくては……。

「ネックレスをつけます。気分不良などあれば、伝えてください」

「はい」

スラスターさんはそう言うと真珠のネックレスを私の首につけた。

首の後ろで留め金をつけられ、そのまま手を離される。

かなりの大きさがあったが、真珠は思ったより重くはなかった。

「とてもよく似合っています。……やはり、あなたの美しさは武器になる」

スラスターさんがふふっと笑う。

その笑いは……冷めている。

言葉の表面では褒めているが、私に対してなにも感じていないのがよくわかった。

「気分不良はないです」

なので、気分についてだけ伝え、まっすぐに前を見る。

一瞬だけチラリと見えた、金茶の髪の騎士……アシュクロードさんはなんとも言えない顔をしていた。

「おいっ、オレと話をしたいってのはどいつだ？」

ほどなくして、ドタドタと足音が聞こえ、奥からヌッと人が出てきた。

大きな男性だ。スキンヘッドで、目つきは鋭い。

これまでの私であれば、絶対に近づかない雰囲気を持っていた。

その人は私を見ると、ヒューっと口笛を吹いた。

「あ？　きれいな嬢ちゃんじゃねぇか、この辺では見ないぐらい色が白いな。白い魔石が似合ってるじゃねぇか」

「ええ。彼女は美しいでしょう？　いい広告塔になります」

「広告塔、だと？」

「はい。私は彼女を使って、王都でこの魔石を売りたいのです」

「なるほど……」

スラスターさんの言葉に、男性が私を上から下まで舐《な》めるように見る。

あまり気持ちのいい視線ではなかったが、表情を崩さずに、前を見続けた。

「……いいぜ。気に入った。こっちへ来い」

「はい。いい商売をしましょう」

スラスターさんはそう言うと、鼻を少し押さえた。

男性のあとに続き、私たちは路地裏の地下にある店から移動した。

案内されてついたのは、波止場とは反対の岬のそばにある小屋。

人目から隠されるように存在しており、私たちを案内する最中も周りを確認し、見つからないように徹底していた。

……ここが密漁者のアジト。

案外、簡単に来ることができたと思うが、きっとスラスターさんのお金の使い方や、昨日のうちにしたと言っていた根回しが良かったのだろう。

「昨日から変なヤツらが嗅《か》ぎまわってるとは聞いてたが、こんな美人だったたなんてな」

……私がいたことも良かったようだ。

「外から見ると狭い小屋にしか見えませんが、中は広いですね」

「すげぇだろ、岬から下の海岸まで掘ってあるんだ。この岬の下はちょっとした洞窟《どうくつ》みたいになってて、そこに舟を入れてあるんだ」

「それで港の者に気づかれずに漁ができるということですか」

「ああ。港のヤツらに見つかるとやれ停泊料だ、漁協の組合費だと取られるもんが多すぎる。魔海のあたりにも近づくなってうるせぇ」

小屋に入り、地下への階段を降りながら、話していく。

すると、地下から声が聞こえてきて――

「親分！　魔魚が出たらしい！」

「あっ、マジか！」

「波止場に出て、市場のあたりにいるって」

「よし、じゃあ出るぞ！」

「おう！」
地下からやってきた男性はそれだけ言うと、すぐに階段を駆け降りていった。
どうやら魔魚が出たようだ。
昨日の夜みたいな感じだろうか？
椎奈さんたちは市場に行くと言っていたようだけど、大丈夫だろうか……。
胸がざわつき、俯《うつむ》きそうになる。
すると、隣から視線を感じた。
その視線はスラスターさんのものだ。
『不安を表情に出さないでいただきたい』
そう言われたのがわかって、俯きそうになるのを必死でこらえ、前を向いた。
「……あちらには北の犬と弟君がいる」
小さな声。
前を行く男性には聞こえないぐらいの音量で聞こえてきた。
これは後ろにいるアシュクロードさんの声だろう。
だから、大丈夫だ、と。そう伝えてくれているのだ。
「魔魚がいるタイミングで漁に出るのですか？」
私が落ち着いたのを確認してから、スラスターさんが男性へ疑問を投げかける。
そう。私たちは密漁者が海を荒らすから、魔魚が出没するのではないかと考えていた。

けれど、今、行われているのは逆のことで――

「港のヤツらは勘違いしてるけど、オレたちが漁に出るから魔魚が出るんじゃない。魔魚が出てから漁に行ってるんだ」

「そうだったのですか」

「魔魚が出ると、港のヤツらは帰港するし、しばらくはその海域には近づかないからな。そこへ行けば楽に漁ができる。最近は港のヤツらの監視も厳しいから、魔魚はオレたちにとっては幸運の合図だな」

男性はそう言うとニヤニヤと笑った。

……こういうのを火事場泥棒と言うのだろうか。

港の人たちが困っている中で、自分たちの利益のみを得ようとする姿勢は好きになれない。

ましてや、今は椎奈さんがこの港の暮らしを守れるように、と心を砕いている最中だから……。

さすがに嫌悪感が顔に出そうになると、スラスターさんも同じタイミングで鼻を片手で覆った。

男性は私たちを見ておらず、そんな仕草には気づかなかったらしい。

「というわけで、オレたちは漁に出る。話はあとだ」

引き続き階段を降りながら、男性は話を続ける。

すると、スラスターさんは「それならば」と提案をした。

「私が一緒に漁に行っても構いませんか？」

「あ？」

「実際に魔石がどれぐらい採れるのか知っておきたい。王都にどれぐらい入れることができるか知りたいので」

「なるほどな」

男性はふむ、と頷《うなず》き、足を止めた。

そして、振り返って、私をじっと見る。

「オレには想像できるぞ。嬢ちゃんが白い魔石をつければ、さぞ評判になるだろう」

「ええ。社交界でただちに噂になるでしょう。あの宝石はどこのものか？　あなたは私を足掛かりに王都へ進出し、私は金を得る。お互いにいい話です」

「ああ、オレはこんな港で生涯を終えるような男じゃないと思ってたからな！」

「ええ。ぜひ漁を見せていただき、話も進めていきましょう」

「わかった。お前を舟に乗せてやる」

足を止めたのは、一番下の階層へついたからのようだ。

そこまで言うと、男性はまた歩き始める。

階段を降りた先は石の壁の廊下になっており、私たちもあとに続いた。

そして、突き当たりのドアを開けると、そこには――

「ここがオレたちの本拠地だ」

――海賊のアジト、というような光景が広がっていた。

話にあった通り、岬の下は大きくくり抜かれたようになっており、地面の半分ぐらいは水が溜《た》まっている。

たぶん、これは海水で洞窟は海へと続いているのだろう。

舟は想像よりも大きくはなくて、小舟が十艘《そう》ほど。

洞窟の海水ではない部分には木の床もつけられ、作業場と倉庫のような使い方をしているようだ。

たぶん、ここで真珠の選別や加工、保管をしているのだろう。

今は魔魚が出たタイミングで漁に出るということで、舟の準備に忙しそうだ。

見えるのは男性だけで、だいたい二十人ぐらい。

「……本格的ですね」

どう伝えるのが正解かわからないが、とりあえず貶《けな》すようなニュアンスにならないように気を付ける。

私の言葉を聞いて、男性はギャハハッと笑った。

「嬢ちゃんみたいな上品な人間は言うことが違うな。――おい、この嬢ちゃんと後ろの男を見とけ。適当に案内してやってもいい」

「うっす」

男性がそのあたりにいた人に声をかける。まだ若そうな男性だ。

どうやら、私とアシュクロードさんの案内……というか、監視だろう。

「じゃあ行くぞ」

「はい」

私とアシュクロードさんを置いて、スラスターさんは一人だけ男性についていく。

大丈夫なのだろうか。さっきから鼻を押さえる回数が多いようだけど……。

「私のことは気にしていただく必要はありません」

それだけ言うと、スラスターさんは舟に乗りこみ、漁へと向かった。

私とアシュクロードさんは、アジトの中を少しだけ案内してもらい、応接室のような場所で待っていたのだが、時間だけが過ぎていく。

「まだ帰ってこねぇな。どうする？　ここにいてもいいが、昼は出ないぞ」

そうして待っている間にお昼になってしまったようだ。

会話はしてみたが、私たちの相手をしていた男性はかなりの下っ端のようで、新しい情報も得られそうにはない。

アシュクロードさんを見ると、あちらも私を見ていて、たぶんお互いに考えたことは同じだろう。

……ここにいても、できることはない。

スラスターさんから他の指示はもらっていないし、私の役目はこれで終わりなのかもしれない。

「では、昼食を摂《と》るため、港へ戻ろうと思う。案内を頼む」

「うっす」

アシュクロードさんはスラスターさんを待つことなく、私と一緒に港へと戻ることを選択したようだ。

スラスターさんは自分のことは気にするなと言っていたし……。

案内され、密漁者のアジトから港へと戻った。

とりあえず、昼食を摂ろうということで、近くのカフェテラスへと入る。

「食事はここでいいでしょうか？」

「はい……なんでもいいです」

「なにか食べたいものはありますか？」

「……なんでもいいです」

別にお腹《なか》は空《す》いていないが、食べておいたほうがいいだろう。

なんでもいいと言われても困るだろうが、本当に思い浮かばなかったのでそう返す。

「わかりました。食べられそうなものをお持ちします」

アシュクロードさんは、これまで接してきたことのある特務隊の騎士の人とちょっと似ている。

ちゃんと礼儀正しくて、ちゃんと敬語でちゃんと丁寧で――よそよそしい。

私が聖女であることを前提に接しているのだろう。

椎奈さんの前では、よく笑ったり怒ったりしているので、別人みたいだ。

……それは私も同じだろうけど。

「こちらをどうぞ。食べられなかった場合は取り替えます」

「これで大丈夫です。ありがとうございます」

アシュクロードさんが持ってきてくれたのは、野菜のスープと玉子の炒《いた》めたようなもの。食欲がなくても食べられそうなメニューだった。

「あー……その、あなたはイサライ・シーナが好きなのですね」

「はい」

「今日もその……とてもがんばっている姿を拝見しました。疲れていると思いますので……。あー……。早くいろいろと終わらせて、イサライ・シーナに会いましょう」

「……そうですね」

アシュクロードさんはつっかえながら、ゆっくりと話してくれた。

選んでくれたメニューやその言葉から、優しい気質なんだな、と感じる。

私を元気づけようとしてくれているのはわかるので、頷いてからスープに一口つける。

アシュクロードさんの言う通り。

早く終わらせて、椎奈さんとたくさん遊ぶ。そのためにはがんばらないと……。

そう思って、もう一口スープを飲み込む。

すると、騒がしい一団が向かってきて——

「やあ！　そこにいるのはシズク君とアシュクロードじゃないカ！　二人でデートかナ？　ずるいヨ！　ボクも交ぜてもらいたいナ！」

ハハハハッ！　と笑う王太子と周りを取り囲む女性たちだった。

私はこの王太子が少し苦手だ。

暖簾《のれん》に腕押し、糠《ぬか》に釘《くぎ》といった感じで、他人が賛同しようと拒否しようと、まるで響いていない。

話を聞いていないわけではないが、この人に影響を与えるものではないのだろう。

「どうだい？　うまくいったカナ？」

周りにいた女性たちとは別れたようで、王太子が一人でやってきて、そのままイスへ座った。

私とアシュクロードさんは丸テーブルで食事を摂っていたので、ちょうど三人で分割するような形になる。

どう返そうか考えていると、アシュクロードさんがカトラリーを置き、王太子へと報告を始めた。

路地裏の真珠店の店主からの伝手《つて》で密漁者のアジトに行ったこと、アジトの様子、人数。そして、現在はスラスターさんが密漁者とともに行動していることも。

一通りの報告を聞いたあと、王太子は軽やかに笑った。

「うんうん！　おおむねうまくいっているネ！　市場に魔魚が出たときはどうなるかと思ったが、シーナ君、ヴォルヴィ、レリィグランで対応してくれた。おかげでこの港は、魔魚を倒したヴォルヴィとレリィグランを英雄と称《たた》えて、盛り上がっているヨ！」

やっぱり、椎奈さんが巻き込まれて……！

椎奈さんの名前を聞いて、私もカトラリーを置いた。

「椎奈さんは？　椎奈さんは大丈夫ですか？」

「あっちにはヴォルヴィとレリィグランがいるからネ！」

焦る私に王太子は鷹揚《おうよう》に頷く。

「こういうときは任せる余裕が必要なのサ！」

そして、パチンとウインクをした。

「ヴォルヴィは強い。レリィグランは頭が良く処世術に長《た》けている。シーナ君だって大人の女性として振る舞っていると思うし、スキルも強い」

「……そう、ですね」

「三人で問題なく対応してくれたようだヨ。ボクたちはボクたちのできることをするのサ」

「自分ができること……」

「そう。ボクらのやることは一つ」

王太子は少しだけ声を潜めた。

「──密漁者の一斉摘発、排除、壊滅だヨ」

紫色の目が真剣な色に変わる。

「これから中央広場でヴォルヴィとレリィグランを称える宴会を行うらしい。その間にボクたちは動こうと思う。情報収集も終わったし、証拠については、今スラスターが押さえてくれているはずだからネ」

「……早くないですか？」

真珠のことを調べ、たった一日。もう一斉摘発をするという王太子に疑問を投げる。

けれど、王太子は気にせず「問題ないヨ！」と笑った。

「ボクが得た情報をスラスターに随時伝えながら、考えた作戦だからネ！　今日もうまくアジトに入り込めたはずダヨ」

王太子の言葉に、たしかにと頷く。

路地裏の真珠店から密漁者のアジトに行くまで、拍子抜けするぐらい簡単だった。

「ここの密漁者たちは、シンジュを手に入れること、加工すること、そしてこの港に来た観光客へ売ることはできている。だが、それだけ。外へ売り出す販路は持っていない。それをチラつかせればすぐに食いつくだろうとわかっていたのサ」

「……そうですね。王都のことや私が真珠をつけることを聞いたら、すぐに話が進みました」

「喉《のど》から手が出るほど欲しいものが目の前に来たはずだからネ。本来なら、もう少し慎重でもいいんだけど、魔魚が陸にも上がってきたから、あまり悠長にしているわけにもいかない。それに、スラスターが本気みたいだから、大丈夫だろう」

「本気、ですか？」

「ああ。自分からレリィグランと離れて、潜入調査をするなんてやる気に満ちているヨ！　スラスターは魔の侵攻をよく思っていないみたいだからネ。事態を一刻も早く鎮静化することがシーナ君の益につながるとわかっているんだろう」

「椎奈さんの……」

「そうだヨ。スラスターは主《あるじ》をシーナ君に定めてしまったからネ。ボクのことで本気になることなんてないのサ」

……スラスターさんの主が椎奈さん？

思ってもみなかった言葉に驚く。

「スラスターさんの主はあなたではないのですか？」

「それがね、ボクじゃないんだヨ」

王太子は悲しいよネ！　と笑った。

「スラスターは鼻が利きすぎて、常時気分不良だからネ。成長するごとに性格が悪くなっていくのを見るのは楽しかったのにナ」

王太子は一人でうんうん、と頷《うなず》く。

「さあ、二人とも食事を摂るといい。人間に食事は必要なものだからネ！」

「申し訳ありません……っ！　食事をお持ちします」

アシュクロードさんはそこで王太子にも食事を持ってこようとしたのだろう。

けれど、それを王太子はハハハッ！　と笑って制した。

「ボクのことは気にしなくてもいい。ボクはスキルが強いから、食事を摂る必要はないからネ！」

「必要がないのですか？」

「スキル『自動回復』、『健康維持』あたりが作用しているんだろうけど、ボクにもどのスキルの力かはよくわかっていない」

……食事を摂る必要がない。

驚いて王太子を見るけれど、いつもと変わらずハハハッ！　と笑っているだけ。

「眠る必要もないしネ！　だから、昨日も寝ずに情報を集めることができたし、今日も変わらず元気なのサ！」

「……寝てないんですか？」

「ボクぐらいの魅力があると、相手が寝かせてくれないからネ！」

そして、パチンとウインク。

私はそのウインクを避けるように顔を伏せ、はぁとため息をついた。ちゃんと話ができない人は疲れる。

「シズク君のボクのことが苦手だとわかる態度も嫌いではないけど、やっぱりボクはシーナ君が好きだ。シーナ君はボクをまっすぐに心配してくれるからネ！　すごくくすぐったい気持ちになるし、自分が普通の人間になったみたいでふわふわする！」

「……普通の人間って」

椎奈さんを好きになるのはわかるが、変な言い方をする。

だから、顔を顰《しか》めると、王太子は紫色の目を輝かせた。

「ボクとシーナ君。戦ったときに強いのはどちらカナ？」

とても楽しそうに。

「シーナ君とボク自身なら、きっとボクのほうが強いはず。でも、シーナ君の周りにはたくさんの人がいるだろう？　ヴォルヴィにレリィグランにスラスターにアシュクロード、ゼズグラッド、ギャブッシュ、シズク君。全員をボク一人で倒すのは大変だよネェ」

うれしそうに。

「アシュクロードは先祖から伝わった剣をシーナ君に渡したよネ？」

「……っ」

突然、話を振られたアシュクロードさんは息を吞《の》む。

それを見て、王太子はハハハッ！　と笑った。

「責めたいわけではないヨ！　ただやはり、シーナ君のもとへ帰るんだな、と思っただけなのサ」

「……イサライ・シーナのもとへ帰るとはどういうことでしょうか」

「アシュクロードの家は王家から離れて久しいから、剣についての謂《いわ》れが伝わっていないのカナ？　あの剣について、建国の際に使ったことは伝えたネ？」

「はい」

「この国ができる前、とても大きくて強い魔獣がいた。その魔獣はほかの魔獣を従える力を持っていたらしい。その大きな魔獣を倒したのがボクたちの先祖で、その魔獣の牙《きば》から作られたのが、アシュクロードの持っていた剣だと言われていたヨ」

「家宝の剣が……魔獣の牙……」

「大きな魔獣を倒したあと、聖女によって、魔獣が生まれる森は結界で包まれたという話ダ」

王太子が話しているのは、ただの逸話。

そして、アシュクロードさんの剣についての話。

なのに、胸がざわついて……。

「大きな魔獣は、魔獣の王だったのカナ？」

これは……。問いかけだ。

私たちに聞いているのだ。

「魔獣の王は牙を取り戻したのカナ？」

――椎奈さんは、魔獣の王で。

アシュクロードさんの剣で、力を得たのか？　と。

「もし、魔獣の王がここにいて、牙を取り戻したのだとすれば、ボクは倒すしかないよネ？」

紫色の目がきらきらと輝いている。

どう答えれば――？　どうすれば椎奈さんを守れる――？

緊張で口が乾く。

すると、隣から凛《りん》とした声が響いた。

「――家宝の剣はここにあります」

アシュクロードさんの少し高めの声。

椎奈さんの前でよく変わる表情は、今は引き締まっていた。

「これが、家宝の剣です」

まっすぐな言葉。

躊躇《ちゅうちょ》なく、アシュクロードさんは腰に佩《は》いた剣を示した。

……剣はここにあるのだ、と。

「そうカ。アシュクロードが家宝の剣はここにあると言うのだから、それが家宝の剣だね。それでいいサ！」

王太子はハハハハッと笑う。

うんうん！　と楽しそうに頷いて……。

「この世界で一番強いのはボクだからネ！」

パチンとウインクをし、また私たちに食事を勧めた。

もう食事をする気持ちにはなれなかったけれど、アシュクロードさんが食べ始めたのを見て、私もスープを口に入れる。

魚介のダシが効いたスープは少し冷めてしまっていた。

結局、食べ終わってもスラスターさんは来ず、たぶん、まだ漁をしているか、密漁者と話をしているのだろう。

一度、宿に戻っても良かったが、アシュクロードさんが「イサライ・シーナに見せたいものなどを探すのはどうですか？」と提案してくれたのでそうすることにした。

椎奈さんは波止場や宿の近辺にしか行っていないので、波止場の反対側に近いこのあたりには来ていないはずだ。

どんなものを喜ぶかな……と考えると、心が持ち上がる。

私たちが席を立つと、王太子のそばにまた女性が集まり、彼はそのまま留《とど》まることにしたようだ。

港町を散策して、私が見つけたのは、かわいい雑貨屋さんや、クレープの露店のようなもの。

アシュクロードさんは花屋さんを見つけて、そこに椎奈さんと行きたいようだ。

そうしていると、夕方になっていて、そこでようやくスラスターさんが合流した。

「遅くなりました」

またカフェテラスに集まった私たち。

スラスターさんは何枚かの紙を王太子に渡した。

「商談の成立書と今後の王都への入荷の手順です。領主や国に届け出ることのない違法売買に当たります。とりあえずそちらで捕縛すればいいでしょう。シンジュが魔石であることは、まだ少数しか知らないので、厳罰に当たる魔石の違法所持や売買についてはまだ適用するつもりはありません。新しく法や規制を作ってからでいいでしょう」

「うん、わかった」

「ただ、これまでシンジュを売って得た利益はわかったものの、相手はわかりませんでした。観光客に場当たり的に売っていたため、顧客名簿のようなものはありません」

「王宮に帰ってから法律や規制の根回し、すでに出回ってしまったシンジュの捜索。……いやだナ。仕事が増えた」

「それぐらいはしてもらいます」

顔を顰める王太子にスラスターさんはきっぱりと言い放つ。

そして、眼鏡をクイッとあげると、私を見た。

「シズク様のおかげで非常に円滑に事が運びました。貴族令嬢がお忍びで旅に来ているとすっかり信じていただけました。宿に帰らず、ここで散策したことも、信ぴょう性が増す材料になったようです」

「……見られていたんですね」

「ええ。遠目から部下にこちらを見張らせていたようです。ヴォルヴィやレリィにもついていたようですが、あちらも魔魚を倒した以外に怪しい行動はなく、観光とみなされたようです。すでに、見張りはやめたようです。あちらの部下の報告が私にも聞こえていたため、状況把握に役立ちました」

「ボクの情報も役立ったはずだヨ?」

「そうですね。女性たちと派手に遊んでいるおかげで、まさかこんなバカが王太子だと思う者はだれもいませんね」

「ハハッ！　ボクは擬態がうまいからネ！」

王太子は笑うと、紙をスラスターさんに返す。

スラスターさんは紙を懐に収めると、「さて」と呟《つぶや》いた。

「密漁者の関係者はすべて捕縛でいきましょう。ゼズグラッドがすでに領主への手紙を届けているはずです。夜明けにはここへ到着するでしょう」

どうやら、ゼズグラッドさんは女性から逃げ回っていただけではなく、任務も行っていたらしい。

……私たちが知らないぐらいだから、密漁者たちがそれを知ることはできないだろう。

「じゃあ、あとはボクが暴れれば終わりだネ！　普通の人間が二十人だったカナ。……つまらないナ。すぐに終わってしまう」

「では、領主の手配した騎士が来るまで待ちますか」

「絶対にいやだネ！　なにもしないほうがもっと面白くないじゃないカ！」

そう言うと、王太子はイスから立ち上がった。

「さあ行こう！　案内はだれがする？」

「私は事務仕事があります」

「では、私が」

王太子の言葉にアシュクロードさんが立ち上がる。

「よし！　二人で暴れようじゃないカ！　でも、できるだけボク一人で楽しみたいから、アシュクロードには倒した敵に縄をかけることを主にやってもらいたいナ！」

「わかりました」

王太子とアシュクロードさんが去っていく。

たった二人でアジトに乗り込むのは危険だと思うが、王太子の態度やスラスターさんの様子を見るに、できると判断したのだろう。

王太子から見ると、楽しいイベントの一つ、といった感じなのかもしれない。……理解はできないけど。

「では、私たちも行きましょう。中央広場にはシズク様も呼ばれているはずです。途中まで送ります」

「はい」

中央広場までは歩いて三十分といったところだろう。

中央と名づけられてはいるが、かなり波止場に近い場所にある。

スラスターさんと二人でカフェテラスを発《た》つ。

すると、スラスターさんが「そういえば」と話を切り出した。

「シンジュはシズク様の世界では貝から採れるんでしたね」

「はい」

「どうやら、こちらでは違うようです」

「……そうなんですか？」

「漁では砂底を網でさらい、直接、シンジュを探していました」

「直接……」

「貝を探しているのではないのか？　と聞くと、笑って答えてくれました。『オレたちが追っているのは幽霊だ』と」

「幽霊……？」

「ええ。幽霊の噂《うわさ》が出たところに、シンジュがある」

その言葉に胸がざわっと騒いだ。

「会いたい、会いたい」と泣く幽霊。

椎奈さんにだけ聞こえる、真珠から伝わる「会いたい、会いたい」という声。

……もし、その幽霊が真珠の発生源だとしたら？

椎奈さんが、またなにかに巻き込まれているのだとすれば――？

「わ、たし、椎奈さんに伝えに行きますっ！」

胸の前で拳《こぶし》を握る。

胸のざわめきなんて気にしなくていいかもしれない。

でも、一刻も早く伝えたほうがいい。そういう予感がする……。

「シズク様の反応を見ればわかると思いましたが、やはり幽霊が本命かもしれませんね。シズク様の予感はよく当たる」

スラスターさんはそう言うと、眼鏡を直した。

「今はレリィとともに宿屋にいるはずです。中央広場に招待されていると聞いていますが、現在の居場所は定かではありません。私はこのまま宿へと戻ります。会うことができれば伝えましょう」

「じゃあ私は、中央広場へ……！」

「ヴォルヴィは昼から市場で魔魚の処理の手伝いをしているとも聞いています。レリィがそばにいて海側にはヴォルヴィがいる。そして、私は宿へと行き、シズク様は中央広場へ。……普通はなにも起きるはずがありませんが、普通ではありませんからね」

「……っ」

そう。椎奈さんは巻き込まれやすい。

だから、早く行かなければ……！

スラスターさんとの会話の時間ももったいなくて、その場からすぐに走り出した。

「椎奈さん……っ」

まだ宿にいてくれればいい。

そうすれば、スラスターさんが間に合って、話を伝えてくれるはず。

「……っは」

レリィ君と中央広場にいてくれればいい。

そうすれば、二人で楽しく過ごしてくれているはず。

「はっ……」

もし、なにかあって海に近づいて……幽霊のなにかに巻き込まれていたとして……。

でも、そこに、シロクマの騎士がいてくれれば……！

「……うっ」

一気に走り出したせいか、みぞおちのあたりがぎゅうぎゅうと痛くなった。

でも、気にせずに足を前に出す。

「私は……平気っ……」

私は『神の愛し子』だから……。この世界に来て、不運だったことなんてない。

王宮の豪華な部屋で豪華な食事を摂《と》っていた私。それに比べて椎奈さんは……。

「……はっ」

走っていると当たり前に、息が上がる。

呼吸がどんどん速くなって、荒くなって。五分も走れば、体は重くなって、休憩しようって弱い心も顔を出す。でも――

「……は……っ」

伝えないと……。

いつも大変なことに巻き込まれてしまう椎奈さん。

気を付けるのは『幽霊』だって知っているだけで、きっと危険は少なくなるから……。

「はっ……っ……」

もう足を止めたい。歩いて、息を整えたい。こんなに必死にならなくてもいい。

「……はっ」

そんな気持ちを捨てるように、ぎゅっと拳を握って、足をさっきより大きく前に出した。

また一段、グッとスピードが上がる。

「椎奈さん……っ」

この世界に来てから、ずっと大変だったのに……。それでも、いつも笑顔だった椎奈さん。

「大丈夫」って、言ってくれて、ありがとう。

「楽しいね」って、笑ってくれて、ありがとう。

――優しさを分けてくれて、ありがとう。

「……走れるっ」

――あなたのためなら。

しんどくても。苦しくても。どこまでも走っていけるから。

「つい……た……っ」

走り込んだ中央広場は準備が進んでいるようで、たくさんの人がいた。
一度、立ち止まって、切れる息をそのままに、大好きな人の姿を捜す。
でも、見当たらなくて……。
「レリィ……君……っ？」
代わりに見つけたのはレリィ君だった。
人波に揉《も》まれて、しんどそうだ。
まだ幼いレリィ君は、周りを取り囲んでいる女性よりも背が低い。
ああなってしまうと、うまく逃げるのは難しいだろう。
レリィ君が必死に視線を飛ばす先。
そこには――
「っ椎奈……さんっ！」
路地裏へと入っていく、椎奈さんの背中が見えた。
レリィ君は人に阻まれて、見えないのだろう。
もし、椎奈さんが連れていかれるのを見れば、そのままにしておくはずがない。
相手が港の人だろうと、炎の魔法を使って、椎奈さんのもとに行くはずだ。
だから、私が……！
私が椎奈さんのもとに行かないと――っ！
「あら！　いらっしゃい！」

「あなたはこっちよ！」

「どうしたの？　こんなに息を切らして」

「あのっ……すみません、私っ……！」

「こっちで休みましょう！」

「楽しみで走ってきてくれたのね？」

「あら、かわいいわね！」

「っ……そうじゃなくてっ」

消えた椎奈さんの背中を追いたいのに……っ！

私の周りにもあっという間に人垣ができて、うまく動けなくなる。

息が切れているせいで、言葉がうまく伝わらない。

焦っていると、そこに大きな影が落ちてきて――

「大丈夫ですか？　ミズナミ様」

「あっ……シロクマの……っ」

騎士の人だ。

私一人では脱出できなかった人垣から、私のひじのあたりを掴《つか》み、救い出してくれる。

さっきまで私の周りにいた人は、シロクマの騎士に熱視線は送っているものの、取り囲んではこない。

シロクマの騎士は話しかけやすい雰囲気ではないので、みんな遠巻きにしているのだろう。

やっと自由に動けることにほっとして……。

そして、すぐに息を呑《の》んだ。

ここにシロクマの騎士がいるということ。

それは椎奈さんが一人になっているということで――

「あ、あのっ、椎奈さんは⁉」

「シーナ様と私は別行動でした。私は市場にいたので、シーナ様はレリィとここに向かったはずですが……」

「今っ、椎奈さんは一人でっ……あのっ、人に連れられて……っ路地裏に……っ」

私の言葉にシロクマの騎士の目の色が変わったのがわかった。

「シーナ様はどちらへ？」

低い声。

「あの召使い？　あの人なら宿に帰るように伝えたはずだけど」

「宿へ？」

「ええ。『あなたの席はない』って伝えたと思うわ」

あっけらかんとした声に、シロクマの騎士のまとう空気が一段と下がったのがわかった。

そして――

「そのような対応はやめていただきたい」

シロクマの騎士は手近にあった大きな街路樹に手を当てた。

その途端、街路樹は根元付近からいきなり折れる。

10mはありそうなその樹《き》をシロクマの騎士は軽々と持ち上げて――

「さもなくば……」

――石畳に向かってグサッと刺した。

「この樹がこの港の墓標になります」

『ぼひょう』

突然の出来事と、凍った空気に静まり返る広場。

そして、シロクマの騎士はもう一度、聞いた。

「シーナ様はどちらへ？」

「ひぃっ……は、波止場だと……」

小さく悲鳴を上げた女性が、怯《おび》えながらも返す。

シロクマの騎士はそれを聞き、素早くレリィ君を呼んだ。

「レリィ。ミズナミ様を」

「ごめんなさいっ……僕のせいで……」

「今は反省より為《な》すべきことを」

「……っはい」

それだけ言うと、シロクマの騎士は波止場に続く道に向かって走り出す。

その素早い動きは、一刻も早く向かいたいからだろう。

私は遠くなる背に向かって、叫んだ。

「幽霊です……っ！　幽霊に気を付けてください！」

「わかりました」

あの騎士なら椎奈さんを守ってくれる。

そう思うけれど、胸がざわついて――

「な……にあの人……」

「……こわい……」

シロクマの騎士がいなくなったからか、凍っていた空気がゆっくりと元に戻っていく。

すると、私を囲んでいた人たちが、また私の周りに集まった。

「……もう、なんなのかしらね！」

「こわかったでしょう？」

「ね？　あなたは宴会に参加するわよね？」

「……私はっ」

こんな中、宴会なんて気分にはなれない。

それに、もし、椎奈さんにさっきみたいなことを言ったのだとすれば……。

「……みんな、僕の炎が魔魚を灰にしたのを見た？」

私が顔を顰《しか》めていると、私のそばまでやってきたレリィ君がにっこりと微笑《ほほえ》む。

とても艶《あで》やかに。

そして――

「灰になりたくなかったら、離れろ」

――冷たい目で言い放った。

「僕たちはちやほやされて喜んでいたわけじゃない。シーナさんが楽しく過ごせるように大人しくしていただけだよ。勘違いしないで」

突き刺さった丸太とレリィ君の冷たい目。

レリィ君があたりを見回すと、「ひぃっ」と声が漏れた。

「シズクさん、宿に戻ろう」

「うん……そうだね……」

レリィ君の言葉に頷《うなず》く。

もうここにいても意味はない。

椎奈さんのことは、シロクマの騎士がなんとかしてくれる。

きっと……。

「僕のせいだ……」

宿への帰り道、レリィ君がポツリとこぼした。

「僕が任されていたのに……それなのに……」

レリィ君は泣きそうな顔をしていて……。

その気持ちが痛いほどわかるから……。

「強く……なりたいね」

「……うん」

きっと、レリィ君と私が思っていることは同じ。

シロクマの騎士ぐらい強ければ……。

もっと、自分に力があれば……。

「……早く大きくなりたい」

「うん……」

レリィ君が大きくなれば、きっと椎奈さんを守れるようになる。

宿へ向かいながら海を見下ろせば、沈んでいく夕日が見えた。

「椎奈さん……」

きっと、大丈夫、だよね……？

三品目　真鯛のアクアパッツァ

どこかで……。泣いている声がした。これは……だれの声？

『どうして、ここにいる？』

『なんで、ここにいるの？』

声の主はわからない。

けれど、その問いかけは私にも覚えがある。

私がこの世界にやってきたとき、何度も一人で考えた。

……日本から突然、異世界に召喚されて。しかも、巻き込まれただけだって言われて。

『なんのいみもないの？　ここにいるいみは？』

……一人で何度も自分に問いかけて。出た答えは、残酷だった。

──なにもない。

──私に意味なんてなかった。

でも、日本に帰ることもできなかった。このまま、この世界で過ごすしかないんだって……。

『ずっと……ひとりなのかな』

王宮の小さな部屋。出てくる食事はぬるいスープと硬いパン。

私も思った。このままずっと一人ぼっちなのかなって。でも――

「――違うよ」

気づけば、そう答えていた。

今は一人かもしれない。けれど……。

「大丈夫だよ」

小さな部屋のドア。その向こうに私を待っていてくれた人がいた。心配してくれた人がいた。

一緒に庭に出て、スキルのことを相談して……。王国の騎士なのに私の意思を尊重してくれて
……。私の作ったごはんを食べて、きらきらした目で笑顔を向けてくれた。

「泣かないで」

一人ぼっちじゃないよ。きっと、優しさを分けてくれる人がいる。

「……泣かないで」

なんとかしたくて、そっと手を伸ばす。すると――

「――ッ……え……？」

開いた目に飛び込んできたのは、紫色に染まった空だった。

……うん。そう。どうやら今までは目を閉じていたようだ。今までのはたぶん……。

「夢か……」

きっとそうなんだろう。ちょっと変な夢だったなぁ。

昔を思い出して、私の胸も苦しくなってしまった。

「海に落ちて……それで……」

とりあえず、寝転がっていた状態だったので、上半身を起こす。

体の痛みを確認してみるが、苦しくないし、寒くもない。体は濡《ぬ》れているけど……。

近くにはパチパチとはぜる火があり、たき火をしているようだ。

「……助かってる？」

座ったまま、あたりを見回せば、どうやら海岸から少し上がった陸地にいるようだ。

島……かな？

たき火のそばには、木を組んだものに服が干してあった。たぶん、ハストさんの服だ。

そして、どうやら私は簡易で作ったと思われる木のベッド？　に寝ていたようだ。

「……ハストさんが助けてくれたのかな」

おそらく、たぶん、間違いなく、きっと。

すごくきれいな飛び込みを見た記憶がある。こちらに猛スピードで泳いできたような気もするし。

「さすが、ハストさん」

しっているか　シロクマは　およぎがうまい
「ッ――シーナ様！」

「ハスト、さん？」

ハストさんの泳ぎを反芻《はんすう》していると、背中側から声がかかった。

振り返れば、いたのは、もちろんハストさん。

どうやら島の奥で薪を拾っていたようだ。薪を抱えたハストさんがこちらに駆け寄ってくる。

――上半身、裸で。

……いや、うん、わかる。

ここに服が乾かしてあるということは、脱いでいるってことだもんね。

濡れた服のまま活動するより、脱いでから活動したほうが体温の低下が抑えられるんだと思う。

でも、うん、ちょっとこう、目のやり場に……困るよね……。

「シーナ様」

「は、い」

あっという間に私のそばまで来たハストさん。

ベッドに腰かけている私の足元に跪《ひざまず》くと、手をそっと取った。

「申し訳ありません。シーナ様を危険な目に遭わせてしまいました」

声が少し沈んでいるような気がして、さまよわせていた目をゆっくりとハストさんに合わせる。

すると、その水色の目は心配そうに私を見上げていて……。

あ、もしかして、落ち込んでいる⁉

「全然危険じゃなかったですよ！　すぐに助けてくれましたし」

そう。海に落ちたけれど、私は無事。

今は無人島？　にいるようだけど、木のベッドに寝かせてもらっていたしね。

私が眠っているあいだにハストさんが島の木を使って作ってくれたに違いない。

海に落ちて、無人島に流れ着いて、木のベッドで目を覚ます人間は私だけではないだろうか……。

さすがハストさん。キャンプ能力が高い。

「こんなことになったのも、特務隊長である私の責任です」

「いえ、それを言うならば、私が勝手に一人になったからで……！」

午前中に魔魚が出たばかりなのに、すっかり油断していた。

……うん。油断というか……うん……。

「シーナ様のことを港の者に聞きました。王宮のときのように、また嫌な目にも遭わせてしまいました。『席はない』との発言があったようで、申し訳ありません」

「いや、それは本当にハストさんが悪いわけじゃなくて……。それに……あの、港の人も完全な嫌がらせでこういうことをやったわけではないというか……」

……ね。うん……。

できれば隠しておきたい事実を前に、ごにょごにょと言葉を濁す。

そんな私を見て、ハストさんは「大丈夫です」と力強く頷いてくれた。

「同じことが二度と起こらぬよう、港の墓標を立ててきました」

「みなとのぼひょう」

なにそれ、こわい。

「シーナ様は望まないと思いますが、こうして実際に危険な目に遭った以上、やはりあの墓標を現実のものにするべきかと考えています」

「ぼひょうをげんじつに」

よし！　この港をすべてお墓にするぞ！　ということか。ふむ、なるほど。

「墓標は撤去しましょう」

やめよう。墓標の実現。

「あのですね……私が一人で海に近づいたのは……、……すごく深いワケがありまして……」

「深い訳とは？」

「そうですよね……うん……」

聞くよね、それは。

「……あの、なんとなく、こう、ふわっと捉《とら》えて欲しいんですが……」

絶対に映像を想像したり、状況を考えたりはして欲しくないんですが……。

「その……あの、私が魔魚からエビにしましたよね。それを見られていたようで……」

「そうだったのですね」

「はい。それでまず『大変だ！』と思ったんです。スキルのことはもちろん、包丁のことだってバレるのは良くないに決まっているので。なので気を取られました。さらにその後なんですけど……」

言いよどむ私と、急《せ》かすことなく私の発言を待つハストさん。

私は一度、ゆっくりと深呼吸をして……。片手で顔を覆った。

「港の女性たちは私が魔魚をエビに変えたとは思っていませんでした。ただ……その、私の様子を見て、『エビの前で包丁を手にして踊っている』と……。……そう思ったようなんです」

私はなにを言っているんだ？

「『海を見て、心を落ち着けたほうがいいよ』と心配されて、放心しているうちに、もう波止場に来ていました……。……っすみません、本当にだれも悪くなくて……っ私が……」

私のはしゃぎ方がおかしかったから……！

「海に落ちたときも、話せる隙《すき》があったなら、スキルを使って台所に行けば良かっただけなのに、気が動転していて、すっかり忘れていました」

ね。『ライフセーバーの手法』とか言ってる場合じゃなかった。

それを言えるなら『台所召喚』！　と言えば、安全だったのだ。

今回はハストさんがいたとはいえ、海では声が出せないのだから、そういうところも気を付けないといけなかったのに、私は……。

「なので、墓標はやめましょう。その墓標は私に効きます」

自分のはしゃぎ方についての疑問が深く残ってしまいます……。

「レリィ君も今頃、落ち込んでいないですかね……。私が勝手に離れたのに、きっと自分を責めてますよね……」

レリィ君は宿でも私が休めるようにいろいろとしてくれたし、中央広場までしっかり護衛してくれていたのだ。

私が勝手に離れてしまったのが良くなかった。

「……嫌な思いをしたのでは？　怖い思いは？」

顔を覆っていた私の手の上にそっと重ねられる手。

大きくて、力強いその手はあたたかくて――

「なにも……ないです」

嫌なことも、怖いことも。

なに一つなかった。

「ずっと楽しいです」

顔を覆っていた手を離し、ハストさんとてのひらを合わせる。

そっと握り、ハストさんの手の甲を私の頬《ほお》に当てた。

「ハストさんがいれば、なにも怖くありません」

強くてあたたかい手にすりっと頬を寄せる。

すると、ハストさんはゴホッとむせた。

「――ッ、ん、……いえ、申し訳ありません」

ハストさんがそう言うと、いきなり、大きな声が響く。

「ずるい‼」

まさか私とハストさん以外にだれかがいると思わなかった。

急いで、ハストさんの手を離し、声のほうを見る。

すると、しくしくと泣き声もして……。

「ミカも……！　ミカもさわりたい……」

「黙れ」

泣き声の要望を、即座に言葉で切り捨てるハストさん。

冷え冷えとした目線の先。波打ち際に、その泣き声の主がいた。

「え……？」

それは大人のようで、なぜかハストさんのマントで縛られていた。

でも、私が疑問に思ったのは、マントで縛られていたからではない。

胸の下から腰のあたりで覆われたマントの境界線。その上下で造形が違ったのだ。

上半身は人間。下半身は……魚。これは、そう――

「――すまきのにんぎょ」

簀巻《すま》きと言っても、むしろはないので、正確に言えばマント巻き。

マント巻きの人魚は私と目が合うと、ピチッと尾びれを動かした。

「やっとあえたのに……」

ピチピチと跳ねる人魚の髪は長くて、透けるような水色。こちらを見つめる目が澄んだ青色だった。顔は……すごく美人だ。優しそうな眼差《まなざ》しにすっと通った鼻筋。きれいな眉《まゆ》は今は悲しそうに下げられていた。

「幽霊ってもしかして……」

「会いたい、会いたい」と泣く幽霊の正体は――人魚!?

「やっとあえた……」

しくしくと泣く様子と、その言葉。

港の人が言っていた、美人な幽霊とは人魚のことだったのだろう。

目が合うと、青色の目から、ぽろぽろと涙が流れていく。その涙は、普通のものとは違っていた。

「……真珠になってますね」

目から出たときはちゃんと液体だし、きっと涙なんだろう。

けれど、それが頬を伝い、顎《あご》から落ちると、大粒の真珠に変わっている。

わぁ……異世界……。

「……真珠の正体は」

「この人魚でしょう」

「ですよね……」

真珠の正体は人魚の涙。まさか、真珠の別名がそのまんまだったなんて……。

「シーナ様を海に連れ去ったのもこの人魚です。捕まえたとき、港に戻るよりも、こちらの島のほうが近かったため、上陸しました」

「それで、この島にいたんですね」

ハストさんの説明に、なるほどと頷《うなず》く。

それにしても、海にいる人魚を捕まえるハストさんって、やっぱりすごいよね。着衣水泳で人魚に勝てる人間はハストさんぐらいじゃないだろうか……。つよい。

「あの、少し話してみてもいいですか？」

「はい。では連れてきます」

そう言うと、ハストさんは立ち上がり、人魚のいる波打ち際へと歩いていく。

ピチピチと跳ねていた人魚は、マント巻きのまま腕に抱えられ、たき火のそばへと転がされた。

私が近づくと、人魚は上半身を起こし、じっと私を見つめる。そして――

「ずっと……ずっと……あいたかった」

澄んだ青い目からぽろぽろと涙がこぼれていく。そしてそれは真珠に変わり、砂浜へと落ちていった。

その泣き声はさっき夢で聞いた声と同じ。一人ぼっちだと泣いている声。

……真珠に触れたときに聞こえたのも、この声だった。

「はじめまして。名前は？」

「なまえ……なまえはミカリアム」

「ミカリアムちゃん？」

「うん……！　ミカのなまえ！」

名前を呼ぶと、うれしそうに尾びれがピチピチと跳ねた。

すると、ハストさんがそっと言葉を足す。

「この人魚は性別で言うと男ではないか、と」

「あ、そうだったんですね。それじゃあミカリアム君、かな」

港の噂《うわさ》でも「女の幽霊」と言っていたし、今はマント巻きになっているから、わからなかった。

見た目は成人したぐらいの女性かな？　と思ったので、港の人も顔しか見ていなくて勘違いしたのかもしれない。

ハストさんは人魚を捕まえるときにしっかりと全身を見たはずで、きっと女性より男性の体をしていたのだろう。

「えっと、それじゃあミカリアム君に少し質問があるんだけど、いいかな？」

「うん！　うん！」

「ミカリアム君はいつからここにいるの？」

まずは簡単に答えられそうなことから。

すぐに答えが返ってくると思ったが、ミカリアム君は悲しそうに顔を歪《ゆが》めた。

「……わからない。きづいたらうまれてた」

「わからない……？」

「うん。おおきなかいからうまれた。ほかにミカとおなじの、いなかった。……ずっとひとりぼっち」

「……うん」

「ミカ、ほかのとちがうのはわかった。でも……わからない。みんなとちがう。おなじじゃない。でも、じぶんがなにかはわからない」

「そうなんだね……」

「かなしくて、ずっとないてた」

その場面が私がさっき夢で聞いたところなんだろう。

……とてもつらそうだった。

生まれた意味、ここにいる意味を、ミカリアム君はずっと一人で探して……見つからなくて……。

「でも、あるひ、こえがしたの」

「声？」

悲しそうだったミカリアム君の表情が変わる。

その顔はとても幸せそうで——

「うん。どこからかわからなかった。でも、たしかにきこえた」

「どんな声？」

「『おいしい、おいしい』って、とってもうれしそうな声！」

「……へぇ」

なるほど。おいしいっていう声ね。……ふーん。

「どうしてもあいたいっておもった。ミカはきっとあわなくちゃいけないって」

ミカリアム君がえへへと私に笑いかける。

「このしま、いろがちがううみにかこまれているから、にんげんがこない」

「あ、たしかに港から見た海と色が違いますね……」

「私もこの島を見て回りましたが、周囲はすべて魔海でした。普通の人間は近寄らないでしょう」

ミカリアム君の言葉で海に視線を移せば、紫色の空の下に赤と黒が混ざり合ったような色が広がっている。

私が海水浴を楽しんだエメラルドグリーンの海は、夜になったとしてもこんな色にはならないだろう。

「ミカはずっとこのしまのまわりにいたの。でも、でてみようっておもった。ほかのは、いろのちがううみからでられないけど、ミカはでられる。だから、にんげんのちかくまでいって、こえをさがしたの」

声の主を探すため、魔海から出たミカリアム君。

一番近かったのが、あの港だったのだろう。

「ふねににんげんがいた。もしかしたらってちかづいて、でも、いなかった。どこにもいない。ミカのあわなきゃいけないひと。……だから、かなしくなって、ないてた」

舟のそばに行き、人を見て「会いたい、会いたい」と泣くミカリアム君はたしかに幽霊に見えたんだろう。

そして、そのときに流した涙が真珠になる。

それは、今まで魔海にしかなかったものが、人間の目に触れる場所に存在するようになったということで……。

「幽霊が噂になって……」

「……シンジュを密漁者が見つけたのか」

この港で起こっていたことが一つの線になっていく。

「きづいたら、にんげんがミカをさがして、おいかけてくるようになってたの」

「……密漁者はシンジュの発生源が幽霊であることを把握したのか」

「ミカ、こわかった。つかまるとおもった。いろのちがううみににげこんで、やりすごしてた。

……このしまはあんぜん。ここにいればいい。でも、あいたい」

密漁者に追われながら、それでも魔海から出ることにしたミカリアム君。

……どうしても、会いたい人がいるから。

「にんげんは、いろのちがううみにもきた。だから、ほかのにまもってもらうことにした」

「他のとはなんだ？」

「ほかの、いろのちがううみにいるの」

「……魔魚か」

「にんげんはそうよんでた」

「魔魚に守ってもらうとは？」

「ほかのにミカのなみだをたべさせると、いろがちがううみでもうごけるようになったの」

ミカリアム君の言葉にハストさんと目を合わせる。

つまり、魔魚が魔海から出て活動できるようになったのは、予想通り真珠のせいで……。

その真珠は偶然や食物連鎖ではなく、ミカリアム君が与えたから……⁉

「ほかのはミカのいうことをよくきいてくれるの」

「……魔魚を従わせることができるのか」

「しらない。ただミカがこうしてほしいってつたえたら、やってくれた」

ミカリアム君の言葉にハストさんは深くため息をついた。

ハストさんの空気がピリついていくのがわかる。きっと今、ミカリアム君はすごいことを言っているのだ。

「魔魚は普通であれば魔海から出ることができない。だが、その涙を摂取すれば、魔海から出ることができる。そうだな?」

「うん」

「魔魚は普通であれば統制することなどできない。だが、お前の指示であれば、魔魚はその通りに動く。そうだな?」

「うん」

ハストさんの威圧感のある言葉にもミカリアム君はまったく気にせずに頷く。

「あの、波止場まで来た魔魚もミカリアム君がなにかしたの?」

カツオにして、おいしく食べたあの魔魚。

あれもミカリアム君が?

「『おいしい』ってこえはなんどもきこえてた。でも、いつもすごくとおかったの。でも、いますごくちかくだってわかった。なんとかしなくちゃって」

「そっか……」

「まってたけど、かえってこなかったの」

「うん……」

ごめんね……。食べちゃった……。

「だから、つぎはうみだけじゃなく、りくにもあがれるのにしたの」

「あのエビだよね」

水陸両用だったもんね。ミカリアム君もちゃんと考えて、真珠を配っているんだな。

「でも、かえってこなかった」

「……うん」

……ごめんね。……食べちゃった。

「もうミカがいくしかない。にんげんはこわいから、あまりちかづきたくないけど、ミカがいこう！　ってきめたの」

……私が食べちゃうからね。

「そうしたら、ほんとうにいたの！　やっと、やっとあえたの‼」

ミカリアム君が尾びれをピチピチと跳ねさせる。

「あなたのこえがきこえてたの！　『おいしい』ってよろこぶこえ！　ずっときこえてたの‼　ミカはあなたにあいたかった‼」

うれしそうな姿。ずっとずっと夢見ていたことが叶《かな》った。

ミカリアム君が泣きながら笑う。とても幸せそうに。

「あなたにあうために、たくさんないて、たくさんがんばったの！」

魔海から魔魚は出られない。

そんな常識を覆し、魔海と海の境界を越え、ミカリアム君は私に会いに来たのだ。

なので、私はそっと微笑《ほほえ》んで――

「私でしたね」

犯人ね。

世界の理《ことわり》＜＜＜＜＜＜（越えられる境界）＜＜＜＜＜＜ＯＬの食欲‼

魔獣に続いて、二度目。私が犯人説。

魔獣のときは、「おいしい○○食べたいな」と具体的に肉類を想像するのが良くなかった。

それにより、魔獣が呼び寄せられてしまう。

困った能力だったけれど、雫ちゃんが結界を張ってくれたことにより、魔獣は魔の森から出てくることはなくなった。

雫ちゃんのおかげで、いろいろ解決したのになぁ……。

ここにきて、まさかの魔魚もやはり呼び寄せる説が浮上。

魔魚は魔海から出られないから大丈夫っていう世界だったんだけど……。

「人魚は魔魚の上位種なのかもしれません」

「上位種……」

「まだ幼さはありますが、魔獣や魔魚と違い、意思や考える能力があります。ギャブッシュが動物と魔獣の間と考えるならば、人魚は人と魔魚の間のような存在ではないか、と」

ハストさんの言葉に頷《うなず》く。

ギャブッシュはゼズグラッドさんとしか意思疎通はできないが、訳してくれているのを聞くと、かなりの知能があることは間違いない。男前ドラゴンである。

ミカリアム君もそのような感じなのかもしれない。

違いはギャブッシュよりも、人間としての機能が多いことなんだろう。

「……お前はなにも考えていなかったのだろう。ただ、会いたいという己の欲望に従った」

「それがなに？」

ハストさんのいつにない真剣な声と強い眼差《まなざ》し。

ミカリアム君はそれにふんっと鼻を鳴らして答えた。

「これまで魔魚と人間は不可侵だった。だからどちらも生きていくことができていた。お前のしたことで世界の理が崩れてよかったのか？　お前が魔海から魔魚を出したことで、魔魚への不安が広がった」

「ミカはそんなのどうだっていい！　だって、こえがずっとしてた。ミカのあいたいひと、ミカがあわなくちゃいけないひと‼」

ハストさんの言葉に、ミカリアム君もキッと言い返した。

目に涙をためて、そんなの知らない！　と。

ハストさんはそんなミカリアム君から目を逸《そ》らさない。ただ真剣に見つめ続ける。

「……お前はこの方がどうなってもいいのか？」

低く落ち着いた声。

ミカリアム君はグッと息を呑《の》んだ。

けれど、それに立ち向かうように言い返す。

「なんでそんなこときくの⁉　そんなわけない！　ミカの……ミカのたったひとりの……！」

「──だが、お前の我が儘《まま》のせいで、この方の身が危険に晒《さら》される」

その言葉はミカリアム君に衝撃を与えたようだった。

澄んだ青い目が驚きに見開かれる。

そして──

「……きけん……」

──ポツリと漏らされた声はとても弱々しかった。

「そうなの……？　ミカがあおうとしたのは、よくなかった……？　ミカは……」

くしゃっと顔が歪《ゆが》む。

そして、今までよりもさらに、ぽろぽろと涙がこぼれた。

「……ミカは……」

ヒクッとミカリアム君の喉《のど》が鳴る。しゃくり上げるように出る声は今にも消え入りそうで──

「わかんない……。ミカはなんでいるのかな……なまえがミカリアムなんだっておもった。にんげんのことばもわかった。でも、にんげんじゃない。ほかのともちがう」

──ミカリアム君の悲しみ。

「……なんのためにいるの？　なんのためにうまれたの？」

――私も知ってるよ。

「ひとりぼっちで、ずっと。なにもわかんなかった……」

「うん」

「そうしたら、こえがしたの。……とってもうれしそうで、たのしそうで……。ミカはあいたくて……」

「うん」

「ミカ、だめだった……？　ミカ、よくなかった……？」

涙を流すとそれがすべて真珠に変わって……。

「ただ、あいたかっただけなの。……ひとりぼっちがいやだったの……」

ミカリアム君の座った地面にはたくさんの真珠。大粒できらきらと輝いて……。

これが全部魔石。魔魚に力を与え……人間を襲うようにすることができる。

「……今、この国の王太子が港に来ている。魔を倒す者だ。お前が魔魚を従えることができると知れば、放ってはおかないだろう。……お前がこの方のためにそれを行ったとわかれば、この方にも被害が及ぶ」

「ミカは……ミカのたいせつなひとが、きけんなのはやだ……うれしそうでたのしそうなこえ。あのままがいい。ミカがいたら、それがなくなる……」

ハストさんの言葉にミカリアム君は一度、目を閉じて……。

「ミカがいないほうがいいなら……。わかった。それでいい」

ゆっくりと頷いた。

「ミカ、あいたいひとにあえた。うれしかった。それでいい」

ミカリアム君が目を開ける。その目は濡《ぬ》れてはいたけど、もう涙はこぼれてこなかった。

ミカリアム君の決意がわかる。だから——

「……あの、私はあまり良くない……です」

だって、これは……。きっとミカリアム君だけが責任を負う形になってしまう。

ハストさんもミカリアム君も私を守るために、その決断をしたのがわかるから。

「……きっと、いろいろ大変ですよね」

やっと魔獣の問題が片付いたのに、今度は魔魚の問題。

王太子であるエルジャさんはすでに今回のことを知っている。隠しておくことは得策とは思えない。ミカリアム君のことを話すことになり、真珠の発生源や使い方についてを伝えることになるだろう。

……たぶん、私についての話だけは抜かれて。

「私はミカリアム君のせいにはしたくないです。ちゃんと話をして、ミカリアム君の行動は私のためだったということを伝えたい。そして、もう二度とこんなことはないってわかってもらいたいです」

私が理由だったことも、隠さずに伝えたい。

「ミカリアム君は私に会いたかっただけなんだよね？　魔魚を使って港を襲うのが目的じゃなかったんだよね？」

「うん」

「じゃあ、私が『真珠を魔魚にあげるのはやめよう』って言えば、きっと守ってくれるよね」

「ミカ、あなたのいうことなら、なんでもきく」

ミカリアム君の返事に頷き返す。

その言葉が嘘《うそ》ではないとわかる。

「二度と同じことは起きない。それを信じてもらうことを諦《あきら》めたくないです」

「……すべてを伝えることは可能です。しかし、その際、今、得たものを手放さなければならないかもしれません」

「そうですね。今は雫ちゃんが結界を張ってくれたおかげで、こうして旅行をしたり、みんなと一緒にいられたりしてるんですよね。……危険分子だと捉《とら》えられて、王宮に捕まるかもしれませんよね」

今ある自由はたくさんの人が協力して手に入れてくれたもの。

すべてを説明するということは、私の自由がなくなることにつながるかもしれない。でも……。

「……私とミカリアム君は同じなんです」

置かれている状況がとてもよく似ていた。

「うまく使えば有用でも、間違えば、この国にとってよくない能力がある。この国に住む人の安心のためには、そういう能力の人はいないほうがいいのかな、と思います。……私の意思やミカリアム君の意思。そんなの、気にしないのがいいだろうって」

王宮の小部屋に閉じ込めているのが一番いい。

「――でも、ハストさんは違いました」

王宮の小部屋にいた私に会いに来てくれた。

「私に嘘をつかず、いろんなことを教えてくれました。いろんな方法があるって教えてくれました」

ハストさんがミカリアム君に対して真剣になるのもわかる。

きっと、すごい能力なのだ。

涙を流せば、それが魔石になる。魔石を与えた魔魚は魔海から出ることができる。海だけでなく、陸でも動けるものに与えれば、陸への攻撃もできる。

――使い方によっては国を滅ぼせる。

そういう能力。

……そして、その能力は私の『お願い』によって行使される。

「私は……。これは自惚《うぬぼ》れじゃなく……。この国や世界を……滅ぼすことも可能なのかもしれません」

まずは魔獣。結界が不安定な中、私はどこにでも魔獣を呼ぶことができた。

雫ちゃんによって結界が張り直されて、その能力は使えなくなった。

次に魔魚。ミカリアム君により、魔魚を使い、攻撃できるようになった。

ミカリアム君は私の声が聞こえ、私はミカリアム君の声が聞こえた。きっと、繋《つな》がりがあるんだろう。

「でも、私は……滅ぼそうとは思わないんです」

この異世界に来て、一人でもがんばるぞ！　って決めた。

あの王宮の小部屋で一人ぼっちだったとしても、きっと前向きでいられるようにがんばったと思う。

けれど、それだけじゃダメだったときもあったかもしれない。

なんで私だけがって泣いたり、こんなに苦しいのはいやだって泣いたり……。

――もう、こんな世界滅ぼそう。

そう思う瞬間がなかったとは言えない。でも、私には――

「――ハストさんがいてくれたから」

――たくさんの優しさを分けてくれたから。

「もし、結果として私が捕まっても、それでいいです。ミカリアム君を一人ぼっちにはしません」

――ひとりぼっちの私をハストさんは助けてくれたから。

「大丈夫。真珠のことは、密漁者にばれちゃったけど、こうやって集めて、隠しておけばいい」

ミカリアム君の腰元に落ちる、たくさんの真珠。

両手で一か所に集める。これぐらいの量なら、簡単に隠せる。

「涙がこぼれる前に拭《ふ》いちゃえば、真珠にはならないし。ね？」

ポケットからハンカチを取り出して、ミカリアム君の頬《ほお》を拭く。

もう止まっていたはずの涙がまたあふれてくる。

頬を伝っている間に涙を拭《ぬぐ》えば、真珠にはならなかった。

「あ、これ、海に落ちたから、ビショビショだったね、ごめん！」

ハンカチが海水で濡れていたことに気づき、慌てる。

それでも、ミカリアム君の涙は止まらなくて、右の頬と左の頬をいったりきたり。

「……ハストさんにもらった優しさだから。だれかを滅ぼすためじゃなく、同じように優しさを分けていきたいです」

繋いでいけたらいいな、と思う。

優しさをみんなで伝えていけたら、と。

「……あなたには敵《かな》わない」

ハストさんが深く息を吐いて……。

私を見つめる水色の目は、私の大好きな色。

「魔海も魔魚もなくなるものではありません。魔力が生まれ溜《た》まりやすい場所が魔海となり、そこにいる生き物たちが魔魚となる。これは変えようとしても変えられなかった世界の理」

「はい」

「密漁者を捕まえたとしても、追従する者が出る可能性はあります。シンジュが魔海に落ちているかもしれない、魔魚が持っているかもしれないと考え、境界を越える者はいるでしょう。だが、ミカリアムがしっかりと管理していれば、稼ぐことができず、それもじきに終わる」

「はい」

「そうすればこの海域は元通りか、と」

「はいっ！」

本当にうまくいくかはわからない。けれど、まずはみんなに説明をしてみるところから……。

みんなはすごい人たちだから。きっと一緒に考えてくれる。

「ハストさんはすごく強いし、レリィ君もすごいんだよ。あと、雫ちゃんはすごくかわいくて、しかも聖女様でね？　アッシュさんもすごいし、スラスターさんは頭がいいんだ。エルジャさんはまだわからない部分も多いけど、でも、うーん、王太子様なんだけど、甘えベタな男の子って感じかな？」

みんなのことを説明していく。そして、私のことも。

「ミカリアム君。遅くなってごめんね。私の名前は小井《いさらい》椎奈だよ」

「いさらい、しぃな？」

「うん。椎奈で呼ぶ人が多いかな？」

「……しぃな」

「うん」

「しぃな！」

「うん」

「しぃな‼」

私の名前を聞いたミカリアム君はきょとんとする。

次いで、私の名前を何度も呼んで——

「わー！　待って待って！　拭くのが間に合わない……！」

真珠が大量生産‼

「シーナ様に頼るな。自分で拭け」

「だって！　てがうごかせない！」

私が急いで涙を拭いていると、ハストさんがミカリアム君へため息をつく。

ミカリアム君はそれに、むっと言い返した。

「そうだよね、縛られているもんね」

マント巻きの人魚だもんね。

「解放します」

「はい」

もう縛っておく必要はないので、ハストさんがマントをほどく。

ミカリアム君は解放されると、すぐに私へ手を伸ばした。

「しぃな」

「手を繋いでみる？」

伸ばされた手に私の手を合わせる。

私より大きな手。ぎゅっと握れば、すぐに握り返された。

「ミカの、たいせつな、ひと」

「あっ！　また涙が……！」

「ミカ、じぶんでふく」

「うん」

流れる涙を忙しく拭いていると、ミカリアム君が手を離す。

ハストさんに言われたことをちゃんとやろうとしているようだ。

「海水で濡《ぬ》れててごめんね。使ってみて」

「うん！　ミカ、すごくすごくたいせつにする！」

はい、とハンカチを渡すと、ミカリアム君がすごくうれしそうに笑う。

両手で大切に受け取ってくれ、すぐに涙を拭った。

それを見たハストさんが落ち着いた声で語り掛けた。

「涙を止めようとしても無理なときもある。これからも自分で拭くことを習慣づけろ」

「うん！　しぃなの、はんかちがあれば、できる」

ハストさんの言葉にミカリアム君が涙を拭きながら答える。

ハストさんは北の騎士団の副団長だっただけあって、こういうときの指導や指示がうまい。

それに、やっぱり優しいと思う。

私相手ではないから、言葉は厳しいものもあるが、「泣くな」とか「止めろ」と言わないところがハストさんらしいよね。

「シーナ様。寒くはありませんか？」

二人のやりとりを眺めていると、ハストさんが声をかけてくれる。

私はそれに笑って返した。

「寒くないです。ハストさんがすぐに火を熾《おこ》してくれたおかげですね」

「日が落ちました。これからは気温が下がってくると思います。申し訳ありませんが、こちらに着替えてもらうといいか、と」

ハストさんはそう言うと、乾かしている服へと手を伸ばす。

火のそばにあったからか、とくに薄手のシャツなどは乾いているようだ。

というか、私のために乾かしてくれていたのだろうか。

「もう少しで乾きます」

「え、いやいや、乾いたらハストさんが着てください。ハストさんも寒くないですか？」

「濡れている服で夜を迎えると体温が奪われてしまいます。私であれば、今の状態で問題ありません」

「なるほど……」

ハストさんの言葉に頷《うなず》く。

本当なら、島に上がった時点で私も服を脱いで、早く乾かすべきだったのだろう。

けれど、私が気を失っていたことや、日が落ちるまでの時間を考えて、最適な判断をしてくれたようだ。

ハストさんの乾いた服を着て、今、まだ濡れている私の服を乾かす。たしかにそれが一番良さそうだ。

「ハストさん、今、本当に寒くないですか？　服を着なくても大丈夫ですか？」

「はい」

「……それじゃあ、申し訳ありませんがお借りします」

ここで意地を張って濡れた服を着たまま体調を崩しては、すべてが水の泡だ。

ハストさんの服を一時借りるだけだし、私の服が乾けば、ハストさんも服が着れるしね。

「では、少し外します」

「なんで、ミカをもつの⁉　ミカはしぃなといる！」

ハストさんが立ち上がり、ミカリアム君を腕に抱える。

すると、ミカリアム君はピチピチと尾びれを跳ねさせた。

「女性の着替えは見るものではない」

「そうなの？」

はぁとため息をつきながらも、ハストさんは説明をする。

ミカリアム君はきょとんとした表情になって、暴れるのをやめた。

やはりミカリアム君は生まれたばかりだし、人間界の常識などはわからないんだろう。

けれど、教えればすぐに理解してくれるし、ハストさんはしっかり教えてくれる人なので、なんとかやっていけそうだ。

見逃しがちだが、ピチピチと跳ねるミカリアム君を抱えて動けるのも、ハストさんの強さがあってこそ。さすがハストさん。

うんうん、と頷きながら二人の背中を見送る。そして――

「着替えました！」

着替え終わって、声を上げる。

ハストさんとミカリアム君の姿は見えないけれど、声が届く範囲にいるだろう。

「戻ります」

判断は正しかったようで、すぐにハストさんの声が返ってきた。

反応を確認し、私はいそいそと自分の身を整える。

いや、整えるほどのものではないんだけど、ちょっと気になってしまって……。

今までの服はハストさんの服と交換するように、乾かしている。

その代わりに私が着ているのはハストさんのシャツと、上着。

ハストさんのシャツは大きくて、一枚でもワンピースのようにはなっているが、ちょっと短い。

いや、雫ちゃんなら、すごくかわいいとは思う。私には短すぎる。

なので、即席ベッドの端に腰かけ、上着をしっかりとひざ掛けとして使用させてもらった。

私はもう立ち上がれない。恥ずかしいのだ……！

照れても仕方がないが、気持ちはどうしようもない。

ハストさんが近づいてくるのを感じてはいるが、顔を上げることはできなくて……。

「ハストさん、その、ありがとうございました。シャツと上着をお借りしています」

すぐそばでハストさんが立ち止まったのがわかったので、お礼を伝える。

……伝えたんだけど？

「……えっと、ハスト、さん？」

いつもならすぐに反応してくれるハストさんからの反応がない。

不思議に思って、顔を上げる。すると――

「えっと……大丈夫ですか？」

「……はい。申し訳ありません」

――ハストさんの目元がすごく赤い。

ミカリアム君を脇《わき》に抱えたまま、ハストさんが立ち尽くしていたんだけど、いつもと様子が違う。

火に照らされたハストさんの目元が赤くなっていて、私をすごく見ている気がする。

「やっぱり寒かったですか？」

「いえ、そうではなく。……そのままで」

慌てて立ち上がろうとすると、ハストさんがスッと手で制した。

どうやらひざ掛けにしていた上着がずれてしまったようだ。

そう。私は今、立ち上がってはいけないのだった……。

「あ、ですね……はい」

よくわからない言葉を返し、すぐに座り直して、上着をしっかりと掛ける。

私も顔が赤くなった気がするが、これは気のせいだろう。うん。

「どうしたの？　どうして、ふたりとも、かおがあかいの？」

ハストさんの脇に抱えられたミカリアム君が、不思議そうに顔を傾ける。

……今は、その話は置いておこうか。

「……火のせいだ」

ハストさんがミカリアム君にそう言いながら、地面に下ろす。

うん。わかる。

「火って暖かいですよね」

そう！　これは火のせい！

「そうなの？」

ミカリアム君は相変わらず不思議そうにしているが、ハストさんはコホンと咳払《せきばら》いをすると、周りを見回した。

「シーナ様、ここにいるのもそう長い時間ではないと思います」

「あ、そうですかね」

話題が変わったことに感謝しながら、その話に乗る。

紫色だった空はすでに黒へと色を変えていた。

これでは捜すのも大変かと思ったけれど、そうでもないらしい。

「日が暮れたのは悪い面もありますが、捜索に関して言えば、そう不利でもありません。波止場にシーナ様と私が向かったことはレリィたちも知っています。海域を捜索する際、夜に火を焚《た》けば、すぐに目につくでしょう」

「そうですね。案外、遠くからでもこの火が見えているかもしれませんね」

なるほど。たしかに、暗闇《くらやみ》で光っているものは見えやすい。

このオレンジ色のたき火が遠くから見えていればいいんだけど……。

「ギャブッシュがいれば、すぐにこちらへ向かうか、と」

「……ですね！　きっと、みんなすぐに来てくれますね」

ハストさんの言葉に、しっかりと頷く。

無人島に漂着（人魚とともに）なんて、滅多にないことだろうが、みんならすぐに見つけてくれるだろう。

これまでもハストさんがいてくれるので、不安だったわけではないが、先の見通しが立つと、より安心だ。

「ミカリアム君、すぐにみんなが来てくれると思うから、話してみようね。どこか海沿いでミカリアム君も一緒に過ごせる場所がいいね」

ハストさんと私のやりとりを聞きながら、涙を拭《ぬぐ》っていたミカリアム君。

私の言葉に青色の目をパチパチと瞬かせた。

「ミカ、しぃなといっしょ？」

「うん。みんなで考えれば、きっといい方法があると思う。それに——」

これは最終手段だけど。

「ミカリアム君が捕まるようなことがあれば。——逃げようか」

私だけならばいい。

でも、もし、この国がミカリアム君を捕まえて、利用しようとしてきたら。

「本当はこんなこと言っちゃダメかなと思うんだけど……」

——みんながいれば、どこにでも行けると思うから。

——ハストさんがいれば、なにも怖くないと思うから。

「——あなたの望みのままに」

私がそう言うと、ハストさんは微笑《ほほえ》んで、すぐに頷いてくれた。

『逃げよう』なんて言う私を否定するわけでも、責めるわけでもなく。

「私が必ず、あなたの道を守り抜きます」

——かっこいい人だなって。本当にそう思うから……。

「シーナさん！」

「椎奈さん！」

そのとき、上空から声がした。この声はレリィ君と雫ちゃん！

「ここだよ！」

声のかかった方角に手を振る。

そこにはギャブッシュがいて、背に輿《こし》を載せている。みんなで揃《そろ》って来てくれたようだ。

「シーナさん‼」

「椎奈さんっ……！」

ギャブッシュが近くの砂浜に着地すると、すぐにレリィ君と雫ちゃんが飛び降りてきた。

二人ともそのまま私に向かって走ってきて――

「レリィ君！　雫ちゃん！」

立って迎えてあげたいけれど、ちょっと今は立てない。

すると二人はたき火を避《よ》けて、そのまま私にぎゅうっと抱き付いた。

「わっ……」

両側から抱きしめられる。その強さで、二人が本当に心配してくれているのが痛いほど伝わった。

二人を安心させるようにトントンと背中を叩《たた》けば、二人ともゆっくりと顔を上げて……。

「僕のせいで……！」

「私が遅かったから……！」

二人の口から出てきたのは、自分を責める言葉。優しい二人のことだから、そうなるだろうと思ったけれど、それは違う。なので、はっきりと首を横に振った。

「全然、二人のせいじゃないよ」

そう……。本当にまったく違います……。

「私が、勝手に一人になって波止場に行ったせいだから」

はい。

「……はしゃぎ方がおかしかったから」

ね。

「二人とも心配させてごめんね。見つけてくれてありがとう」

二人がこれ以上、自分を責めてしまわないように、笑いかける。

すると二人はもう一度ぎゅっと私を抱きしめて、ゆっくりと離れた。

「椎奈さんが無事でよかったです……。でも、あの……服装が……？」

「あ、これはハストさんに借りたんだ」

雫ちゃんはちょっと落ち着いたところで、私の服装の変化に気づいたらしい。

なので、服のことを説明すると、なんとも言えない顔をしたあと、「そういうこともありますよね」と呟《つぶや》いた。

……ん？

「シーナさん……僕たちが心配してた間に……」

みんなを見回したレリィ君。

火に照らされた頬《ほお》がぽっと赤くなった。

「シーナさん……」

「え、なに？　え？」

うっとりとした眼差《まなざ》しが、少し拗《す》ねたように変化した。

小悪魔的眼差しに心のやわらかいところがガリガリと削られる音がした。

「シーナさん以外、裸……」

レリィ君の視線の先。

そこには上半身裸のハストさんとミカリアム君。

ちょうどマントがかかっていたため、ミカリアム君の尾びれは隠れていた。

……たしかに……そういえば。

そう言われれば、私以外は裸だね。

「シーナさん」

うっ……。

「無人島で、二人を奪ったの？」

語弊。

心のやわらかいところがほぼなくなる。

私が奪ったものは服である。が、レリィ君の口振りからはそれ以上のものを感じ取った。

はっとして周りを見れば……みんなが私を見ている。

……これはよくない。

「これにはわけがありまして……」

ハイライトの消えた目で、説明をしていく。

無人島に来た経緯や、ハストさんの服を着ていた理由。

聞けば、全員が納得してくれた。

……よかった。

さらに、雫ちゃんは着替えを持ってきてくれていた。

なので、服は着替えて、ハストさんへと返すことにも成功。

そうして、一通りのことを終えたあと、ミカリアム君について伝えることになった。

王太子であるエルジャさんもいるから慎重に。ミカリアム君の不利にならないように。

そう思ったんだけど……。

「ハハハッ！　すごいネ！　本当に人魚ダ！」

私の話を聞き、ミカリアム君の尾びれを見たエルジャさんは、紫色の目をきらきらと輝かせた。

エルジャさんは破顔して笑っている。

他の人はびっくりしたり、考え事をしているようなのに、エルジャさんはすごく楽しそうだ。

そのままミカリアム君の涙が真珠になることも説明し、実際に見てもらう。

「ハハハッ！　本当ダ！　涙が魔石に変わっている！　こんなことってあるんだネ！」

ついに、笑いすぎて、お腹《なか》を押さえはじめた。

ちゃんと聞いてくれてはいるんだけど、ちょっと笑いすぎかも……？

「それで、あの、ミカリアム君の涙は、拭《ふ》けば真珠にならないし、ちゃんと管理をすればいいんじゃないか、と思ったんですが……」

「涙がシンジュになるのだから、その前に拭けばいいのカ！　当たり前の発想だけど、シーナ君らしいネ！」

真珠についても、とくに追及することはなく、それだけ言うと、ハハッ！　と笑った。

気になるけれど、エルジャさんが本当に楽しそうに笑っているので、とりあえず話を先に進める。
・真珠を得た魔魚は魔海から出られること。
・ミカリアム君が魔魚を使役できること。
・港への魔魚の襲撃は偶然ではなく、ミカリアム君の意思で行ったこと。
――それが私に会いたいという一心だったこと。

「ミカリアム君が生まれたのは、ここ最近のようです。私の声が聞こえていて、どうしても会いたかったそうです」

「ミカ、しぃなにあいたかったの。しぃながやらないでっていったら、もうやらない」

「そうカ！　なるほどネ！　つまりは、やはりシーナ君が元凶だったということカナ？」

エルジャさんはハハハッ！　と笑いながら、しっかりと核心を突いた。

パチンとウインクもつけて。

「スラスターから報告は受けているけど、シーナ君は魔獣を呼び寄せることができたんだよネ？　今は結界が張られたから大丈夫だと聞いている。けれど、シーナ君が頼めば、なんでもする人魚がいて、その人魚が魔魚を魔海から出して操ることができるなら、話は変わるよネ」

楽しそうな紫色の目。

けれど、どこか真剣味を帯びていて、私を試すように見つめている。

なので、私はその瞳《ひとみ》に「わかっている」と頷《うなず》いてから、ミカリアム君へと視線を移した。

「ミカリアム君。ミカリアム君は魔魚をどう思う？」

「どう？」

「仲良しだから、倒して欲しくないとか……」

「ミカはほかのとなかよしじゃない」

「私がここで魔魚をお魚に変えても大丈夫？」

「うん！」

ミカリアム君に魔魚のことを確認する。

こちらを気遣っている様子や無理をしている様子はない。

ミカリアム君にとって、魔魚は「仲良しだから言うことを聞いてくれる」というようなものではなさそうだ。

ハストさんが言っていたように、上位種としての認識で、魔魚は使役するというだけのものなのだろう。

「それじゃあ、エルジャさんに見てもらいたいものがあって……」

「ボクに？」

「はい。実際に見てもらったほうが早いと思うので」

「うん、わかったヨ！」

「では、波打ち際まで移動しましょう」

みんなで話していた浜辺から、海に近づく。

そこで私が準備したのは――

「――こちら、包丁です」

――包丁（聖剣）です。

「ミカリアム君、魔魚を一匹呼んで欲しい」

「うん！　わかった！　まってて！」

私のお願いを聞き、ミカリアム君が魔海へと入っていく。

しばらくして、戻ってきたミカリアム君は「あっち！」と指を差した。

「うん。本当に魔魚だネ！　話してくれた通りダ」

ミカリアム君の指差した先には一匹の魔魚が背びれと目を海から出し、こちらを見ていた。

波打ち際まで来ないのは、海の深さが足りないからだろう。

「こっち！」

『ぎょっ！』

なので、それに向かって、手を振る。

すると、魔魚は私に向かって、大きくジャンプした。

そして――

「おいしくなぁれ！」

――うなれ、聖剣（包丁）！

「……というわけで」

ピチピチと砂浜で跳ねる魚。

波止場のときと種類が違ったようで、背中に赤い鱗《うろこ》が光っていた。

──これは真鯛《まだい》！

「エルジャさんが心配するようなことは決して起きません。私とミカリアム君は漁業にしかこの能力を使わないと誓えます」

──そう。この能力は漁業のためにあります。

「人魚漁業です」

──安心安全の。

こちらを見ていた紫色の目を真剣に見つめ返す。

すると、エルジャさんはぽかんと口を開けた。

「にんぎょぎょぎょう」

そして、その顔はみるみる崩れていって──

「ちょっとっ……ちょっと待って……っ、本当に、なにを言ってるんダ……っ。そんな真剣な顔でっ……ちょっとっ！」

いつもの高笑いではない。

「もう！　シーナ君はボクを笑わせすぎるヨっ！」

止めたくても止められない。

「人魚漁業って……っ！　その力を漁業にしか使わないと誓うって……っ！　魔獣の王の牙《きば》がこんな風に使われて……っ！」

そういう笑いだ。

「お腹いたいっ！」

エルジャさんはお腹を抱えて、ヒィヒィと笑った。

そうして、一しきり笑ったエルジャさんは、「わかったヨ」とお腹を抱えたまま、理解を示してくれた。

まだ決定ではないが、私とミカリアム君については、不問とする方向でまとめてくれるようだ。

港の市場が壊れたとはいえ、人的な被害がなかったことが幸いしたらしい。

私は知らなかったけれど、密漁者グループはエルジャさんたちがすでに壊滅させたということで……。

私が伊勢《いせ》エビに喜び、人魚に攫《さら》われている間に、事がすごく進んでいる。すごい。みんなが有能すぎてこわい。

とりあえず、今は真珠を狙《ねら》う者がいなくなったこともあり、エルジャさんも私たちを排除する方向にはならなかったのかもしれない。

「夜ごはんを作ろう！」

そして、今、私は——

——台所に来ています。

「椎奈さん、なにを作るんですか？」

「さっき、獲《と》れた真鯛を使って、スープみたいなものを作ろうかなって」

「いいですね！」

新鮮な真鯛が手に入ったからね……。

そうしたら、食べたくなるよね……。

いつも通り、雫ちゃんが手伝いを買って出てくれたので、一緒に作業へ！

「雫ちゃんには、野菜を切ってもらいたいんだけどいいかな？」

「はい！」

「それじゃあ、まずはにんにくの皮を剥《む》いて、薄切りでお願いします」

「わかりました」

用意した野菜はトマト、パプリカ、にんにく、きのことハーブ！

そちらを雫ちゃんに任せて、私は真鯛を調理していく。

といっても、うろこ取りや内臓の処理はハストさんがやってくれているので、私は下味をつけるだけなんだけど。

「まずは、塩とこしょうを振って……」

下処理をされた真鯛の両面に塩とこしょうを適量。

真鯛は台所が出してくれたバットの中に入れて待機させておく。

「椎奈さん、にんにくが切れました」

「ありがとう。あとは他の野菜を一口サイズに切ってください」

「はい！」

「大きさがまちまちになっても大丈夫だからね」

雫ちゃんに声をかけながら、鍋《なべ》を取り出す。

王宮の料理長からもらった鋳物の鍋。

そこにオリーブオイルを入れて、雫ちゃんが切ってくれたにんにくも投入！

「いい香りですね……」

「だよね……」

にんにくに火が通るとき、人は幸せになれる。

いい香りが出たところで、真鯛を入れて、両面を焼いていく。

真鯛が大きかったから、尻尾《しっぽ》が少し折れてしまうけれど、仕方がない。

「椎奈さん、野菜はこれでいいですか？」

「うん、ばっちり。ありがとう」

ちょうど雫ちゃんが野菜を切り終わったので、鍋の中に投入！

真鯛の横の空いたスペースで炒《いた》めていく。

ある程度油が回ったところで、次の工程へ。

「雫ちゃん、貝が冷蔵庫に入っているから、取ってくれる？」

「あ、これですね」

雫ちゃんが冷蔵庫を開け、貝の入ったバットを渡してくれる。

この貝はミカリアム君に頼んで、さっき獲ってもらったのだ。

台所についてすぐ、海水につけて、冷蔵庫に入れた。ワンドアぱたん性能を考えると、これで砂抜きもできているだろう。

ありがとう、私の台所……ありがとう私の冷蔵庫……。

いつだって神。

「ありがとう」

手を合わせてから、鍋に貝を投入。

そして、ここにポイント交換しておいた、白ワインを！

「お酒も入れるんですね」

「うん。魚と貝の旨味《うまみ》、それから白ワインの風味で、すごくおいしくなるんだ」

白ワインのあと、水も足して、蓋《ふた》をする。

あとは火が通れば完成！

すると、調理台が白く光って……。

「あ、取り皿、ですね」

「サーブ用のスプーンとトングもある……」

現れたものを見て、雫ちゃんと顔を見合わせる。

調理台には人数分の取り皿とカトラリー、サーブ用のスプーン、トング。お盆に載っていて、持ち運びもばっちりだ。

「好き……」

本当に、いつもありがとう……。

あなたがいるから、私はここまで来られたよ……。

「大好き……」

あふれる思いは止められない。

すりすりと台所を撫《な》でれば、この行為が馴染《なじ》みすぎて、ずっと撫でていたくなる。

「椎奈さん、鍋が……！」

「あっ、貝が開いたみたい」

鍋がシューッと音を立てて、湯気が勢いよく上がる。

台所を撫でていた手を止め、火を消す。蓋を取れば、貝は口を開け、真鯛の身はふっくらとしていた。

うん！　いい感じ！

「あとはハーブを散らして……。よし！　雫ちゃんはそっちのお盆を持ってくれる？」

「はい！」

雫ちゃんがお盆を持ってくれたのを確認して、私はミトンをした手で鍋を持つ。

「じゃあ、戻ろう！」

——真鯛のアクアパッツァ。

「『できあがり！』」

台所から無人島へ戻ると、旅行初日のように、そこはすでにキャンプ地になっていた。さすが我が特務隊。

たき火を囲むように置かれた丸太のベンチ。

初日と違うのはそこにミカリアム君もいるということ。

「みなさん、器は行き渡ってますか？」

「うん！　あるヨ！」

「もしかしたら魚の骨があるかもしれないので、それだけ気を付けてください」

丸ごとの真鯛を使っていて、取り分けが大変だったけれど、ハストさんに手伝ってもらった。

大きな骨は取ったので、それぞれの器には切り身と貝、野菜とスープが入っている。

みんなはその器を持ち、わくわくと私を見ていた。

「では、どうぞ食べてみてください！」

「うん！」

「おう！」

「はい」

私の声を合図に、みんなが食べ始める。

最初に口に入れたのはレリィ君だ。

「おいしい！　シーナさん、すっごくおいしいよ！」

「よかった」

「この魚、とってもふわふわだね！」

「うん。ふっくら仕上がったね」

隣に座るレリィ君の若葉色の目がきらきらと輝いている。

すごくおいしそうに食べてくれるから、うれしくて、私も笑顔になってしまう。

「本当だネ！　魔魚がこんなおいしい魚になるなんて！」

次いで、エルジャさんが紫色の目を丸くする。

そして、ハハハッ！　と笑った。

「やっぱり人魚漁業は大切だネ！　これは閉じ込められないヨ！」

「当たり前だろ。シーナはなにもしない。そういうことを言うのはやめろ」

エルジャさんの言葉を真っ先に否定したのは、意外にもゼズグラッドさんだった。

「冷たいじゃないカ！　そんなに首輪が嫌だったのカナ？」

「だから、そういうのをやめろ」

そういえば、北の騎士団に行くとき、ゼズグラッドさんは国の命令で私についていたんだった。

もしもなにかあったときに、王宮に私を連れて帰るための首輪。

それがゼズグラッドさんだった。

「シーナ、俺はお前の首輪として、ここにいるんじゃない。お前が言ってくれただろ？」

「はい。――自由の翼、です」

「だよな」

私の言葉にゼズグラッドさんがニカッと笑う。

そして、器にスプーンを入れ、アクアパッツァを口に入れた。

「これも、すげぇうまいぞ！　俺は細かいことは言えねぇけど、すげぇうまい！」

「シャー！」

私とゼズグラッドさんのやりとりを聞いて、ギャブッシュが声を上げる。

私はそれに、ふふっと笑った。

「そうだよね。ギャブッシュも食べよう！」

「椎奈さん、椎奈さんの分は持っておきます」

「ありがとう」

雫ちゃんに私の分の器を託し、私はギャブッシュの分を持つ。

ギャブッシュに向かって、差し出せば、ギャブッシュはそれをぺろんと一口で食べて――

「ンガーァアー！」

ギャブッシュの『おーいしーい！』！

いつものそれに、心がぽかぽかとあたたかくなっていく。

無人島までみんなを乗せてきてくれて、すごくがんばってくれたからね。

ギャブッシュがうれしそうに金色の目を細めるのがかわいくて、よしよしとすべすべの鱗《うろこ》を撫でた。

「シャー」

そんな私をギャブッシュはそっと鼻で押す。

『ほら、食べておいで』と言ってくれているのだろう。

ギャブッシュはいつも私を大切に扱ってくれる。

「じゃあ食べてくるね」

「シャー」

ギャブッシュの体がきらきらと光り、器がなくなるのを確認してから、席へ戻る。

雫ちゃんから、自分の分の器を受け取って、さあ、私も！

「よし！」

まずは真鯛《まだい》にそっとスプーンを差し入れる。

ふっくらとした身を一口分にして、スープを少しとパプリカを載せた。

それを口に入れれば——

「……おいしい‼」

白身魚の淡白な味わいが貝の旨味の効いたスープとすごく合う！

味付けが塩こしょうだけとは思えないおいしさ！

「椎奈さん、とってもおいしいです！」

雫ちゃんが私の声に合わせるように、顔を輝かせて私を見つめる。

うるうるの黒目がうれしそうに細まり、頬《ほお》はほんのりと赤い。

本当においしいと思ってくれていると、その表情を見ればすぐに伝わった。

「この香草もいいな！」

「そうですね。アッシュさんの大好きな草ですね」

「ははは っ！」

アッシュさんが高笑いをしながら、おいしそうに食べてくれる。

そして――

「……うまい」

――ハストさんの、おいしいのしるし。

「魚の身がふっくらしていて、とても柔らかい。骨が大きめで身離れがいいとは思いましたが、大味というわけではないですね」

「はい。真鯛は脂が多い魚ではないんですが、火を通した身がとても食べやすくて旨味があると思います」

「貝の旨味と野菜やきのこの旨味。そのスープが染み込んだ身。ほんのり香るのはお酒ですか？」

「あ、ワインを入れてます。白ブドウ酒です」

「その香りもわずかにして、味が一体となっていて……。本当にとてもおいしいです」

「……よかったです」

ハストさんの水色の目が優しく細まる。

いつも言葉を尽くしてくれるから、みんなのおかげで、あたたかくなっていた心が、もっとぽかぽかになった。

また食べて欲しいなって。

そう思える。

「ミカ、これであってる？　こうやってつかえばいい？」

輝く水色の目を見ていると、器用に丸太に座っていたミカリアム君が、ハストさんと私を見て首を傾《かし》げる。

どうやらスプーンを使うのが初めてのようで、見よう見まねでやろうとしているようだ。

「うん。ミカリアム君、あってるよ。左手で器を持って、右手にスプーン。すくって口に入れてみて」

「ミカ、たべるのはじめて」

「あ、これまで食べなくても大丈夫だったんだ？」

「ミカ、おなかすかない。……でも、これはたべてみたい」

「じゃあ、説明したみたいにやってみて」

「うん！」

そう言うとミカリアム君は、おそるおそるスプーンを器へと近づけた。

これまで食事をせずに生きてこられたということは、ミカリアム君はやはり人間とは違うのだろう。

想像した通り、魔魚と人間の間。魔獣と動物の間にいるギャブッシュが一番近い存在なのかもしれない。

「……熱いから、息をかけて冷ますといい」

「いきをかけるの？」

「ああ。ふぅとすればいい」

「あ、こうやるんだよ！」

スプーンでスープと真鯛をすくったミカリアム君にハストさんが声をかける。

たしかに、そのまま口に入れたら、初めての食事で火傷《やけど》するようなことになりそうだ。

ギャブッシュは熱くても一口で食べちゃうけど、普通は無理だもんね。

ハストさんの言葉を聞いたレリィ君が、ミカリアム君がわかるように、実際にやって見せている。

ミカリアム君はそれに倣って、ふぅふぅと息を吹きかけたあと、そっと口に入れた。

初めての食べるという行為に不安げだったミカリアム君の表情。それがみるみる間に変わって

――


「おいしい‼」

ぱぁっと輝く。

「くちがしあわせってなって、おなかがあったかくなる！」

「わかる！　僕もシーナさんの料理を食べると、あったかくなるよ！」

「……私も」

ミカリアム君の言葉にレリィ君と雫ちゃんが同意をする。

ミカリアム君はそんな二人を見て、パチッと目を瞬かせた。

「おいしいとあったかい？」

「シーナさんの料理はあったかいよ」

「どの料理もそうなるってわけじゃなくて、椎奈さんの料理だからそうなるんだと思います」

「そうなんだ……」

ミカリアム君はそう言うと、もう一度、器にスプーンを入れて、スープをすくった。

今度はきのこだ。

まだ食べる動作に慣れていないミカリアム君には少し難しそう。

けれど、スプーンが止まることはなく、しっかりと口に入った。

「おいしい‼」

二度目だけど、一度目と同じぐらいの感動が伝わる。

「ああ！　シーナ君の料理は絶品だネ！」

「俺はもう食っちまったぞ」

「ングガオ」

「この貝もおいしいよ！」

「野菜もおいしいです」

「イサライ・シーナは食べることが好きだからな！」

「ゆっくりでいい。骨に気を付けろ」

そんなミカリアム君にみんなが声をかける。

ミカリアム君の澄んだ青い目が困ったようにさまよったのがわかった。

だから、私はその目にそっと笑いかけて――

「ミカリアム君。……おいしいね！」

にんまりと笑いながら言えば、青い目はこらえるようにぐっと細くなる。

「ミカが……ずっときいてた、こえ」

「うん」

「たのしそうなっ、こえ……」

「うん」

「ミカも……っいっしょ……っ」

「そうだね。ミカリアム君も一緒だね」

ミカリアム君の目からぽろぽろと涙がこぼれる。

私はミカリアム君の隣まで移動すると、そっとその目元を拭《ぬぐ》った。

「ミカっ……じぶんで、ふけないと……だめ、なのにっ」

「大丈夫。ミカリアム君ががんばってるのわかるから。大丈夫」

急いでハンカチを取ろうとしたミカリアム君をよしよしと撫《な》でる。

「できるときは自分で拭《ふ》いたらいい。できないときは私が拭くから」

だから、大丈夫。

「しぃなっ……しぃなっ……」

「うん。ゆっくり食べよう。私も食べるからね」

「うんっ」

ときにミカリアム君が自分で拭いて。

うまくできなかったときは私が拭いて。

そうして、私たち二人が食べ終わるころには、全員が食べ終わっていた。

いつものように、みんなの体がきらきら光る。

それはミカリアム君も同じだったようで――

って。

「なんだか、ミカリアム君の下半身だけ、すごく光ってません⁉」

消えるお皿に手を合わせて感謝をしていたのだけど、どうもおかしい。

ミカリアム君だけ、ほかの人より、段違いで光っている……！

「しぃな」

「大丈夫！　たぶん！」

当のミカリアム君はとくに変なところはないようで、不思議そうに顔を傾けているだけだ。

なので、全然頼りにならない言葉を発しながら、とりあえず光が収まるのを待つ。

すると――

「シーナ様」

——ハストさんが座っていた私をぐっと抱きしめた。

「え」

突然のことにただポカンと口を開けてしまう。

が、抱きしめられたのはほんの一瞬で、すぐにハストさんは私から離れた。

「えっと……?」

「申し訳ありません。光が消える瞬間がわかったので」

「あ、それは大丈夫なのですが……」

「もうミカリアムを見ても問題ありません」

よくわからないが、私からミカリアム君が見えないようにしてくれたようだ。

でも、なぜ、ミカリアム君を見てはいけなかったのだろう。

不思議に思いながら、ハストさんの陰から出る。

そして、見たミカリアム君は——

「あしがはえてる」

足が生えている。

「え……。尾びれが……!　足に……!」

光が収まったミカリアム君。

丸太のベンチに座った彼の下半身は、さっきまでは魚のもの、尾びれだったはず。

それが、今はみんなと同じ、二本の足になっていた。

ハストさんはいち早くそれを察知し、私や雫ちゃんの視界を遮るように動いてくれたのだ。

今、ミカリアム君の腰にはハストさんが渡したと思われるマントが巻かれていた。

「いや、待ってヨ……っ、ちょっと、また笑わせてくるのカ……っ⁉」

視界の端でエルジャさんがヒィヒィ笑っているのが見えた。

ただ私は呆然《ぼうぜん》とミカリアム君を見てしまう。

するとミカリアム君は丸太から立ち上がり、ぴょんと一度跳ねたあと、私をぎゅうっと抱きしめた。

「ミカ！　あし！　これで、しぃなとずっといっしょ！　りくでもずっといっしょ！」

「……なるほど？」

そっかそっか。

ごはんを食べたら、強くなったり、元気になったりするだけじゃなくて、足も生える。

――『台所召喚』はすごい（すごい）。

締めの品　約束は永遠に

まさか人魚の尾びれを足に変える力があるとは思わなかったが、さすが私の台所……。

ミカリアム君が陸にも対応できるようになったので、無人島に留《とど》まる意味はない。

私たちはギャブッシュに乗り、宿へと帰った。

宿にはスラスターさんが一人残っていて、いろいろと雑務をしていたらしい。

そういえば、無人島にいなかったな、と気づいたのは、宿でスラスターさんの顔を見てからだ。

……いや、レリィ君といるとだいたいラグとして存在しているので、忘れがちなんだよね。

そんなスラスターさんは両脇《りょうわき》を雫ちゃんとレリィ君に固められ、背中側からミカリアム君に抱きつかれている私を見て、思いっきり顔を顰《しか》めた。

「それで、貴女《あなた》は半裸の男性を連れて帰ってきたわけですね」

語弊。兄による語弊。

宿の一棟。広いリビングのソファ。そこに座る私を、スラスターさんは厳しい視線で見ていた。

「これからはミカリアム君も一緒に過ごせたら、と思います。……できれば、今のようにみんなで旅をしたり、ゆっくり過ごしたりできれば……と」

語弊と厳しい視線に耐えながら、今後の希望を伝える。

我が特務隊の頭脳担当はスラスターさんである。難しいこともスラスターさんに頼めばだいたい叶《かな》うという実績があるからだ。

が、スラスターさんは、だいたい私の希望は聞いてくれないんだけどね！

なので、案の定、スラスターさんは私の言葉を聞き、嫌そうに眉《まゆ》を顰《ひそ》めた。

「このドブネズミは、いつもいつも問題ばかり引き寄せて……」

吐き捨てるように呟《つぶや》くスラスターさん。

ごめんね……巻き込まれドブネズミで……。

が、もちろん、この言葉をレリィ君が聞き逃すはずがなく……。

「兄さん？」

あ、美少年が……。

「シーナさんが一緒に過ごしたいって言ってるんだから、一緒に過ごす方法を言えばいいんだよ」

ゴミを見る目。

その瞬間、スラスターさんはすぐに表情を変え、エルジャさんへと話しかけた。

「今回の魔魚の襲来は密漁者のせいにしましょう」

切り替えが早い。

「ハハッ！　もちろん、それは可能だヨ。今回の魔魚の襲来に関して、港の者たちは密漁者が魔海を荒らしたせいだと思っているからネ！　それをわざわざ訂正することはないかもしれないネ」

「今後、人魚が魔魚を魔海から出さないのであれば、問題は起きません。港の者たちはこれを教訓とし、魔海への警戒心を持ちながら、共存していけるでしょう」

「そうだネ。魔海の危険性を最小限の被害で学ぶことができた、とも考えられるネ」

「これまで魔海についての認識が甘かったことも事実ですし、これぐらいの刺激があったほうが今後のためにもよかったはずです」

……すごい。あっという間に、これでよかったという方向へ話が進んでいる。

「密漁者については、すでに領主へ引き渡しました。今回のことは王太子の名で進めましたので、領主は夜明けまで待たず、こちらへ到着できました」

「ボクの普段の行いがいいから、協力的なんだネ！」

「ええ。あなたに歯向かいたい者はだれもいませんから」

「ハハハッ！　ボクはすごく強いからネ！」

今回の魔魚の襲撃については、密漁者が原因。そして、その原因はすでに捕縛された。

エルジャさんもとくに反論しないし、二人の中ではこれで通すのだろう。

「シンジュについてですが、残念ながらすでに売買されたものについては回収できていません。最初からないものとして扱えればよかったのですが、それは難しいでしょう。そこで、あえて名を広めようかと思います――シズク様にその役目を担ってもらおうか、と」

「……私、ですか？」

「はい。あなたは千年結界の聖女として、民に非常に人気があります。シンジュについては、あなたがなにかを感じ、この港まで探しに来たということにすればいい。赤い魔石とは違う、白い魔石。

それは聖女のためにある、と民に信じてもらいましょう」

「真珠が私のために……」

いきなり話題にされ戸惑う雫ちゃんをよそに、スラスターさんは表情を変えずにそこまで言い切った。

そして、右口端を上げて笑う。

「はい。シンジュがまさか魔王のごとき力を持つ者のためにあり、魔魚を自由自在に動かせるようになるとは公表できませんので」

……魔王のごとき力を持つ者。

きっと、それは私のことだろう。

隣に座る雫ちゃんが息を呑《の》んだのがわかった。

「わかりました。私の名前を使ってもらって構いません。……いえ、むしろ使ってください。それで椎奈さんを守れるのならば」

「雫ちゃん……」

「大丈夫です、椎奈さん。私、こういうとき本当に思うんです。……聖女でよかったって」

雫ちゃんはそう言うと、ふわっと笑った。

その笑顔がとてもかっこよくて……。

「シズク様の名前を出したからといって、シズク様に不利になるようなことはないでしょう。むしろ、新しい魔石を発見した聖女として、信奉力を増すか、と。より地位を確かなものとし、安全になると考えます」

「なるほど……」

それならば、それが一番いいのかもしれない。

聖女の魔石ということになれば、ミカリアム君のことも隠していけるだろう。

もし、これからミカリアム君が涙をこぼして、真珠になることがあっても、雫ちゃんのもとだから、それが手に入るのはおかしいことではないはずだ。

さすが、スラスターさん。頭がいい。うんうんと頷《うなず》く。

すると、エルジャさんがじっとこちらを見た。

「むしろ、シーナ君はそれでいいのカナ？」

紫色の目が私をまっすぐに見据える。

「自分の力であるはずのものを、シズク君に横取りされるようなものじゃないカ？」

それでいいのか？　とエルジャさんは私に問う。

「シーナ君はとても強い。スラスターがはっきり言ったネ。そう。君は魔獣を従える者。いわゆる魔王だとボクは思っているヨ」

静かに、だがはっきりとエルジャさんは告げた。

「この世界に召喚された女性。一方は聖女。ではもう一方は？　対になっているとすれば？」

「聖なる者の反対……。魔の者……ですね」

「そう。それも最も力のある、魔の者だヨ」

エルジャさんの言葉に、私は……。

「たぶん、そうかもしれません」

すんなりと頷いた。

「さっき、無人島でも考えたんです。自分でもそうだろうと思いました。だから、うん……そうなんだろうなって」

世界を滅ぼす気は、今は起きてないけれど……。

でも……。

「もし今の私にそんな気がなくても……。不安はずっと付きまといますよね。私はいないほうがいいのかなって」

「じゃあ、なんでボクに正直に言った？　無人島ですべてを説明する必要なんかなかっただろう？　ボクには黙っていたほうがいいはずだヨ。宿に戻って、ボクがいないうちにスラスターに相談すればよかった」

エルジャさんの紫色の目が真剣に私を見つめる。

君は間違った、と私に告げる。

「ボクは国のために君を殺す。ボクは将来の不安を排除したい」

ギラッと紫色の目が光った。

そして、楽しそうに細まる。

「ボクはね、世界で一番強いんダ。この国を建てた英雄の子孫。この土地を魔獣から奪った人間の王だ。ボクなら君を殺せると思う。ボクは魔を倒すために生まれた。君の周りにいるたくさんの仲間はすごく強いけれど、ボクのほうが強い。異分子は排除するべきダ‼」

どこから取り出したのかわからない。

けれど、エルジャさんは両手に剣を持っていた。

その双剣の切っ先が私に向く。

だから、私は――

「――エルジャさんは、そんなことしないです」

にんまりと笑って、答えた。

「エルジャさんは楽しいことが好きですよね。私をここで殺したら、楽しいことがなくなってしまいます」

そう！　私には自信がある！

「エルジャさんのお腹《なか》を引き攣《つ》らせるほど笑わせられるのは、私ぐらいだと思います」

驚いたように固まっている紫色の目に笑いかける。

すると、その目はふっとやわらかく細まった。

「っそうだネ……たしかにッ……」

こらえきれなくなった笑いが空気として漏れる。

双剣をどこかへ消したエルジャさんはお腹を抱えた。

「こんなにボクを笑わせてくれるのはシーナ君ぐらいだヨ……っ！」

ひぃひぃ笑うエルジャさんはすごく楽しそう。

なので、もう聞こえなくてもいいんだけれど、一応付け足しておく。

「それに……その場合、エルジャさんが一人になってしまいますしね」

聞こえなくてもいいと思った言葉。でも、それはエルジャさんに聞こえたようで……。

「ボクが、ひとり？」

エルジャさんが不思議そうに私を見つめる。

なので「そうですよ」と頷いた。

「『エルジャさん対みんな』になってしまいますよね。だからと言って、私がエルジャさんにつくというわけにもいかないですし……」

エルジャさんは私を倒そうとして、みんなと敵対するんだから、私がどうこうできるのならば、本末転倒だ。なので、難しい問題だよね……。

「シーナ君がボクについてくれるのカ……」

エルジャさんはボソリと呟くと……紫色の目を細めた。

「……本当は、シーナ君を排除したいなんてこれっぽっちも思ってないヨ。少しでも外れた者を排除する。その先にある世界にボクは興味がない」

それはとても優しい色をしていた。

「……それに、この世界で一番の異分子はボクだから。みんなが同じ形をした世界ではボクは生きられない」

エルジャさんが言っていた「世界で一番強い」という言葉。

それは世界の中で、一番浮いているという意味でもあって……。

「いろんな形をした者が生きていける世界。ボクはそういう国にしたい」

エルジャさんはそこまで言うと、ハハッ！　と高笑いをした。

さっきまで優しい色をしていた目が、今度は悪戯《いたずら》っぽく輝く。

「シーナ君とミカリアム君の件について、ボクは条件をつけるつもりはなかった。国として被害もなく、早く見つけることができてよかったと思っていたからネ。でも……気が変わった」

エルジャさんはそう言うと、私に向かってパチンとウインクをした。

「シーナ君をボクの乳母にする！」

「え」

「絶対に乳母にする！」

「え、いや、それは、もうお断りしたはずで……」

「シーナ君が乳母になってくれないと、全部許可しないヨ！　シーナ君が乳母になってくれるなら、全部許可する！」

そんな。そんな権力の振りかざし方があるだろうか。

「す、スラスターさん……っ！」

「このバカの乳母になると、あなたの地位も固まります。問題ないのでは？」

スラスターさんに助けを求めれば、すげなく躱《かわ》された。

ぐっと息を呑めば、隣から拗《す》ねた目線を感じて……。

「また……シーナさんは……はじめてを奪って……」

語弊。

「……乳母の仕事は……？」

「とくにないヨ！　ただ、ボクの頭をときどき撫《な》でてもらいたい！」

「頭を撫でるだけでいいんですか？」

「うん！　ボクを殺せるかもしれない手で撫でられると思うと、きっと楽しいと思うんダ！」

そんなスリルに満ちた手だったのか、私の手は……。

エルジャさんがよくわからない。よくわからないけれど、一つだけわかるのは――

「わかりました」

ソファから立ち上がり、エルジャさんのもとへ行く。

エルジャさんはちょっとびっくりした顔で私を見ていた。

「……これでいいですか？」

――きっと、エルジャさんは私に甘えているんだって。

甘えるのが下手なエルジャさんは、きっとそんな風にしか表現できないのかもしれなくて……。

だから、金色のふわふわの髪をゆっくり撫でる。すると、エルジャさんは黙って、されるがまま。

「乳母の初仕事ですね」

「……うん」

何度か手を行き来させたあと。

「……またお願いしたいナ」

そう一言だけ漏らした。

＊＊＊

夢を見た。

みんなでたくさんの場所に行く夢。

砂漠に行って、大きなアリジゴクに呑み込まれたり。

ドラゴンの谷に行って、ギャブッシュの仲間と挨拶《あいさつ》をしたり。

きれいな湖の底にある神殿を見に行ったり。

ハストさんの育った土地に行ったり。

みんなと一緒にごはんを食べて、一緒に笑って……。

ずっと、こんな日が続けばいいなって……。

＊＊＊

昨日、みんなと解散して、すぐに眠った。たぶん、疲れていたんだろう。

今日は、魔魚のことも片付いたので、一日みんなで観光することになっている。

昨日は疲れていたが、よく眠れたので、とても心地がいい。

なんの憂いもない一日の始まりは、だが、宿を出た瞬間にすぐに壊れた。

「……これは？」

これは一体どういうこと……？

『これまで、本当に申し訳ありませんでした……っ！』

なぜか、宿の前に港の人たちが並んで、みんな跪《ひざまず》いてる。そして、悲愴《ひそう》な表情で謝罪を口にしている。

え、なにこれ……。

「あなたにはひどいことをしてしまいました」

「あれから港の者で考えたんです……私たちはどこで間違ったのだろうって……」

「あなたを軽視したことが間違いだった……そう気づきました！」

たぶん、これまで私を蚊帳の外へ追いやっていた女性たちが口々に言葉をかけてくる。

なぜかはわからないが、昨夜までの対応とは全然違う。

気持ちはちゃんと伝わってきている。許して欲しい、と。そういうことなのだろう。

「いや、本当に全然、大丈夫ですから……！」

すがすがしい一日だなぁ！　と準備を整えていた朝が嘘《うそ》みたいだ。みんなと待ち合わせして、外へ出た。それまでは普通だったのに……！

「私たちが悪かったです」

「あなたを理解できていませんでした」

「まさか、あなたが私たちの港を守ってくれていたなんて……！」

……ん？　あれ？　私が守ったんだっけ……？

よくわからなくてスラスターさんを見る。するとスラスターさんは「はい」と頷《うなず》いた。

「密漁者のせいで魔魚に苦しめられていた港。その魔魚を倒すためにやってきたのが貴女《あなた》です」

いや、違います。事実じゃないことを表情も変えずに言うから、こっちがびっくりする。

「どうか……どうか、港を滅ぼすことは……！」

「心を入れ替えます……！」

あ、これは、噂《うわさ》に聞いた墓標も効いているような気がする。

ハストさんの墓標が効きすぎているのでは……!?

「あの……本当に大丈夫なので……私のことは気にせず……」

あまりの圧に怖くなって、一歩下がる。すると、ハストさんが私をそっと抱き上げて——

「え」

抱き上げて？　え、なんで？

「え、え」

逃げ出そうと動くけれど、いつも通りビクともしない。

いや、待って……！　跪く港の人たち、腰のあたりを持たれて、抱き上げられた私。どう見ても、私に視線が集まりすぎる……！

「昨夜伝えたように、シーナ様は素晴らしい女性だ」

「待って……ハストさん、待って……！」

ハストさんの落ち着いた低い声が響く。

遠くまで届くその音はとてもかっこいいけれど、今はちょっと違うと思う……！

必死で止《や》めてもらおうとするけれど、ハストさんは水色の目を細めて……。

「いつも前向きで、笑顔をくれる。シーナ様がいれば、世界は明るいのだと信じることができます。……私の大切な女性。すべてを捧《ささ》げている方です」

「ひぃ……！」

は、恥ずかしい……！　どうして……なぜ、こんなことに……！

「申し訳ありません、シーナ様。もっと自分の気持ちを伝えていくべきだった。そう反省したのです」

「いや……大丈夫……大丈夫ですから……」

恥ずかしすぎて、手で顔を覆う。

すると、次はレリィ君の声が聞こえてきて……。

「シーナさんは僕の初めての人で……。とても優しく、手取り足取り教えてくださいました。最高の女性です」

「ひぃ……！」

語弊。こんな大勢の前で語弊……！

港の人たちがどんな顔でこれを聞いているのか想像するだけで、恥ずかしさが限界を突破する……！

けれど、限界の先にもまだまだあるようで……。

「そうだな、イサライ・シーナはな！　……笑顔がな‼　かわいいんだ‼」

「ひぃ……！」

アッシュさん……！

「椎奈さんは、だれよりも優しくて、素敵な方です」

「ひぃ……！」

「非常に稀有《けう》な方ですね」

「ひぃ……！」

「難しいことも笑って乗り越えていくヤツだ！」

「シャーシャー！」

「ひぃ……！」

「シーナ君の優しさは、得難いものだと思うヨ！」

「ひぃ……！」

「しぃな、すごく、だいすき！」

「ひぃ……！」

やめて……みんな……どうしてこんなことに……！

「港の者はシーナ様の許しが欲しいようです。スラスターが今朝こうなることを掴《つか》んでいました。話し合い、私たちがシーナ様をどれだけ大切に思っているか。それを伝えることにしました」

「わかりました……！　きっともう十分だと思います……！」

私に……！　私に効きすぎているんです……！

「……本当ですか？　どれだけあなたを思っているか、伝わっていますか？」

ハストさんの誘うような声にそっと顔から手を外す。

すると、そこには優しく私を見つめる水色の目。

吸い込まれそうな色に、思わず手を伸ばせば、その手を取られて――

「あなたのすべてを食べ尽くしたい」

てのひらに触れる唇の熱さ、言葉の熱さに、私の脳が焼き切れるのを感じた。

「こわい」

食べられちゃう。

「……あのっ‼」

港の人が声を上げる。

そちらを向けば、きらきらとした瞳《ひとみ》で私を見上げていた。

これは……え……尊敬の眼差《まなざ》し的な……？

「あなたがすばらしい女性であり、貴い方なのだと感じました。ですので、港の者で話し合って、考えたのです、貴方様を称《たた》えることを……！」

「ほぉ」

称える……？

「参加していただいた祭りで、『海の男コンテスト』を開催していました。それは引き続き行いますが、『海の女コンテスト』を開催するのもいいのではないか、ということになったのです」

「うみのおんなこんてすと」

「はい！　貴方様のエビの踊り、あれを受け継いでいきたいと思います」

「えびのおどり。うけつぐ」

「貴方様の踊りを覚えている者がいます。ですので、『海の女コンテスト』では、エビを前にして包丁を持って踊り、一番会場を沸かせた人が優勝という形にしようかと」

どうでしょうか！　と。すごくいい案ですよね！　と。その輝く顔が語っていた。

「イサライ・シーナの祭りとして、末永く語っていきます！」

『はい！』

港の人たちも自信満々に頷いている。

そっかそっか。みんなもう心は決まっているね。もう止まらないね。やるって決めてるね。

「イサライ・シーナの祭り。この港を魔魚から救った貴方様を称える祭りです！」

メインの出し物は、エビを前に包丁を持って踊ること、ね。ふーん。

……もう、やだ……っ‼

「恥ずかしい……恥ずかしい……」

ここに……！　留《とど》まってはいけない……！。

「ハストさんっ！」

私を抱き上げているハストさん。その水色の目を必死で見た。

「早く！　一刻も早く港を離れましょう‼」

「どこへ行きますか？」

「みんなとならどこへでも！」

――きっとどこへ行っても、ずっと楽しいから。

「はい」

私の言葉に、ハストさんがとても鮮やかに笑った。

「どこへでも。いつまでも。――シーナ様とともに」

おかわり　ふわふわ玉子のオムライス

爽《さわ》やかな風が吹く午前中。場所は王宮の庭。建物の陰で私は一人、呻《うめ》いてその場にしゃがみこんだ。

熱中症などではない。体はすこぶる元気だし、港での羞恥心《しゅうちしん》も今はもうない。

けれど、胸が……。胸が変なのだ。

みんなで港へ行った二泊三日。たかが二泊三日。されど二泊三日。

そこで私は自分の気持ちに気づいてしまったせいで……。

「どうしよう……」

いや、どうしようもないのだけど。

気持ちに気づいたからといって、だからどうなるということもない。

ただ、こう……そわそわして、ふわふわして、落ち着かないんだよね……。

なので、最近の私はこうして、わけもなく呻くことが増えた。

「……ハストさん」

私を悩ませる人物。それはイケメンシロクマこと、我が特務隊の隊長だ。

私はしゃがみこんだまま、そっと建物の陰から顔を出した。

そこにいたのは、ハストさんとアッシュさん、そしてＫ　Ｂｉｈｅｉブラザーズのみんな。

彼らはそこで訓練をしている。

そして、私はそれをこっそりと窺《うかが》っていた。

長身のハストさんは目立つ。銀色の髪に光が反射してきれいだし、水色の目も輝いて見える。みんなに指示をする低い声は落ち着いていて、思わず聞きほれてしまう。つまり……。

「うぅ……」

また呻く。

私は護衛対象。ハストさんは異世界から来た私を守ってくれた。

一人ぼっちの私のそばにいて、一緒にごはんを食べて、あの水色の目が優しく細まるところを幾度となく見た。そして、気づいたら……。

「うぅ……」

自分の気持ちがわかる。わかるからこそ、私は頭を抱えて呻いた。

こういう気持ちは気づいていない、あるいは気づかないふりをしているときはなんとかなるけれど、気づいてしまうと、一気に容量を増すというか……。

頭を抱えていた手を外し、もう一度、訓練の様子を見る。
Ｋ　Ｂｉｈｅｉブラザーズ……うん。よし、いつも通り。アッシュさん……うん。よし、今日も金髪がキラキラで高笑い。最後にハストさんは……。
「うぅ……」

やっぱり、呻いてしまった。

これまでだって訓練は何度も見たのにね……。

私に対する態度は丁寧なハストさんが、部下にキビキビと指示をすること。言葉が端的なこと。

でも……優しいこと。

それは知っていた。そして、それを素敵だなぁと思っていた。

けれど、今はどうだろう。

「かっこいいし……かわいい……」

なにこの気持ち。胸がきゅうっとする。しかも一回ではない。ほぼすべての動作にきゅうっとするのだ。

ハストさんが、訓練で剣を振り下ろす姿を見るだけで胸がきゅうっとするし、部下に指示する声を聞くだけで胸がきゅうっとする。なんなら風が吹いて、短めの前髪がそよぐだけできゅうっとするし、ふぅっと息を吐いただけできゅうっとする。

「大丈夫か、私」

胸がきゅうきゅうし過ぎて、病気にならない?

「シーナ様」

「は、はい!」

胸を押さえて、自分の体に思いを馳《は》せていると、声がかかった。

返事をして、急いで立ち上がる。

「ハ、ストさんっ、お疲れ様です」

「シーナ様、具合が悪いところが？」

「いえいえ、大丈夫です。なんにも問題ないです」

できるだけなんでもない感じで言葉を返す。

最初、少しだけ声が裏返ってしまったけれど、これぐらいは許容範囲だろう。

大人でよかった。中学生の私であれば、気が動転して、逃げ出していたかもしれない。

「どうされたのですか？」

水色の目が心配そうに私を見つめる。

ハストさんは、なんらかの能力（私にはすごすぎてわからない）によって、気配を察知していることが多いから、私が陰から覗《のぞ》いていたことはすぐにわかったのだろう。

しゃがみこんで呻いている私を気にして、訓練を一度切り上げてしまったようだ。

申し訳ない。

「すみません、邪魔するつもりはなかったのですが、ここでみなさんが訓練をしていると聞いて懐かしくて」

ここに来た理由を簡潔に伝える。

すると、ハストさんの後ろから高笑いが響いた。

「ははっ！　そうか！　イサライ・シーナもそう思うか‼」

「ここでアッシュさんの散髪が行われたんですよね」

そう。ここはバーバーシロクマ。

最初にアッシュさんが金髪おかっぱから、金髪アシメに変わった場所。

ハストさんにベーコンエッグを食べてもらったあと、「食べると強くなる」ことを検証した場所でもある。

すぐそこに私が手入れしていたハーブ畑もあって、王宮の料理長が変わらず世話をしているようだ。

「……イサライ・シーナ」

「はい。アッシュさん」

青々と茂るハーブを見ていると、思いのほか真剣なアッシュさんの声が響いた。

どうしたんだろうと顔を上げると、金茶の目は心配そうに私を見ていて――

「王宮に戻ってから、悩みでもあるのか？」

「え」

「最近、よく呻いているだろう。聞こえているぞ」

「う」

――バレていた。

周りの気配に敏《さと》いハストさんだけでなく、アッシュさんにまで……！

呻いていた理由が理由なだけに、さっと頬《ほお》が熱くなったのがわかる。

すると、アッシュさんはボソリと小さな声で呟《つぶや》いた。

「……悩みがあれば、話してもいい」

そして、もごもごと続ける。

「私が聞けないような話ならば無理にとは言わないが……。あー……その、あれだ。私は、……お前には笑っていて欲しい」

「アッシュさん……」

「もしその悩みに関係のある者がいるのならば、まずは話をしてみるのはどうだ？　一人で悩むよりもいいと思う」

「……はい、そうですね」

いつも高笑いしているアッシュさんだが、とてもまともなアドバイスをもらい、心がじんわりとあたたかくなった。

「ありがとうございます」

しっかりとお礼を言って、金茶の目を見つめる。

すると、アッシュさんは頬を紅潮させて、ふふんと胸を張った。

「ほら、あそこにお前の好きな草があるぞ！」

そう言って、私へと手を伸ばす。

たぶん、手を握ってエスコートしてくれようとしたのかな？

でも、その手は私に届く前に、アッシュさん自身が自分で引いた。

「おいっ‼」

アッシュさんの怒声と、アッシュさんの手があった空間に過《よぎ》る一陣の風。

そして、その風を追うように地面を見れば、そこには深々と木の棒が刺さっていた。

うん。そうだね。いつものあれだね。

「まだ訓練の途中だ」

地を這《は》う声と、吹雪。ハストさんが木の棒をアッシュさんの手に向かって投げたんだね。

「刺さったらどうするんだ‼」

「それぐらい避《よ》けられないようであれば、もはや手はいらないのでは？」

「いる‼」

普段通りの二人のやりとり。それに思わず笑ってしまって——

「私は久しぶりにハーブの世話をします。どうぞ訓練の続きをしてください。……もう大丈夫です」

……勇気を分けてもらったから。

「わかりました。もし体調不良などあればすぐに伝えてください」

「無理はするなよ！」

ハストさんとアッシュさんは私の言葉に一瞬、視線を交わし合ったあと、それぞれが声をかけてくれる。

私が笑顔で頷《うなず》くと、二人は訓練へと戻っていった。

一人、ハーブ畑へとついた私は、そっと拳《こぶし》を握る。

「アッシュさんの言う通り……」

この気持ち。きっと一人で悩んでも答えは出ない。

なので、私は――


「よし」

――気持ちを伝えよう。

そう決めた。そして、私が頼るものと言えば――

「――よろしく、私の台所」

スパダリである。

私を丸ごと包んでくれる包容力満点のスキル『台所召喚』。これしかない。

時間はちょうどお昼。

訓練とハーブ畑の世話が終わったところで、私はしっかりとハストさんを昼食へと誘っていた。

そして、今は調理のために台所へと来たところだ。

「ごはんを作って……食べてもらって……。で、こう、さりげなくそういう話題に……」

できる気はしない。そんなにスマートに物事を運べるような経験値はない。

が、目標は大きめに。

「まずは必要なもののポイント交換、と」

液晶の前に立ち、必要なものを交換していく。

あたりが白く輝き、出てきたのは――

「炊飯器！」

ちょっと高かったけど、いい炊飯器をポイント交換しました！

旅行中もたくさんポイントをためることができたので、思い切って。

オーブンレンジしか載っていなかった家電ラックも、炊飯器があるとうれしそうに見える。

「雫ちゃんも喜ぶだろうな」

なんせ白飯が食べられる。

笑顔の雫ちゃんを想像すると、心が弾んだ。

が、今日作るのは、白飯ではない。

炊飯器はそのままにし、下ごしらえだ。

まずは手に入れたお米を研いで、次にたまねぎとにんにくをみじん切りにした。さらに、鶏《とり》のもも肉を小さめに切る。

「炒《いた》めよう」

フライパンを熱し、バターとにんにくを入れて、香りを出す。そこへたまねぎともも肉を投入。

軽く塩で味を調えて、たまねぎがしんなりし、もも肉に火が入ればよし！

あとは研いでおいたお米と具、水とコンソメを入れて、炊飯器に入れるだけ。

「……たぶん、できるよね？」

これまでの経験則だけど。

蓋《ふた》をした炊飯器。その炊飯ボタンをポチっと押す。すると――

「やっぱり‼」

――即、炊き上がり！

「さすが……さすがすぎる、私の台所……」

これぞワンぽちボタン炊飯器！

「神……」

本当にいつもありがとう……。そっと手を合わせて拝む。

「あとはできあがったごはんにバターを入れて、混ぜる」

感謝を捧《ささ》げたあと、炊飯器の蓋を開けた。

現れたのは、ほかほかと炊き上がったごはん。

炒めた具とコンソメを入れたので、ほんのり色づいている。

そこへバターを入れれば、じわっと溶け、ふんわりとバターの香りが広がった。

「バターライス、いい香り……」

たまらない……。しゃもじで混ぜるごとに香りがどんどん出てくる。

このまま食べてもおいしいが、まだ調理は終わっていない。

台所が用意してくれたお皿に一人前のバターライスを盛り、もう一度コンロへと向かった。作るのは――

「ふわふわ玉子」

ボウルに卵を割り入れ、そこにコクを出すために粉チーズを少し。あとは塩と牛乳を入れれば、卵液の完成だ。

熱したフライパンに少し多めのサラダ油。強火のまま、一気に卵液を流し込んだ。

あとはしっかりと空気を含ませ、層を作るようにしながら半熟に。

火を止め、バターライスをフライパンの手前に入れた。あとは、玉子を破かないように気を付けながら、フライパンを斜めにし、フライ返しで玉子を被《かぶ》せる。時折、とんとんとフライパンの柄を叩《たた》いて調整して――

「よし、うまくできた！」

バターライスが黄色いふわふわの玉子に包まれている。

そのままフライパンから滑らせるようにお皿へ移せば、大成功！

「……さあ、ここからだ……」

ここまでは完璧《かんぺき》にできたと思う。

そして、私はケチャップを手にした。

ごくりと唾《つば》を飲む。

これは食欲からではない。緊張からだ。

震える手でなんとかやりとげ、私はふぅと息を吐いた。

「よし……」

――ふわふわ玉子のオムライス。

「できあがり！」

できあがったオムライスを手に部屋へと帰る。

そこにはすでにハストさんが待っていてくれた。

「ハストさん、こちらへ……」

ダイニングテーブルへと案内する。私とハストさんはちょうど向き合うように座った。

「これを食べてもらいたくて……。あの、オムライスっていう、卵料理です」

私の言葉を聞いて、ハストさんの水色の目がキラキラと輝く。

「とてもおいしそうです。……が、シーナ様は食べないのですか？」

「はい、あの、……はい」

オムライスをうれしそうに見ていたハストさんだったけれど、私が一人前しか持ってこなかったことに疑問を持ったらしい。

そうだよね。昼食を一緒にって誘ったんだから、いつもみたいに私の分もあると思うよね。

でも、今回は作らなかった。余裕がなかったから……。

「今回はハストさんに食べて欲しくて……」

ハストさんに言葉を返しながらも、どんどん声が小さくなっていく。

そして――顔が赤くなっていく。なぜかというと……。

「あの、この、あの……このソースなんですけど……」

「この赤いソースですね」

「はい、えっと……トマトソースなんですけど……」

今回のオムライスは中身はバターライスで、ソースはケチャップにした。そして、ケチャップで作ったのは――

「……形が……その……」

そう言いながら、目線がきょろきょろと動く。

台所の力を借り、ごはんの力を使えば、うまくいくのではないかと思ったが、これはもうスマートさのかけらもない。

私がさっきから見ているのは、オムライスにケチャップで描かれた形。

――ハートの形とスキという文字だ。

恥ずかしいが、ハートの意味やカタカナを読めないハストさんには、これぐらいストレートでも大丈夫なはず。

これをいい感じに説明しながら、変な空気にならないように、重くなりすぎないように、さりげなく伝えられたらいいな、と思ったのに……。

うん。全然ダメでした。

「……熱いうちに食べてください」

私はそれだけ言うと、両手で顔を覆った。

顔が熱すぎて、もう無理だ……。

「……わかりました」

ハストさんも私がなにかおかしいことはわかっただろうが、追及することなく頷いてくれた。

スプーンを手に取り、オムライスを口に運ぶ。そして――

「うまい」

――いつものおいしいのしるし。

「卵とはこんなにふわふわになるのですね。中の具も非常においしいです。バターと……少しにんにくの香りもあります。この麦の粒のようなものも、ちょうどいい硬さでうまみと甘みを感じます。いくらでも食べられますね」

そして、しっかりと感想を伝えてくれる。

本当においしそうに食べてくれるから……。

「その麦の粒は米と言って、私がいた場所の主食でした。今回は味がついているんですが、水だけで炊くと、本来のおいしさがわかりやすいかもしれません」

「なるほど。シーナ様の故郷の味なのですね。とてもおいしいです。ぜひ、もっと食べてみたい」

「……はい」

――ハストさんは最初からずっとこうだった。

見慣れない食事、見慣れないものを出す私。

そういうものを否定せずに受け入れてくれた。それだけで十分なのに、食べてみたいってきらきらと光る水色の目。そのハストさんの優しさや誠意、心のあり方、そういうの全部を。

――好きだなって。

そう思うから。

「……食事が終わったら、少しだけ話を聞いてもらえますか？」

「はい、もちろん」

ハストさんはそう言うと、オムライスをおいしそうに食べてくれた。

食べ終わるとともに、光を残して消えていくお皿と、輝くハストさん。

でも、いつもとは違っていて――

「色が違いますね」

「んっ……⁉」

――なぜかピンク色です。

なんで⁉　ハート型のケチャップのせい⁉

まさかの台所の心遣いに、ゲホッとむせる。

「だ、大丈夫ですか⁉　体が変になったりとか……」

「いえ、とくに変わりはないと思います。なにか違いがあるのかもしれませんが……」

ハストさんがそう言いながら、手を握ったり、手首を回したり。

どうやら効果についてはいつもと変わりがないようだ。

たぶん、私の心に勘付いた台所が気を利かせてくれたのかな……。そうか……。

そっと両手で顔を覆う。

……恥ずかしい。

が、逆に言えば、台所も私を応援してくれているのだろう。

なので、私はふぅと息を吐いて、気持ちを落ち着かせた。そして、手を外し、じっとテーブルの上を見る。

恥ずかしさと緊張がない交ぜになった変な気持ち。それでも、間違いなく伝わるように……。

これまでのことを思い返しながら、ゆっくりと話を始めた。

「……私が王宮の隅の部屋にいたときのことです。私はここに来て、もう家には帰れないと言われて……。ぬるいスープと硬いパンを食べながら、過ごしていました」

「……はい」

「一人ぼっちだなって……。思っていました」

巻き込まれ召喚で、意味のない私。でも、帰ることもできない。

すぐには立ち直れなくて……。でも、文句を言う相手も、泣きつく存在もいなかったから。

「でも、ハストさんはそばにいてくれました。私の作ったベーコンエッグを食べてくれて、一緒にいろいろと考えてくれて。本当にうれしかった」

開き直って、だったら異世界で楽しく生きるぞ！　と決めた。そして、今、楽しいことがいっぱいで……。みんながいてくれて本当にうれしくて……。

「……私が最近、呻《うめ》いていたのはですね。……その、好きな人ができたからです」

「……好きな人が」

私の言葉に、ハストさんが言葉を返してくれる。

けれど、その声はいつもより掠《かす》れていて……。

「……すごく優しくて。……あと誠意がある人なんです」

「……なるほど」

続けて伝えれば、ハストさんは迷子になっているみたいな声だった。

……あれ？　なんで？

不思議に思って、顔を上げ、ハストさんを見る。

すると、その顔はいつもとは違って、すごく困っていて……。

「シーナ様、申し訳ありません。……シーナ様の悩みを解消したい、しっかりと話を聞きたいと思うのに……胸が苦しくて、うまく返せないかもしれません」

「胸が苦しい？」

はて？　と首を傾《かし》げる。

すると、ハストさんはぎゅっと眉根《まゆね》を寄せた。

「……好きな相手の恋愛相談に乗るには、私の精神力は弱かったようです」

「好きな相手の……恋愛相談……」

ハストさんの言葉にぽかんと口が開く。

すると、ハストさんは苦しそうに笑った。

「シーナ様の一番近くにありたい、そう願ってしまうのです」

「え、あ……えっと……」

「……申し訳ありません。過ぎた思いでした」

ハストさんはそう言うと、ぐっと一度目を閉じた。

そして、次に目を開けたときには、もう苦しそうな表情はなくて——

「少しだけ時間を頂ければ、問題ないかと思います。一度、退室します」

ハストさんはそう言うと、スッと席から立った。どうやら、このまま帰るつもりのようだ。

え、いや、ちょっと……！

「待って……っ、待ってください！」

出て行こうとするハストさんを引き留めるため、全力でぶつかる。

抱き付いたような格好になってしまったけれど、この際、それはよし。とりあえず、今は誤解を解かなければ！

「私の好きな人ってハストさんだと思いますけど！」

思ったよりも大きい声が出たし、思ったよりも変な告白になった。なにこの他人事みたいな告白の仕方。情緒。私の情緒しっかり！

「シーナ様……本当ですか？」

変な告白だったが、ハストさんにはちゃんと届いたらしい。

振り返った水色の目が驚いたように大きくなっている。

私はそれに勢いづいて、うんうんと何度も頷《うなず》いた。

「私が知っている中で一番優しくて、一番誠意があると感じるのはハストさんです！」

なので、もうちょっとあちらで話を……！

そう思って、ハストさんを見上げると、そこには目元が真っ赤に染まったハストさんがいて……。

「シーナ様……。夢ではないですか？」

そのままぎゅうと抱き上げられた。ハストさんの声は掠れている。さっきと違うのは、その声に色気が漏れ出していることだ。

「うぅ……」

ハストさんの赤く染まった目元と色気のあふれる声。私はもう呻き声しか返せなくて……。

告白のときのような勢いが急速に消える。もう胸がきゅうきゅうして潰《つぶ》れそうだ。

「シーナ様。私はシーナ様が好きです」

「うっ」

はい、潰れました。

「シーナ様は私を優しいと言ってくれましたが。……私はシーナ様こそが優しさにあふれていると思います」

「うぅ……」

「それに優しいだけではなく、強い方であるとも思います。……シーナ様の優しい手とあたたかい眼差《まなざ》し、強い心が、そのままであって欲しい。それを支えたいと思ったのです」

やわらかく細まっている水色の目。私の大好きな色。

私はハストさんの言うような素敵な人間ではないけれど……。ハストさんがそう言ってくれるだけで、またがんばろうって思えるから。

「……ハストさん」

胸のきゅうきゅうは収まらないし、顔も熱い。でも、ちゃんと伝えたい。

「――好きです」

――出会えてよかった。

「……大好きです」

抱き上げられているから逃げ場がなくて……。

恥ずかしさから、ハストさんの頭を抱きしめた。こうすれば、ハストさんは話せないと思ったのだけど……。

「好きな人に好きと言われると、うれしい」

ハストさんはうれしそうに呟《つぶや》くと、抱きしめていた私の手を取った。その手はハストさんの口元に寄せられて――

「うぅっ……」

口づけられた手の甲から全身に熱が駆け上がっていった。

そんな私を見つめるハストさんは満面の笑みで――

「ハストさん……」

かっこいい……。水色の目はやわらかいだけじゃなくて、たっぷりと色気を乗せている。

潰れたと思った胸がまたきゅうっと締め付けられた。私の胸はもう限界なんじゃないだろうか……。

「シーナ様。一つ気になっていたのです。なぜ私だけずっと家名なのだろうか、と」

ハストさんが突然話題を変えた。

どうやら恥ずかしいのは、ここで終了のようだ。

限界が近い私は、これ幸いとその話題に乗った。

「あ、それに他意はなく。ただ、ハストさんはハストさんだったので……」

そう。出会ったときからハストさんと呼んでいたので、そのまま呼んでいる。

するとハストさんはじっと私を見つめて――

「名前で呼んで欲しい」

「名前で……?」

……あれ?　これもまた恥ずかしい……?

「ヴォ、ル、ヴィ……さん?」

「……たどたどしいですね」

「すみません。ちょっと発音がしにくくて……」

日本人には「ヴ」が多いのがちょっと大変。あと、単純に恥ずかしい。

意識していなければよかったが、この場面で言われると自然と意識してしまう。

これまで「ハストさん」と呼んでいたのに、いきなり名前で呼ぶとなると、こう、あの……。

なぜか袋のネズミの気分……。スラスターさんだったら「貴女《あなた》の場合は袋のドブネズミですね」

と言いそうだ。

「あ、そういえばレリィ君は『ヴォルさん』って呼んでましたよね。あれなら呼べるかもしれません」

袋に追い詰められたネズミ状態だった私に光明が差す。

スラスターさんのことを考えたら、レリィ君のことが浮かんだ。レリィ君と一緒だと思えば、名前を呼べる気がする。

「なるほど。そのほうが呼びやすいかもしれません。でしたら敬称はなしでお願いします」

「敬称はなし……？」

ふむ。つまり「ヴォル」とだけ呼んで欲しいということか。

え、なにそれこわい。

「……シーナ」

「ひぃっ」

黙っている私に、ハストさんがそっと呟いた。

その敬称なしの攻撃力に思わず悲鳴が漏れる。

急いで体も逃がそうとしたけれど、抱き上げられた体に逃げ場はない。

「シーナ」

「ひぃっ」

また悲鳴が漏れてしまう。

すると、小さなため息のあと、掠れた声が落ちた。

「……嫌か？」

………。ず、ずるい。

そんな自信なさそうに言われたら……言われたら……！

「……嫌じゃないです。……抱きしめられたら、うれしくて。……でも、緊張もして。……けど、やっぱりうれしくて。今、困ってます……」

そう。うれしいから。

抱きしめられた瞬間、幸せだって思ってしまって……。

「変な反応ですみません。……恥ずかしいだけです」

言葉にしてみると、自分が恥ずかしがっているだけというのがよくわかった。逆に言えば、この恥ずかしささえ越えればいいのだ。

「ヴォ……………ル……」

「シーナ」

「うぅ……」

越えられる？　この恥ずかしさ。心臓が止まりそうだけど。

「シーナ」

「うぅ……」

「シーナ。……もう一度、名前を」

「うぅ……ヴォ、ル」

「小さくて聞こえません。……シーナ」

強請《ねだ》るような声音。

その甘さに、腰のあたりからうなじまで、ビビッと電気が走ったみたいになった。

「シーナ、こちらを見て」

「うぅ……」

私は今、死地にいる。もう、ここは意を決して……っ！

「ヴォ——」

——ル。

って。

言おうとした。

大好きな水色の目を見て。口をちゃんと『ヴォル』って形にして。

でも、私の口から音が漏れることはなくて——

「——っ⁉」

代わりに、唇にふわっとやわらかい感触。

「今、今、言おうとしたのに……っ！」

キスされた……っ！

限界を迎えた私は、抱きしめられた腕から逃げるようにグイグイと腕を突っ張る。

けれど、いつも通り、優しく穏やかに抱きしめられているはずなのに、まったく逃げられる気がしない。

たぶん、私の顔は真っ赤だ。今、すごく熱い。

「は、ハストさぁあん！」

タイム！　タイムです！

「シーナ……、名前を」

「あ」

しまった。呼び方が戻ってしまった。

「ヴォ――」

――ル。

って。

言おうとしたのに、やっぱり音にならなくて……。

「シーナ」

大好きな水色の目。すごく近くにあって吸い込まれてしまいそう。

「シーナ」

耳元で直接吹き込まれた声音は熱くて――

「……愛している」

その言葉が心の奥に響いて、体全部に広がっていく。

うれしくて……幸せで……。震える心をどう伝えていいかわからないけれど……。

「……見つけてくれて、ありがとうございます」

ひとりぼっちの私。

「……そばにいてくれて、ありがとうございます」

たくさんの優しさを分けてくれた。

「ずっと……一緒にいたいです」

元の世界だって、異世界だって……。しんどくて苦しいことがいっぱい。

でも、あなたがいれば、がんばろうって思えるから……。

「ずっと一緒だ」

「……はい」

「一緒にいよう」

「はい……」

これから続く、この世界での生活が……。できるなら、笑顔でいっぱいになるように。

「……楽しいことを、いっぱいしましょう！」

大好きなあなたと。

大好きなみんなと。

あとがき

本作を手に取っていただき、ありがとうございます。四巻目ということで、引き続きお会いできたこと、とてもうれしいです。

この作品は「小説家になろう」という小説投稿サイトに投稿し、先日完結いたしました。三巻から二年も経《た》ってしまいましたが、みなさんのお力のおかげで四巻目を書籍にすることができました。今巻は第三部ということで、南の海へと場所を移して、魔魚や真珠の話を絡めながら、おいしいごはんと楽しいやりとりを。完結を意識していたので、どのキャラもいろんな側面を、思い残しがないように書きました。とくに椎奈《しいな》とハストの恋を進めながら、最後は書き下ろしで二人の関係も書くことができ、とても安心しました。

あははっと笑って、ちょっとじーんとして。読み終わったあとに『明日もがんばろ』と思っていただければ幸いです。

この作品には、たくさんのファンレターやお菓子などをいただきました。本当にとてもうれしかったです。いつも力になりました。「好きだよ」、「笑ったよ」と言っていただく度に、がんばる勇気が湧《わ》きました。そんな優しさに支えられて、ここまで書くことができたのだと思っています。たくさんの作品がある中でこの作品の前で足を止めていただいたこと、手に取っていただいたこと、言葉をかけていただいたこと。本当にありがとうございます。決して忘れません。

完結ということで、いろいろと語ることがあればいいのですが、私はあまり得意ではなくて……。みなさんが笑顔になってくれたらいいなぁと思います。みなさんが笑ってくれたら、私は幸せだな、と。


ここからは謝辞です。四巻を出すにあたって、たくさんの方にお力添えをいただきました。ご迷惑をおかけして、本当に申し訳ありません。

まずは編集様。もう感謝しかありません。四巻を出すことができ、本当にありがとうございました。

次に紫藤《しどう》むらさき先生。素敵なイラストを、本当にありがとうございました。

そして、この本の制作に関わってくださった方々へ。直接のやりとりやお会いすることはできませんでしたが、みなさんのおかげで四巻目までくることができました。本当にありがとうございました。


最後になりますが、なによりも本を手に取ってくださったあなたに。

しんどいことはないですか？　苦しいことや悲しいこと、困ったことはないですか？　「一人ぼっちだ」と寂しさや不安に押しつぶされそうな夜はないですか？

できるなら、そんな夜はありませんように。

でも、もしあったなら……。

この作品がそんな夜を照らす、たくさんある星の一つになれますように。

あとがきをもらったとき、結びの言葉がいつも同じ文言になってしまうのですが、私が思うのは毎回一緒なので、それで終わろうと思います。みなさんの毎日が輝くよう、願いをこめて。そして、また会えることを信じて。

一緒に生きている今に感謝を。がんばっているあなたに敬意を。

またどこかで、会えたらいいな。

お便りはこちらまで

〒102－8177
カドカワBOOKS編集部　気付
しっぽタヌキ（様）宛
紫藤むらさき（様）宛

カドカワBOOKS

スキル『台所召喚《だいどころしょうかん》』はすごい！4
～異世界《いせかい》でごはん作《つく》ってポイントためます～

2021年11月10日　初版発行

著者／しっぽタヌキ

発行者／青柳昌行

発行／株式会社KADOKAWA

〒102-8177
東京都千代田区富士見2-13-3
電話／0570-002-301（ナビダイヤル）

編集／角川ビーンズ文庫編集部

印刷所／暁印刷

製本所／本間製本

本書の無断複製（コピー、スキャン、デジタル化等）並びに
無断複製物の譲渡及び配信は、著作権法上での例外を除き禁じられています。
また、本書を代行業者等の第三者に依頼して複製する行為は、
たとえ個人や家庭内での利用であっても一切認められておりません。

※定価（または価格）はカバーに表示してあります。

●お問い合わせ
https://www.kadokawa.co.jp/（「お問い合わせ」へお進みください）
※内容によっては、お答えできない場合があります。
※サポートは日本国内のみとさせていただきます。
※Japanese text only

©Shippotanuki, Murasaki Shido 2021
Printed in Japan
ISBN 978-4-04-109433-4 C0093

新文芸宣言

かつて「知」と「美」は特権階級の所有物でした。

15世紀、グーテンベルクが発明した活版印刷技術は、特権階級から「知」と「美」を解放し、ルネサンスや宗教改革を導きました。市民革命や産業革命も、大衆に「知」と「美」が広まらなければ起こりえませんでした。人間は、本を読むことにより、自由と平等を獲得していったのです。

21世紀、インターネット技術により、第二の「知」と「美」の解放が起こりました。一部の選ばれた才能を持つ者だけが文章や絵、映像を発表できる時代は終わり、誰もがネット上で自己表現を出来る時代がやってきました。

UGC（ユーザージェネレイテッドコンテンツ）の波は、今世界を席巻しています。UGCから生まれた小説は、一般大衆からの批評を取り込みながら内容を充実させて行きます。受け手と送り手の情報の交換によって、UGCは量的な評価を獲得し、爆発的にその数を増やしているのです。

こうしたUGCから生まれた小説群を、私たちは「新文芸」と名付けました。

新文芸は、インターネットによる新しい「知」と「美」の形です。

2015年10月10日

井上伸一郎